与謝野寛晶子論考

——寛の才気・晶子の天分——

太田登

八木書店

与謝野寛晶子論考

——寛の才気・晶子の天分——

目次

目　次

目次

はじめに——与謝野研究のために——

与謝野寛（鉄幹）が生まれたのが明治六年（一八七三）で、その五年後の十一年（一八七八）に晶子は生まれました。そして寛は昭和十年（一九三五）に享年六十三で他界、その七年後の十七年（一九四二）に享年六十五で晶子は死去。寛と晶子はまさに明治・大正・昭和という近代日本の国家形成期の展開を見据えながら生きた、同時代人でした。

きわめて常識的な見方でいえば、二十世紀の幕開けとなった明治三十四年＝一九〇一年に、『紫』と『みだれ髪』によって、鉄幹と晶子のふたりは近代詩歌の黄金期を確立しました。しかし問題は鉄幹と晶子が燦然たる「近代詩歌の黄金期」を確立したということにあります。日本近代文学史の記述にしても、日本近代文学研究の動向から見ても、明治四十一年の「明星」終刊以後のふたりの文学的営為に関する論及は先細りしています。また女性史や女性学、あるいはフェミニズム批評やジェンダー論のたかまりによって、晶子を対象とするすぐれた研究成果も多く現出するようになりましたが、寛から切りはなされた晶子の存在だけに注視するというかたよりがあります。

寛と晶子の存在を相関的に複眼的にとらえるという与謝野研究は、晶子研究の先達である逸見久美さんによって提起され、昨年夏に完結した『新版評伝与謝野寛晶子』明治篇・大正篇・昭和篇という三部作に結実しています。その逸見さんの『新版評伝与謝野寛晶子』三部作が与謝野研究の集大成であるとすれば、本著は表現者としての晶子の天分が編集者としての鉄幹の才気によってどのように開花したのか、そして晶子の思想形成がどのように明治・大正・昭和という時代の言論メディアにかかわりながら展開したのか、ということを「作品」という言語テキストによって検証してみたい、という私の問題意識を論述したにすぎません。

そうした問題意識を明確にするために、堺市を中心とした与謝野研究の動向と展望について概観した序章「与謝野研究のための道標」を別にすれば、本書の論考を大きく二部に構成しました。第一部の論考では、明治期「明星」におけるふたりの役割の文学的意味に焦点をあてながら、編集者としての鉄幹と表現者としての晶子の関係性をあきらかにしました。とくに鉄幹については、空穂と啄木の詩人的出発にかかわる鉄幹の影響力を再検討し、『相聞』という歌集が自然主義的思潮のなかで異彩を放つものとして位置づけられるべきであることを論証しました。また晶子については、明治四十四年の歌集『春泥集』と評論「婦人と思想」によってどのように近代女性表現者として自立しえたか、その女性表現者の自立が〈産む性〉の自覚と飛躍によってどのように成熟しえたのか、をそれぞれ論及しました。

第二部の論考では、「君死にたまふことなかれ」の主題をめぐる平和思想の意味を究明し、渡欧後の晶子が大正デモクラシーの時代思潮のなかでどのように婦人参政権ひいては普通選挙論を展開したのか、そしてそうした理念によって晶子の〈生きかた〉と〈暮らしかた〉の基本的骨格がどのように形成されたのか、ということを検討しました。さらにヨーロッパ体験によるインターナショナリズムからアジア体験によるナショナリズムへという思想的傾斜の道程をあきらかにしながら、晶子の国際性の意味を問いなおすことにしました。

ところで如上の問題意識を解析するための独自の研究方法や最新の方法論というものはありません。あるとすれば、詩歌にせよ小説評論にせよ、「作品」という言語テキストの文脈をくりかえし読むことで、その「表現」された「ことば」の意味を分析するという方法です。見方をかえれば、「ことば」と「こころ」によって紡ぎだされる「表現」の意味を読みとるという方法です。

そうした愚昧な私の研究姿勢を支えてくださったおふたりの霊前に本書を捧げ、感謝の意を表したい。そのひとりは寛と晶子の末娘である森藤子さん。たえず「父あっての母なので、母の晶子だけでなく父のことももっと取りあげてください。」という励ましをうけました。もうひとりは富村俊造さん。与謝野晶子アカデミーを主宰し、顕彰運動に献身された信念も「晶子の顕彰は鉄幹の顕彰なくして絶対に成功しない。」ということでした。

最後に、藤子さん、富村さん、そして逸見さんをはじめとする多くの学恩に導かれた私の与謝野研究にたいして、心からご教示ご批正をお願い申し上げげます。

二〇一三年一月

※寛と晶子の「作品」を引用するにあたっては、『定本与謝野晶子全集』（講談社）、『鉄幹晶子全集』（勉誠出版）の両全集に依拠したが、その表記は両者の本文を勘案しながら確定し、また本名の寛と雅号の鉄幹という呼称についてもとくに区別をしていないことを断っておきたい。

劫初《ごうしょ》よりつくりいとなむ殿堂にわれも黄金《こがね》の釘一つ打つ
——晶子『草の夢』

与謝野研究のための道標

1　堺の晶子から世界の晶子へ

〔1〕　与謝野研究の前史

平成二十一年（二〇〇九）十月三十日から十一月一日にかけて「日本女性会議２００９さかい」が晶子の生誕地である大阪府堺市で開催された。「山の動く日きたる～ジェンダー平等の宇宙《そら》へ～」という大会テーマのもとに、活発で熱心な討論が繰り広げられた。山本千恵（敬称略、以下おなじ）をコーディネーターとするパネルディスカッション「時代の《今》に響きあう、晶子の生き方」に、平子恭子、松平盟子とともに参加した私は、熱気のある会場のなかで深い感慨にふけっていた。だれよりも女性の自立と解放のために努力を惜しまなかった当の晶子じしんは、この活気に溢れたイベントをどう思うだろうか、と同時に堺の街でこうしたジェンダー主流化の推進をめざす日本女性会議が開催されるまでの与謝野研究の長い道程に思いをめぐらせた。

というのも「鉄幹が晶子の天才を得たことは美神の恩寵であろう、そして鉄幹がいなければ晶子も存在しないのである」という保田与重郎の言葉を噛みしめながら、「晶子の大きな仕事の背後にはつねに鉄幹、寛という存在があったということを認識する必要がある」と、そのパネルディスカッションの最後で発言したからであった。

このたび「与謝野晶子倶楽部」の機関誌が「与謝野晶子の世界」として誌名を変更し、再出発するにあたって、白桜忌二十周年記念誌『白桜―与謝野晶子と堺・覚応寺―』(平成15年5月、白桜忌奉讃会)の巻末に所載の「堺・覚応寺・白桜忌関連年表」を参照しながら、戦後から現在までの堺市を中心とした与謝野研究とその顕彰の歩みを概観しておこう。

戦後いちはやく堺市の晶子顕彰にかかわったのは、現代詩人であり市職員でもあった安西冬衛であった。安西は大正十年に満鉄に入社、昭和三年五月に満州を訪れた与謝野夫妻と面識をえていた。晶子没後二十年を機に、昭和三十七年(一九六二)五月に「晶子を偲ぶ会」(のちに「与謝野晶子の会」に改称)が発足し、安西を中心に入江春行、江村峯代らが活躍した。晶子にたいする評価や理解においてかならずしも一定ではなかった堺市の文化風土に風穴をあける転機となったのは、昭和四十六年十月に晶子の母校である泉陽高校の創立七十周年事業として「君死にたまふことなかれ」の詩碑が建立されたことが大きな要因である。この詩碑建立にあたっては歌人で泉陽高校出身の冠木富美の尽力を忘れてはならない。

このように昭和四十年代の堺における晶子顕彰は緩やかながら確実にその輪を広げていった。また田辺聖子『千すじの黒髪―わが愛の与謝野晶子』(昭和47年2月)や江村峯代『晶子拾遺』(昭和55年7月)なども晶子への関心と理解を高めることになった。晶子生誕百年にあたる昭和五十三年前後には、逸見久美『評伝与謝野鉄幹晶子』『定本与謝野晶子全集』の刊行、雑誌の特集、講演会や歌碑建立などの顕彰運動も盛んであったが、晶子研究者の先達である新間進一の「近年は晶子が婦人問題や知的女性としての生き方の先駆者であることへの関心が、婦人運動家

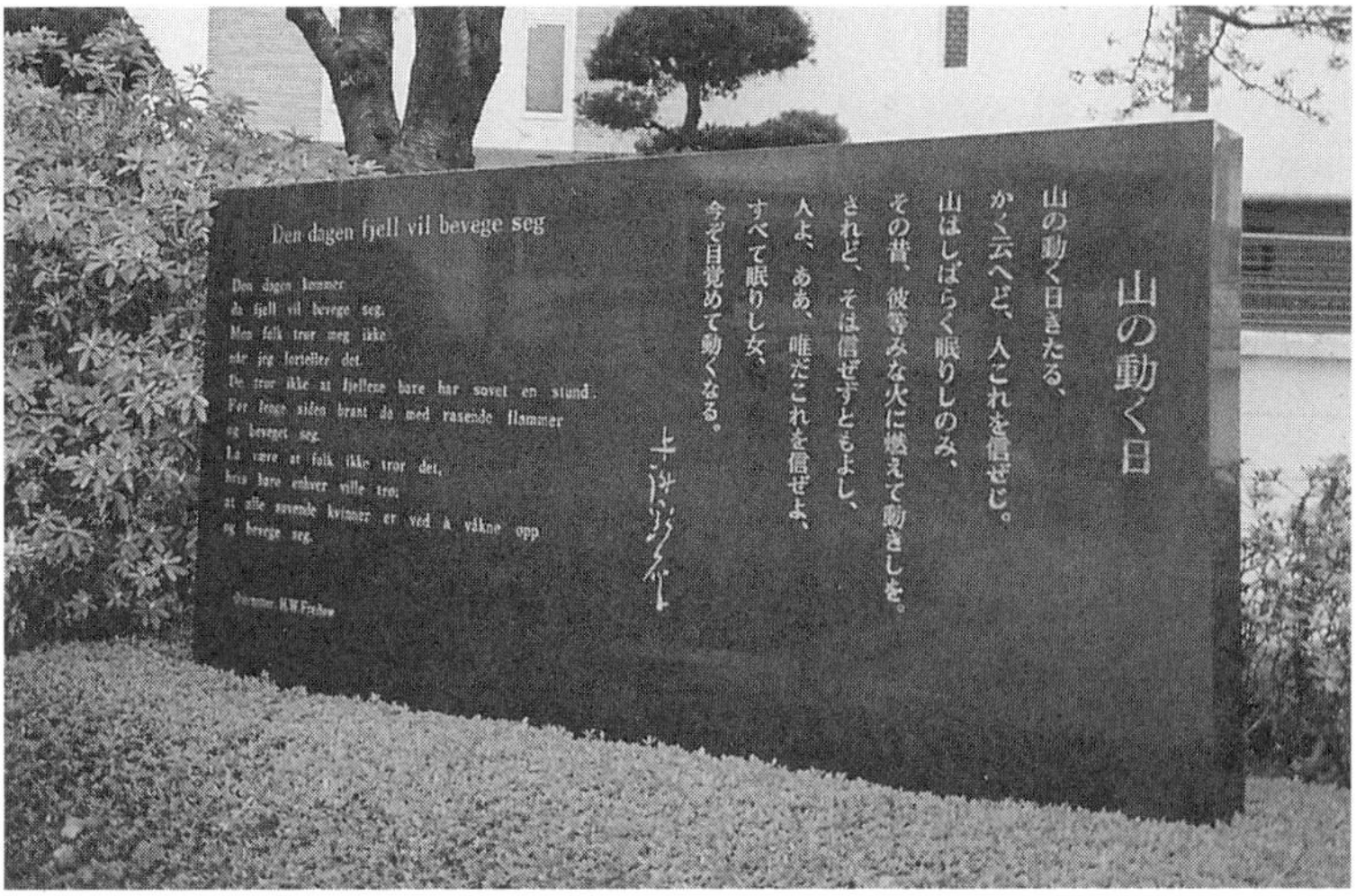

「山の動く日」詩碑（堺女子短期大学）

や女性史研究家の間で出始めている」「しかし、晶子の専門的な研究家は数えるほどだし、若い学者や学生たちの中にも晶子に取り組もうという者はめったにいない」というコメントを「神戸新聞」（昭和53年6月17日）が伝えている。晶子への再認識、再評価の気運が高まるほどには、目覚ましい進展が与謝野研究では見られないというのが実情であった。

堺市では、昭和五十七年（一九八二）五月にゆかりの覚応寺で第一回白桜忌が、五十八年五月に堺市民会館で第一回与謝野晶子リサイタル（主催「晶子をうたう会」）がそれぞれはじまり、また六十年四月に堺市人権啓発局婦人政策室（最初の室長は元与謝野晶子倶楽部事務局長、現運営委員の佐藤多賀子）が開設され、行政もかかわった堺市における晶子顕彰のすそ野は着実に広がっていった。歯科医師で俳人の八木三日女が代表を務める「晶子をうたう会」は、六十二年四月に堺女子短期大学に「山の動く日」の詩碑を、五月に堺市民会館前に歌碑「母として女人の身をば裂ける血に清まらぬ世はあらじとぞ思ふ」をそれぞれ建立しただけではなく、六十三年に香内信子、太田登を講師とする五回連続の「与謝野晶子文学講座」を主催、晶子学習者の意識向上に寄与するところが多大であった。さらに五十二年に「みだれ髪の会」を結成以来、晶子顕彰に貢献していた京都在住の富村俊造が平成元年（一九八九）に「「山の動く日」の会」を立ち上げ、「与謝野晶子アカデミー」を開講し、晶子と寛をともに学ぶという本来の与謝野研究の広場ができた。

〔2〕 国際詩歌会議の意義

京都で「与謝野晶子アカデミー」が開講された平成元年をいわば与謝野研究元年であると位置づけることができよう。翌平成二年（一九九〇）四月に堺市文化振興室が設置され、松本薫室長（現与謝野晶子倶楽部運営委員）を先頭に晶子没後五十年の取り組みが本格化した。堺市主催の「没五〇年記念特別展与謝野晶子―その生涯と作品」が堺市博物館で平成三年四月から開催され、貴重な展示品の図録も刊行された。おなじ四月に国内一二五基を収載した堺市博物館編『与謝野晶子歌碑めぐり全国版』（なお平成十九年五月に刊行された堺市国際文化部編『新訂与謝野晶子歌碑めぐり』では、海外の五基をふくめた二二〇基が紹介されている）が出版された。また同年五月に堺市主催のパネルディスカッション「晶子からのメッセージ―歌、愛、自由そして真実」（コーディネーター＝太田登、パネリスト＝竹西寛子、山本千恵、政井孝道）も開催された。翌四年十一月には『堺市立中央図書館蔵与謝野晶子著書・研究書目録』（なお平成二十一年三月に刊行された『堺市立中央図書館蔵与謝野晶子著書・関係資料目録』では、所蔵資料一〇八八点が紹介されている）も発行された。こうした多彩な記念事業のなかでも最大の成果をもたらしたのが四年十一月七日に開催された「国際詩歌会議」であった。

当時の幡谷豪男堺市長の「本日の会議における貴重なご意見は、晶子を顕彰する文化施設建設に反映させていただく所存であります。」という力強い開会の挨拶ではじまった。というのは、その数年前から没後五十年を見据えた晶子顕彰事業を展開するために「与謝野晶子基礎調査研究委員会」(のちに与謝野晶子倶楽部の設立に参画する入江、太田、佐藤、野澤正子らが委員であった)が設置され、顕彰事業を恒常的継続的に実施していくうえで文化施設の整備が急務であるという報告書を堺市当局に提出していたからであった。私たちがめざす文化施設とは、情報を収集し、その情報を堺から国内外に広く発信することのできる晶子記念館にほかならない。九月十日付けの「産経新聞」では「晶子記念館建設へ意欲/市会で公室長「前向きに検討」」と、九月十八日付けの「朝日新聞」では「与謝野晶子記念館堺市が建設の方針/自由と平和精神を受け継ぎ文化活動の核に」とそれぞれ大きな見出しで記念館建設計画が取り上げられていた。

そうした晶子記念館の構想が世論として注目されるなかで、「国際詩歌会議」は開催された。大岡信の基調講演「日本の詩歌と与謝野晶子」に引き続き、第一分科会「晶子の詩歌と世界の詩歌」(コーディネーター=太田登、パネリスト=剣持武彦、剣持弘子、チャールズ・フォックス)、第二分科会「晶子とその時代」(コーディネーター=野澤正子、パネリスト=上笙一郎、香内信子、ジャニーン・バイチマン)、第三分科会「詩歌と人生」(コーディネーター=入江春行、パネリスト=大塚雅彦、河野裕子、吉岡しげ美)でそれぞれ活発な討議がおこなわれた。全体会議(コーディネーター=太田登、パネリスト=加藤晃規、高橋薫、八木三日女)ではそれぞれの分科会報告をふまえて晶子記念館の必要性について協議された。コーディネーターの私は、「堺市の誇りというべき晶子の生涯と芸術を記念する素晴らしいミュージアムの誕生を期待いたします。」という小田切進日本近代文学館理事長のメッセージを紹介しつつ、「堺の晶子から世界の晶子へ」飛躍するにふさわしい文化施設の実現を要望したい、とのべて「国際詩歌会議」のプログラムを結んだ。

〔3〕　鉄幹没後六十年を記念して

この平成四年（一九九二）の「国際詩歌会議」は、晶子記念館構想への大きな弾みとなった。と同時に与謝野研究の進展をうながすという意義もあった。具体的には、詩歌の天才という一面的な見方だけではとらえきれない女性表現者としての存在感の大きさを再認識させられたということである。とくに女性表現者として晶子が偉大であったのは、その鋭敏な国際性にあったという再発見が大きな収穫でもあった。

平成五年（一九九三）十二月に開催された「与謝野晶子生誕祭・空港開港記念プレイベント」での池田満寿夫の講演「私の中の美術と文学」、パネルディスカッション「『みだれ髪』とアール・ヌーヴォー」（コーディネーター＝木股知史、パネリスト＝芳賀徹、尾崎左永子、島田紀夫、橋爪紳也）もその延長にあった。木股知史の監修によるブックレット『晶子アール・ヌーヴォー』（平成6年10月）が与謝野研究に新風を吹きこんだ。後述するように、木股の『画文共鳴』はその研究成果として特筆される。

鉄幹没後六十年にあたる平成七年（一九九五）には、二月号の「短歌」で「大特集愛と情熱の歌人与謝野晶子」が組まれ、上田博「鉄幹と晶子」は鉄幹の『紫』の文学的達成が『みだれ髪』の水源であったという与謝野研究に新鮮な視角を提示した。また五月に第一回「与謝野晶子短歌文学賞」の受賞発表大会が堺歌人クラブ会長で大会実行委員長の野崎啓一の尽力によって開催された。ちなみに今年（平成二十四年）は晶子没後七十年、渡欧百年を記念して、第十八回「与謝野晶子短歌文学賞」の関連行事が堺市で開催された。さらに十月に「堺市芸術文化センター構想案」が公表され、記念館建設が具体化するかに見えた。その機運に呼応するように十二月十六日に、晶子記念館への助走として開設された「与謝野晶子ギャラリー堺」の一周年記念イベント「現代《いま》に甦《よみがえ》る与謝野晶子」が開

森藤子と著者の対談「与謝野寛・晶子の魅力を語る」

催された。第一部に森藤子の講演「父寛と母晶子の思い出あれこれ」、第二部に森藤子と太田登の対談「与謝野寛・晶子の魅力を語る」があった。母娘の絆の強さと父寛があっての母晶子であったという娘の思いの深さが印象的であった。

こうした寛と晶子とを共時的に研究し顕彰するという方向は、鉄幹没後六十年を機に加速した。上田博、富村俊造編『与謝野晶子を学ぶ人のために』(平成7年5月、世界思想社)は、富村俊造主宰の「与謝野晶子アカデミー」の学習成果のみごとな結実を示したものであるが、同時にあるべき与謝野研究の指針を提示するものでもあった。そしてその『与謝野晶子を学ぶ人のために』の編者である上田博によって、平成八年(一九九六)三月に「鉄幹と晶子」が「この雑誌は与謝野鉄幹と晶子の文学を愛好し、勉強する人たちのために、その成果の発表と情報の交流、歓談の場になればと願って」創刊された。「特集与謝野鉄幹歿六十年記念」として編集された創刊号の精神がその後の与謝野研究の展開に大きな牽引力になったことはいうまでもない。

2　与謝野晶子倶楽部の設立とその意義

〔1〕　広場づくりと国際交流

京都の「与謝野晶子アカデミー」が百回目の講座を最後にその活動を閉じたのが平成九年（一九九七）九月であった。かねてから晶子の生誕地（同時に晶子顕彰と研究の聖地でもある）である堺市を拠点とする与謝野研究の組織づくりを構想していた私は、前述した平成七年十二月の「与謝野晶子ギャラリー堺」一周年記念イベント「現代《いま》に甦《よみがえ》る与謝野晶子」の終了後の懇談会の席上で、幡谷市長に行政の協力と支援を要請した。平成四年に結成した「堺に与謝野晶子記念館を建てる会」のメンバーである阿部恵子、石渡絢子、入江春行、河野文男、佐藤多賀子、田中和子、野崎啓一、野澤正子、八木三日女らと話し合い、文化行政の窓口である文化課の仲庭参事、守屋課長と具体的な運び方について協議をかさねた。平成八年八月、設立趣意書、会則案、発起人の人選などを決定し、その事務局を堺市文化課に設置するという「与謝野晶子倶楽部」設立案が翌九年二月の市議会に提案されることになった。そして五月十三日、「与謝野晶子倶楽部」設立発起人会が開かれ、会則、役員を最終決定し、事実上の発足となった。七月から会員募集がはじまり、十一月二十二日に設立記念講演会が開催され、田辺聖子名誉会長、難波利三会長の挨拶に引き続き、直木孝次郎の講演「現代によみがえる与謝野晶子―日本文学における晶子の詩歌―」があった。

思い返せば、晶子と寛にかかわる研究と顕彰をすすめながら、学ぶ人々の交流の輪を広げることを目的として設立された「与謝野晶子倶楽部」の歩みも十五年目を迎える。機関誌「与謝野晶子倶楽部」もすでに二十五号をかさねた。その第十九号（平成19年3月）の「与謝野晶子倶楽部十年の歩み」や第二十号（平成19年10月）の「与謝野晶子倶楽部機関誌二十号までのあゆみ」を見れば、「晶子フォーラム」「晶子講座」「一日文学踏査」「一泊文学踏査」「短歌実作入門講座」などのじつに多彩なプログラムを企画し継続してきたことがわかる。そのことによって、晶子と寛を学ぶ広場は着実に交流の輪を広げることができた。いまやその交流の輪は全国各地にとどまらず、海外へと広がりつつある。たとえば、平成十一年（一九九九）六月の中国大連市への「晶子と平和の旅」、十八年七月のフランスへの「晶子・鉄幹のフランスへの旅」、二十年五月のロシアのウラジオストクへの「旅に立つ―ロシアウラジオストクの晶子を訪ねて」、二十四年九月の台湾への「晶子の国際性に学ぶ旅」というように、晶子の海外への旅を追体験しながら国際交流を深めてきた。そうした多年にわたる晶子顕彰の活動にたいする功績が認められ、平成十九年七月に堺市功績団体として表彰され、二十四年度「堺市特別功績団体表彰」を受賞した。

ところで晶子記念館の建設計画は当初の動きからすればやや低速状態であるが、平成十二年（二〇〇〇）四月に開設された「与謝野晶子文芸館」の活動について言及しておこう。その前身は平成六年に設立の財団法人堺市文化振興財団が同年十月に南海本線堺駅西口ポルタス・センタービルに開設した「与謝野晶子　アルフォンス・ミュシャギャラリー堺」であった。十二年四月にJR堺市駅前のベルマージュ堺に開館した「堺市立文化館」に「与謝野晶子文芸館」としてリフォームされた。資料の展示機能としては十全とはいえないが、与謝野研究のうえでは意義のある文化施設である。常設展のほかに、平成十二年の『『明星』一〇〇年展」、十三年の「『みだれ髪』一〇〇年展」、十五年の「与謝野鉄幹展」、十八年の「没後七〇年記念与謝野鉄幹」、十九年の「没後六五年記念与謝野晶子と京都」、二十年の「生誕一三〇年記念与謝野晶子と故郷堺」、そして二十二年の開館十周年「堺発与謝野晶子―堺市所蔵初公開資料を中心として―」などの特色のある企画展を催し、その企画展に関連する専門家の講座もふくめて、与謝野研究とその顕彰活動において重要な役割を果たしているといえる。

〔2〕　研究のための確かな道標

先に、晶子生誕百年にあたる昭和五十三年（一九七八）には顕彰運動も盛んになり、晶子への関心が高まるようになったが、「晶子の専門的な研究家は数えるほどだし、若い学者や学生たちの中にも晶子に取り組もうという者はめったにいない」という新聞進一のコメントを紹介し、目覚ましい進展が与謝野研究では見られないというのが実情であった、とのべた。そして京都で「与謝野晶子アカデミー」が開講された平成元年（一九八九）を与謝野研究元年であると位置づけることができるとものべた。

その意味では逸見久美、入江春行、香内信子は数少ない研究者として与謝野研究を主導してきた。逸見の研究者としての道程は、『回想与謝野寛晶子研究』（平成18年11月）にゆだねるが、『与謝野寛晶子書簡集成』全四巻（平成13〜15年）、『新版評伝与謝野寛晶子』全三冊（平成19年〜24年）、『鉄幹晶子全集』全四十二巻（平成13年〜、本文編は完結）などの仕事に、『新みだれ髪全釈』（平成8年6月）をはじめとする歌集の全釈をくわえた逸見の全仕事は、与謝野研究の展開を加速し、推進するうえでゆるぎない道標であるといえる。多くの特別展や図録の監修を手がけてきた入江は、『与謝野晶子書誌』（昭和32年1月）に象徴されるように書誌、文献を本領とし、昭和四十八年三月に個人誌「与謝野晶子研究」を創刊し、見過ごされがちな資料や情報を発掘し、提供することで、与謝野研究とその顕彰に多大の貢献をしている。岩波文庫『与謝野晶子評論集』（昭和60年8月）や『資料母性保護論争』（昭和63年10月）の編者である香内は、『与謝野晶子―昭和期を中心に―』（平成5年10月）、『与謝野晶子と周辺の人びと―ジャーナリズムとのかかわりを中心に―』（平成10年7月）、『与謝野晶子―さまざまな道程―』（平成17年8月）によって、評論家晶子の言説に新しい照明を与えた。晶子の散文著作の全貌を収載した『与謝野晶子評論著作集』の第二十二巻（平成15年9月）は、「解説、総目次、著作年表、索引」篇として与謝野研究には必須の文献である。

さらに上笙一郎責任編集の『与謝野晶子児童文学集』全六巻（平成19年7月～12月）も児童文学者としての新たな晶子像を構築するうえで重要な道標である。児童文学の領域では古澤夕起子『与謝野晶子童話の世界』（平成15年4月）の貢献も大きい。ほかには山本千恵『山の動く日―評伝与謝野晶子』（昭和61年8月）が近代女性思想史に晶子を最初に定立させたものとして必読。

そうした逸見、入江、香内の研究に導かれながら飛躍の段階を迎えた与謝野研究元年ともいうべき平成元年（一九八九）以降の主要な道標を紹介しておこう。『新文芸読本与謝野晶子』（平成3年6月）、『群像日本の作家6与謝野晶子』（平成4年4月）は、晶子の全体像を理解するための導入書としては便利である。平子恭子編著『年表作家読本与謝野晶子』（平成7年4月）は晶子と寛の文学的生涯を豊富な資料に拠りながら編年体で構成したものとして有益。上田博、富村俊造編『与謝野晶子を学ぶ人のために』（平成7年5月）に所収の井上史の「晶子と寛への道標」は、平成七年の現時点では最も詳細綿密な文献目録として有効。平子恭子『与謝野晶子の教育思想研究』（平成2年10月）は晶子の教育思想とその実践の軌跡を教育学の視点から体系的に論究したもの、市川千尋『与謝野晶子と源氏物語』（平成10年7月）は晶子における『源氏物語』および日本古典文学の摂取の関係を国文学の視点から実証的に論証したもの、両書ともに学問的成果の厳密さを知るうえで必見。私の座右の書である講談社文芸文庫『日本の文学論』（平成10年11月）の著者竹西寛子『陸は海より悲しきものを―歌の与謝野晶子』（平成16年9月）は、晶子短歌の歌ことばの奥深さをしなやかな文学的感性で味読したもの。ほかにも赤塚行雄『決定版与謝野晶子研究―明治、大正そして昭和へ』（平成6年10月）、中村文雄『「君死にたまふこと勿れ」』（平成6年2月）、沖良機『資料与謝野晶子と旅』（平成8年7月）などの貴重な研究文献がある。

　ところで現代女性歌人にも晶子へのすぐれた理解者が多い。馬場あき子には『鑑賞与謝野晶子の秀歌』（昭和56年1月）の名著があるが、「朝日新聞」（昭和48年10月15日、22日、29日）に初出の「与謝野晶子と女の論理」が秀逸。尾崎左永子にも『恋衣─「明星」の青春群像』（昭和63年4月）、『愛の歌─晶子・啄木・茂吉』（平成5年1月）の好著があるが、やはり前掲の『群像日本の作家6与謝野晶子』に書き下ろしの「仏蘭西の野は火の色す─晶子の色彩感」が絶品。その末期まで〈身体〉を問題意識にしていた河野裕子の『体あたり現代短歌』（平成3年10月）の巻頭の「いのちを見つめる─母性を中心として」は、晶子短歌から現代短歌への命脈を生命力、生命観でとらえたものとして銘記しておきたい。道浦母都子の岩波新書『女歌の百年』（平成14年11月）は晶子が日本近代女人歌の創始者であることを論じたもの。山川登美子や石川啄木などの「明星」派の歌人に関心の深い今野寿美の著作では、晶子、寛の表現世界の内実について先行文献をふまえながら多くの清新な創見を提示する『24のキーワードで読む与謝野晶子』（平成17年4月）、『歌のドルフィン』（平成21年1月）を今野歌論書として薦めたい。パリにおける晶子を研究するためにフランスに留学した松平盟子には『母の愛　与謝野晶子の童話』（平成10年12月）、『風呂で読む与謝野晶子』（平成11年2月）などの著作があるが、生誕百三十年特別号「短歌」（平成20年12月）に掲載の「晶子、時代と生々しく交わった女性─明治・大正・昭和を生きて」もきわめて有益。さらに青井史『与謝野鉄幹─鬼に喰われた男』（平成17年10月）は晶子を相対化させながら鉄幹の存在に独自の分析をくわえた重厚な評伝。米川千嘉子も「ユリイカ」（平成12年8月）に掲載の「歌の変容と魂の持続」をはじめとする晶子論に独自の輝きを発揮している。

3　世界遺産としての与謝野晶子

〔1〕　晶子生誕百三十年を記念して

晶子生誕百三十年にあたる平成二十年（二〇〇八）には、「源氏物語千年紀」との関連から『源氏物語』と晶子との関係をテーマとした取り組みが全国各地で開催された。堺市立中央図書館での特別資料展や平子恭子の講演会「与謝野晶子と源氏物語」は有益であった。『堺市立中央図書館蔵与謝野晶子著書・関係資料目録』（平成21年3月）にその成果が掲載されているので参照されたい。雑誌でも多くの特集があったが、「特集生誕百三十年与謝野晶子大研究」と銘打った「国文学解釈と鑑賞」（平成20年9月）の「この人に聞く・和歌の恋と晶子の恋愛」では、中世和歌文学の第一人者である久保田淳と聞き手の今野寿美との和歌談義がじつに巧妙で印象にのこった。また「大特集完全保存版与謝野晶子生誕一三〇年」と冠した「短歌」（平成20年12月）では、「特別インタビュー母、与謝野晶子のこと」の森藤子と聞き手の今野寿美との談話が与謝野夫妻の実像をきわめてリアルに伝えていて興味をそそられた。

与謝野研究のための道標として最近の著作から有益な文献を追記しておきたい。永岡健右『与謝野鉄幹研究―明治の覇気のゆくえ―』（平成18年1月）は明治人としての〈覇気〉を背負った鉄幹の生きかたを実証的に論究。井上ひさ子『『白櫻集』の魅力―与謝野晶子が辿りついた歌境』（平成19年5月）は歌集『白桜集』の作品世界と病床生活との相関性を解析。文学と美術の交流に詳しい木股知史『画文共鳴―『みだれ髪』から『月に吠える』へ』（平成20年1月）は「明星」と『みだれ髪』の画像世界を「イメージと文学の共鳴の見事な達成」として考証。加藤孝男『近代短歌史の研究』(平成20年3月)はその第二章「与謝野鉄幹とその時代」で鉄幹再評価を緻密に論証。いずれも学術的価値の高い論考であることはいうまでもない。

ほかには田口道昭「与謝野晶子の「結婚観」―「女性の経済的自立」との関連で―」は「神戸山手短期大学紀要」(平成21年12月)に発表の学術論文であるが、晶子の経済観念と結婚観との関連性をきわめて綿密に論証している。また平成二十二年(二〇一〇)六月十九日に開催された二〇一〇年度日本比較文学会のワークショップⅡ「日本近代詩をどう読むか」におけるジャニーン・バイチマンの研究発表「与謝野晶子は象徴詩人か―「我歌」と「悲しければ」の謎」も、晶子の詩の表現発想を象徴詩の視角から検証したものとして注目される。さらに清水康次、井上洋子、岩崎紀美子の研究も清新で刺激的である。

〔2〕　二十二世紀に伝えたい晶子のメッセージ

このようにじつに多彩で豊富な研究のための道標が晶子と寛をともに学ぼうとする私たちの眼前に打ち立てられるようになった。問題はこれからその道標をよりゆるぎのないようにどのように生かしていくかということである。「与謝野晶子倶楽部」はその使命と責任を果たすために、生誕百三十年の前後に二つのシンポジウムの企画にかかわった。その一つ目は平成十九年(二〇〇七)五月二十六日に開催された大阪府立大学主催の国際シンポジウム「伝えよう!晶子の国際性―愛・自由・平和―」(基調報告=太田登、報告者=田原、ジャニーン・バイチマン)に全面的に協力したことである。このシンポジウムの内容は、大阪府立大学発行の『国際シンポジウム報告書　伝えよう!晶子の国際性』(平成20年3月)や機関誌「与謝野晶子倶楽部」第二十号(平成19年10月)に記録化されているので参照されたい。その二つ目は平成二十年十二月六日に日本女性会議さかいプレイベントとして開催された与謝野晶子生誕百三十年記念シンポジウム「二十一世紀に伝えよう！晶子の魅力」（コーディネーター＝太田登、パネラー＝たつみ都志、西村富美、古澤夕起子）である。これも機関誌「与謝野晶子倶楽部」第二十三号（平成21年3月）に報告してあるのでおなじく参照されたい。

この二つのシンポジウムの企画に関与した私の立場からいえば、晶子と寛にかかわる研究と顕彰を推進し、学ぶ人々の交流の輪を広げていくという点では、二つのシンポジウムは大きく三つの課題を私たちにもたらした。その第一は「愛・自由・平和」ということの本質的意味を真の国際化、世界平和の実現に向けて問いなおす必要があるということ。第二はそのためにこそ晶子のメッセージが世界の人々に伝わるように、できるかぎり多くの外国語に翻訳されるということ。第三はたがいに学びあうことを真摯に実践した晶子と寛のひたむきな姿勢をつぎの時代に伝える必要があるということ。そしてそのつぎの時代とは今世紀の二十一世紀ではなく、きたるべき二十二世紀を意味している。

思えば晶子没後五十年の記念事業として堺市の文化行政が先頭に立って開催した平成四年（一九九二）の「国際詩歌会議」から二十年の歳月を閲する。あのときに提言された記念館構想は、いまようやく平成二十七年三月の開館をめざして「与謝野晶子顕彰施設」の具体的検討がなされるようになった。じつは平成二十四年（二〇一二）は晶子没後七十年でもあるが晶子渡欧百年にもあたる。「堺の晶子から世界の晶子へ」という指針は、晶子の存在そのものを「世界遺産」として自覚することによって、はじめて正しい方向性を明示する。そしてそれは同時に与謝野研究の飛躍を明示する方向性でもある。

［付記］平成九年五月に設立した与謝野晶子倶楽部の機関誌として「与謝野晶子倶楽部」が平成十年三月に創刊された。本稿は、その機関誌が平成二十二年に「与謝野晶子の世界」として誌名を改めて再出発するに際して、寄稿したものである。

［補記］本稿は、「与謝野晶子の世界」の創刊号（平成22年12月）に掲載された同題の論文を加筆したものである。

Ⅰ　編集者鉄幹と表現者晶子

――才気と天分の恩寵――

和歌革新の旗手鉄幹

美しき心を空に書きたれば明星は打つ黄金《きん》のピリオド
――『与謝野寛短歌全集』

1　正岡子規との出会いとその交流

昭和五年二月に改造社から刊行された『現代短歌全集』第三巻は「落合直文集　佐佐木信綱集」であった。その「後記」で信綱はつぎのように回顧している。

元来明治時代の中葉は、極端な欧化主義と、それの反動によつて送られた。明治二十一年の憲法発布についで国会開設となり、国民は新しい自覚の上に目覚めつつあつた。歌壇に於いても、明治二十七八年の戦役の前後から、従来の歌風にあきたらず、新しい格調の詠出を見るに至り、その先鋒として落合直文氏があり、氏の門下から与謝野寛氏等が出た。次いで正岡子規氏は、新聞日本に論壇を張つて、旧派を攻撃した。自分もそれらの人々の間に立つて、専ら新風の歌を詠み、旧派の歌人から異端視されてゐたのであつた。

かたよりのない妥当な見方であろう。ところがそのおなじ『現代短歌全集』の第五巻「与謝野寛集　与謝野晶子集」で、「わたくしは全く歌壇の門外人である」「わたくしは元来専門歌壇といふものに交渉を持たうと思つてゐない」「わたくしは全く歌壇と交渉のない人間」であるということをくりかえす寛であった。新詩社を創立し、「明星」を創刊した明治三十三年当時をふりかえり、「もう其頃は、佐佐木信綱、正岡子規、金子薫園の三大家が歌壇の頭目であり、三大家の旺盛な努力に由つて、短歌の革新が緒についてゐたから、我我門外人は唯だ自己の一表現として、めいめいに勝手な歌を作りつつ楽むと云ふ態度に傾くことが出来た。」ともいう。いかにも謙遜した態度に見えるが、〈卑下慢〉と自他ともに認める鉄幹らしい口調である。

ここでは新派和歌の革新にかかわった子規との関係をとおして、革新の旗手であった鉄幹を素描しておきたい。

鉄幹と子規の出会いは、明治二十六年の夏、仙台松島の地で落合直文の実弟鮎貝槐園を介して相知ったことからはじまる。そのころの子規は、小説家志望を断念し、東京帝国大学国文科を中退、「日本」の新聞記者として俳句革新をめざしていた。芭蕉敬慕のうえから「奥の細道」の追体験の旅に出かけていた子規が、その年の二月に結成された浅香社門下の気鋭鉄幹と出会うというのも重要な詩的体験であった。一方、鉄幹は、紀行文「松風島月」を新聞「日本」に寄稿しているが、その年の十一月には師の落合直文の斡旋で創刊したばかりの新聞「二六新報」に文芸記者として入社、たがいに日清戦争前夜のジャーナリズムの世界に身を置く文学青年として共感するものがあった。

明治二十七年五月、鉄幹は明治和歌革新の第一声ともいうべき歌論「亡国の音」を「二六新報」に発表、ますらおぶりを鼓吹する。子規の方は洋画家の中村不折からスケッチの手法を学び、「写生」という表現方法を提唱し、俳句の革新運動を推進するようになった。このように新聞界にあって和歌、俳句の革新をめざしていたふたりの文学青年が、日清戦争の時運に巻き込まれるように国粋的、国家的な方向に傾斜していった。明治二十八年の運命的な戦時体験というのがそれにあたる。子規は、三月に「日本」の従軍記者として中国大連に旅立つにあたって、「行かばわれ筆の花散る処まで」という句によって、戦地に赴く国士的気概を示している。一方、鉄幹もまた朝鮮半島にいて、軍事的争乱にかかわっていたといわれている。

明治二十九年七月刊行の第一詩歌集『東西南北』におさめられた、

韓《から》にして、いかでか死なむ。われ死なバ、をのこの歌ぞ、また廃《すた》れなむ。

などの「韓にして如何でか死なむ」十首からもその当時のますらおぶりを読みとることができる。ともかく帰国後のふたりが、詩人としての交流を深めていたことがその『東西南北』に反映している。

「正岡子規君を訪ひて」
君が閑居を音づれて。
おどろく君が痩せたるに。
世をも人をも思はずば、
かかる病もなかりけむ。
権貴に媚びて私利をのみ、

はかる詩人の多き世に、
君が吐く血の一滴も、
思へば得がたき賜や。

この鉄幹の新体詩からもわかるように、従軍後松山に帰省した子規は、当時松山中学校の英語教師として赴任していた夏目漱石の寓居「愚陀仏庵」にしばらく寄宿していたが、その後東京にもどり根岸の子規庵で病床に臥すことになる。その子規が『東西南北』に「余も亦、破れたる鐘を撃ち、銹たる長刀を揮うて舞はむと欲する者、只其力足らずして、空しく鉄幹に先鞭を着けられたるを恨む」という序文を寄せていることは、周知のとおりである。このようにきわめて友好的関係にあった鉄幹と子規は、翌明治三十年一月に、「韻文の詩」の振興を目的とした「新詩会」を結成、三月には会員の合同詩集『この花』を刊行している。

2　子規鉄幹不可並称という対立

ところで和歌の革新において鉄幹に一歩先んじられた子規は、明治三十年に創刊の俳誌「ホトトギス」を拠点に俳句革新を推進し、鉄幹も俳句に関しては子規を敬慕するところがあった。その子規は、三十一年二月に「日本」に発表した「歌よみに与ふる書」をもって短歌革新にも乗りだすことになった。古今和歌集および紀貫之を徹底的に批判し、万葉主義を提唱する子規の歌論は、旧派和歌が主流を形成していた歌壇に大きな衝撃をもたらした。さらに、翌三十二年三月に歌人を加えた最初の歌会を子規庵で開き、これがのちの根岸短歌会へと発展していくことになる。

鉄幹もこの三十二年十一月に「東京新詩社」を創設し、詩歌界に新風を吹き込もうとした。そしてその機関誌「明星」が明治三十三年（一九〇〇）四月に創刊されることになる。

「明星」第二号の第一面には、竹の里人つまり子規の「病床十日」と鉄幹の「小生の詩」とが掲載されているように、詩歌革新にかける友情の深まりを確認することができる。この年の一月に伊藤左千夫が、三月に長塚節がそれぞれ子規に入門し、根岸短歌会の新進歌人として活躍するようになるが、また鉄幹も同号に鳳晶子の

しろすみれ桜かさねか紅梅か何かつつみて君に送らむ

などの「花かたみ」六首を掲載し、「歌壇小観」で「妙齢の閨秀で晶子と云ふ人の近作」として女性歌人の登場を喧伝している。じつは晶子の「しろすみれ……君に送らむ」は、鉄幹からの「いまだ見ぬ君にはあれど名のゆかし晶子のおもと歌送れかし」に応えたものとされている。ともかく鉄幹と晶子の運命的な出会いは、すでにこうしたかたちで用意されていたが、そこに和歌革新にたいするこころざしをともにしながら、子規と鉄幹の資質のちがいが見られる。

参考までに、この時期の子規と鉄幹のそれぞれの歌風を明らかにするうえで、代表作を一首ずつ紹介しておこう。

くれなゐの二尺伸びたる薔薇の芽の針やはらかに春雨のふる　（三十三年四月）
星の子のふたり別れて千とせへてたまたま逢へる今日にやはあらぬ　（三十三年九月）

子規の「くれなゐの」は、脊椎カリエスのために病臥生活を強いられながらも、庭前の「薔薇の芽の針」を客観的に表出しようとする「写生」の方法にその特色がうかがえる。鉄幹の「星の子のふたり」とは、いうまでもなく「いまだ見ぬ君」の晶子との出会いを浪漫的物語的に表現したものであるが、あきらかに『東西南北』時代の虎剣調から星菫調へとその歌風が変化しているのがわかる。

いずれにしてもこの時期に子規鉄幹の友好関係が決裂し、きわめて深刻な抗争に発展していくことになるが、その経緯と推移を要約しておこう。その発端は、明治三十三年五月号の「心の花」に掲載の「毎号の選者に与謝野鉄幹、正岡子規、渡辺光風、金子薫園なんどの新派若武者をして乙課題の方を分担なさしめ本誌の本領を明かにせられむことを祈る」という投書にあった。この投書にたいして、根岸派の伊藤左千夫は「正岡師と他の両三氏を一列に見ることさへあるに若武者なんどと稍軽侮の言を弄せるにあらずや」と「心の花」をきびしく攻撃し、新派歌壇における論戦を挑発したことに由来する。のみならず八月一日に子規から鉄幹に「両派にて歌戦するも快事」という挑戦状が届けられ、子規と鉄幹とによる和歌革新の先陣争いが激化した。

そのころ新詩社の勢力拡充を図っていた鉄幹は、従来の新聞タイプから雑誌タイプへと大幅に刷新した「明星」九月号に「子規子に与ふ」という文章を掲載しているが、この三十三年九月は、「大帝国」に阪井久良伎の「新歌界の新消息」、「心の花」に鉄幹の「国詩革新の歴史」などと不可並称の主要な論評が集中的に発表された。いわば新派歌壇秋の陣とでも称すべき様相が子規と鉄幹を中心に展開した。

十月発行の「明星」七号に掲載の「蛇口仏心」によれば、九月十六日付けの往復書簡でたがいの誤解と邪推を解き、和解したことを伝えている。十月七日に鉄幹は病床の子規を見舞って、旧交をあたためることになった。

もっとも鉄幹としては、歌論や実作での論争というよりは個人攻撃の標的にされたという恨みを解消することができないままに、新詩社の経営と広報活動に追われていた。この不可並称の論争のさなかの八月に関西に出張し、関西文壇の有力誌「よしあし草」を改題した「関西文学」との関係を強化することに奔走したが、その「関西文学」十一月号に掲載された、「子規は写実的の美で、鉄幹は観念の美」という評が同時代の歌壇的な評価となり、そうした両者の特質の対比は、その後の歌壇史のみならず近代短歌史の見方として定着したといえよう。

3　近代短歌史の源流を形成

子規は明治三十四年一月十六日から随筆「墨汁一滴」を「日本」に連載することになるが、その一月二十五日に「去年の夏頃ある雑誌に短歌の事を論じて鉄幹子規と並記し両者同一趣味なるかの如くいへり。吾以為（おも）へらく両者の短歌全く標準を異にす、鉄幹是ならば子規非なり、子規是ならば鉄幹非なり、鉄幹と子規とは並称すべき者にあらずと」と書いた。これは病床にあっても抑制できない激しい闘志が子規の精神内部にあったことを意味していた。

おそらく子規からすれば、「空しく鉄幹に先鞭を着けられたるを恨む」という心情を自己の文学観において発展させておきたかったにちがいなかろう。この年の三月には、『文壇照魔鏡第一与謝野鉄幹』という怪文書によって、スキャンダルの渦中にあった鉄幹の

情《なさけ》すぎて恋みなもろく才あまりて歌みな奇なり我をあわれめ　（三十四年三月）

という主情的な歌風と、

瓶《かめ》にさす藤の花ぶさみじかければたたみの上にとどかざりけり　（三十四年四月）

という「写生」を基本にした客観的な歌風とはあきらかに対照的であった。そうした子規鉄幹不可並称の歌壇の状況をきわめて的確に判断していた文学少年が、当時盛岡中学校の五年生であった石川啄木であった。

根岸派は淡白な抒景に妙をえて居る、新詩社連は濃艶な抒情にうまい。さて其両派の体度は如何と云ふに根岸は保守で鉄組は進歩だ。

という見解を三十五年七月二十五日付けの学友小林茂雄あての手紙に示している。もちろん「明星」および与謝野晶子の第一歌集『みだれ髪』に心酔していたとはいえ、啄木の豊かな文学的感性には驚かされる。

ともあれ、啄木少年が看破した子規と鉄幹の対比、あるいは根岸派と新詩社派のきわだった異質の対立は、前述のように近代短歌史の源流を形成していくことになる。

明治三十五年九月十九日、子規は、

糸瓜《へちま》咲て痰のつまりし佛かな

を辞世の句として、足かけ八年におよぶ「病床六尺」の闘病生活に終止符をうった。

虚子と共に須磨に居た朝の事などを話しながら外を眺めて居ると、たまに露でも落ちたかと思ふやうに、糸瓜の葉が一枚二枚だけひらひらと動く。其度に秋の涼しさは膚に浸み込む様に思ふて何ともいへぬよい心持であつた。

子規が病没の五日前の様子を記した「九月十四日の朝」という文章の一節を、鉄幹がどのように読んだかは知るよしもないが、晶子の『みだれ髪』の成功によって和歌革新への意気込みに自信をえた鉄幹は、子規没後の明治歌壇にあって浪漫主義的詩歌の黄金期を形成する。その意味では、子規との和歌革新の先陣争いは、そのためのたしかな助走であった。

［付記］本稿は、平成十三年十月十三日、十四日に実施された与謝野晶子倶楽部主催の一泊文学踏査「晶子・鉄幹・松山の旅」での講演記録「鉄幹と子規」にもとづいている。

［補記］本稿は、「与謝野晶子倶楽部」第九号（平成14年4月）に掲載の「鉄幹と子規」に若干の加筆をしたものである。なお、子規鉄幹不可並称の論議については、拙著『日本近代短歌史の構築―晶子・啄木・八一・茂吉・佐美雄―』（平成18年4月、八木書店）に所収の「金子薫園と『叙景詩』運動」に詳しく論述しているので参照されたい。また「与謝野晶子の世界」（平成22年12月～）に連載中の河野文男「与謝野鉄幹（寛）作品探訪」は、寛の著作に

関する文献的考証として注目すべき価値がある。

「明星」の女性歌人たちと鉄幹

髪ながき少女とうまれしろ百合に額《ぬか》は伏せつつ
君をこそ思へ　　　　――山川登美子『恋衣』

1　落合直文から与謝野鉄幹へ

落合直文が新派和歌の革新をめざして浅香社を結成したのは、明治二十六年二月のことであった。そのとき与謝野鉄幹は数え二十一歳の最年少の門生であった。

みなさけに涙こぼれぬさらば我師この子とこしへ酔へりとおぼせ
わが恋のみだれを人のもどけるに御袖ひろげて師はおほひましぬ
秀でたる御弟子のなかにわれひとり十とせ学ばずころもやぶれたり
わが歌のよはくなれるをほほゑみてとがめまさぬもふかきみなさけ
このこころせめて我師にそむかざれをのことこしへ世と戦はむ

これらの『紫』（明治34年4月）に所収の歌を一瞥するかぎりにおいても、師直文と門弟鉄幹との情愛の深さが並

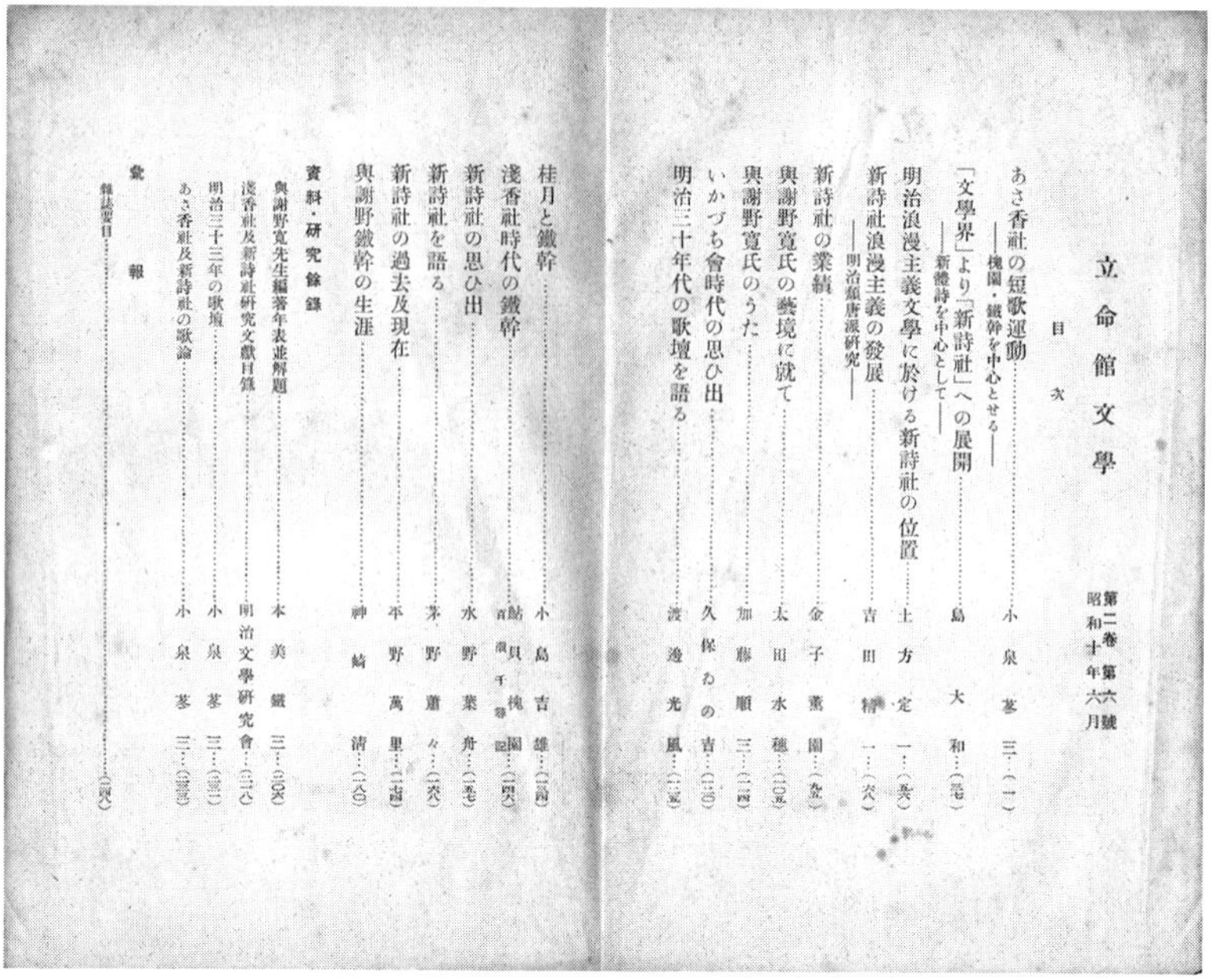
立命館文學

第二巻第六號
昭和十年六月

目次

浅香社・新詩社に関する特集号の「立命館文学」（昭和10年６月）

々ならぬものであることが理解できる。にもかかわらず鉄幹が明治三十二年十一月東京新詩社を創設したのは、特定の機関誌をもたず、新派和歌の革新を標榜しながらも新旧の折衷的立場から脱皮できない直文の指導方針に飽きたりないものがあったからである。たしかに直文の実弟である鮎貝槐園とともに近代短歌結社の母胎となった浅香社における鉄幹の功績は多大であった。それだけに青年鉄幹の師直文の微温的な態度にたいする反発も強かったといえよう。

明治二十七年五月、「二六新報」に連載の「亡国の音」の副題「現代の非丈夫的和歌を罵る」が端的に示すように、日清戦争期の高揚した国民感情を背景に旧派和歌を徹底的に攻撃した鉄幹は、二十九年七月に刊行された第一詩歌集『東西南北』によって、「小生の詩」という独自の文学観を表明するとともに、明治三十年代初頭の新派和歌運動の先陣に立った。

東京新詩社創設以後における新派和歌運動の革新者としての鉄幹の行動力、企画力には目を見張るものがあった。具体的には、関西圏の文学愛好者にたいする連携のエネルギーにあった。明石利代『関西文壇の形成―明治・大正の歌誌を中心に―』（昭和50年9月、前田書店）にしたがえば、高須梅渓を中心として明治三十年四月に結成された浪華青年文学会が三十二年一月から関西青年文学会と改称されるが、「鉄幹はその会に対して最も誠実な助言者」として連携を推進することになる。

関西青年文学会の機関誌「よしあし草」の三十三年一月号には、「与謝野鉄幹先生を推して社幹たらんことを請ひ其快諾を得て『東京新詩社』を結び相与に新派和歌および新体詩の研究を試みん」という広告が掲載され、さらに二月号に「人を恋ふる歌」が、三月号に「明星」創刊号の要目がそれぞれ掲載された。このように鉄幹と関西青年文学会との関係は次第に強化されつつあったが、それを決定的なものにしたのが三十三年八月の鉄幹の来阪であった。

ときに明治三十三年八月六日、関西青年文学会の堺支会主催の歌会が浜寺の寿命館で催された。その歌会にはふたりの妙齢の女性が参加していた。いうまでもなく鳳晶子と山川登美子である。鉄幹はその歌会での出会いをつぎのように『紫』にうたっている。

むらさきの襟に秘めずも思ひいでて君ほほゑまば死なんともよし

この鉄幹の熱情に応えるように晶子も登美子もともに〈恋愛〉を実感する女性歌人として成長してゆくことになる。もとより自明のことながら、その兆しはこの年の五月発行の「明星」第二号にあった。晶子の歌「花がたみ」

六首と登美子の歌一首とがそれぞれ「明星」の誌面をはじめて飾ることになったが、「よしあし草」から晶子を、「文庫」から登美子を引き抜こうとする鉄幹の意図でもそれはあった。同号の「歌壇小観」で、「『新星会』は堺市にある新派歌人の団体で、河井酔茗氏が牛耳を執つてゐるが、会員中に妙齢の閨秀で晶子と云ふ人の近作」として、「よしあし草」三月号から二首の晶子の歌を鉄幹は紹介している。このように「明星」創刊当初から晶子や登美子を中央歌壇に引き出すことによって、関西圏の文学愛好者のグループとの結束を固めようとした鉄幹の戦略は明白であった。

それは古典的な優美さを基調とする直文および浅香社の路線を逸脱することでもあった。「明星」第二号の「歌壇小観」で、「毎日新聞に落合先生の歌談が見えた。自分の立ち場は旧派でも無い新派でもないと云ふので、去年の国風懇親会の演説に較べて別に進んだ意見も見えない。和歌にも俳句の如く季を入れたいと云ふのは、あまり名案とも思はれぬ」、と直文への不満を直裁にのべている。当然のことであるが、こうした鉄幹の言説にたいして直文は無関心ではいられなかった。三十三年六月発行の「明星」第三号の「歌壇小観」の末尾に、「落合直文先生と明星」という見出しをつけて、「『明星』は本号より以下落合直文先生に於て検閲の上、種種の注意を与へらるゝことゝなれり」、と明記しなければならなかった。

このように東京新詩社の創設、「明星」創刊当初の鉄幹は、直文の指導を受けつつも、それにたいする反発、批判を進展のバネにしながら、独自の方向に突き進もうとしていた。そのためにも、いなそのためにこそ晶子や登美子をはじめとした女性歌人の存在は必要であった。三十三年九月に集中する子規鉄幹不可並称の論議、十一月発行の「明星」第八号の風俗壊乱による発売禁止処分、そして翌三十四年三月の『文壇照魔鏡』事件などによって心身ともに窮地に追い込まれた鉄幹は、彼女たちからまさに物心両面にわたる援助をうけることになるが、わけても晶子や登美子が〈恋愛〉を実感する女性歌人として大きく飛躍したことが何よりの救いであり、収穫でもあったことはいうまでもない。

2　『紫』と『みだれ髪』

明治三十三年九月発行の「明星」第六号からその体裁が創刊以来のタブロイド判の新聞型から四六倍判の雑誌型へとあらためられた。のみならず百合の花を手にした黒髪の裸婦像を描いた一条成美の表紙画によって、西欧的浪漫的な香気を主調とする「明星」歌風のイメージの特質がより鮮明になったといえよう。さらに第六号の「雁来紅」と題する新詩社詠草欄では、アルフォンス・ミュシャのポスター「サラ・ベルナール」を模写した一条成美のカットのもとに、晶子の歌十六首、登美子の歌十五首が掲載され、ふたりの女性歌人を特別に引き立てようとする鉄幹の思惑が読みとれる(1)。

これは同号巻末におさめられた鉄幹の「小生の詩」四十一首のつぎの歌にもわかるように、

君が名を石につけむはかしこさにしばし芙蓉と呼びて見るかな
やさぶみに添へたる紅のひと花も花と思はず唯君と思ふ
星の子のふたり別れて千とせへてたまたま逢へる今日にやはあらぬ
京の紅は君にふさはず我が嚙みし小指の血をばいざ口にせよ

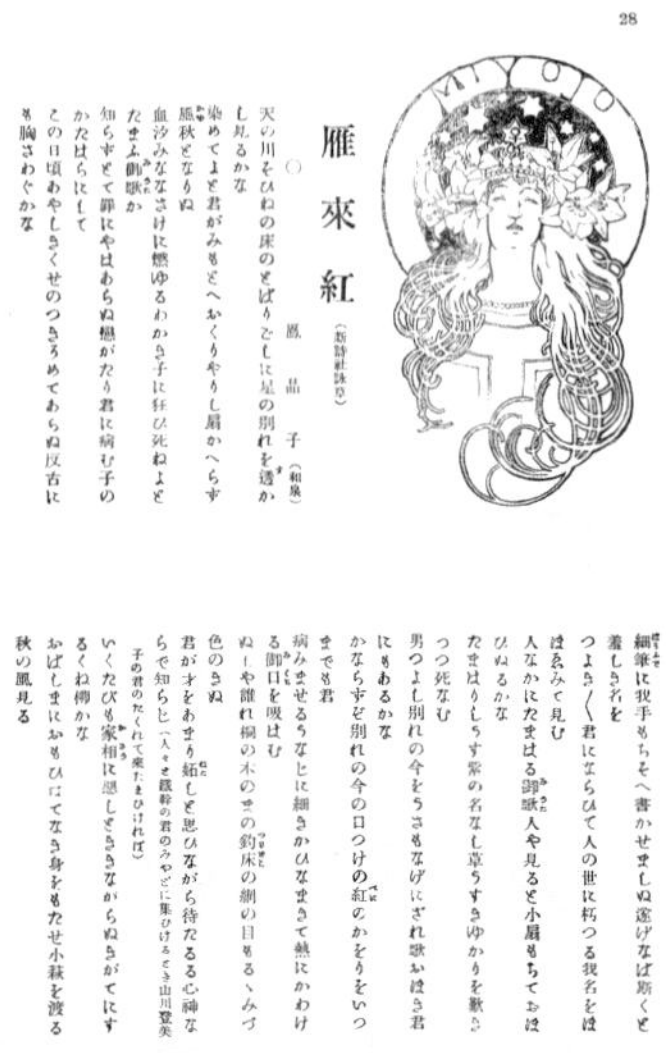

28

雁來紅 （新詩社詠草）

○　鳳晶子（和泉）

天の川そひねの床のとばりごしに星の別れを透《す》かし見るかな

染めてよと君がみもとへおくりやりし扇かへらず風秋となりぬ

血汐みななさけに燃ゆるわかき子に狂ひ死ねよとたまふ御歌《みうた》か

知らずとて罪にやはあらぬ戀がたり君に病む子のかたはらにして

この日頃あやしきくせのつきそめてあらぬ反古にも胸さわぐかな

細筆《ほそふで》に我手もちそへ書かせましぬ遂げなば斯くと羞しき名を

つよき〳〵君にならひて人の世に朽つる我名をほほゑみて見む

人なかにたまはる御歌《みうた》人や見ると小扇もちておほひぬるかな

たまはりしうす紫の名なし草うすきゆかりを歎《なげ》きつつ死なむ

男つよし別れの今をうさもなげにざれ歌おほき君にもあるかな

かならずぞ別れの今の口つけの紅《べに》のかをりをいつまでも君

病みませるうなじに細きかひなまきて熱にかわける御口《みくち》を吸はむ

ぬ－や誰れ桐の木のまの釣床《つりどこ》の網の目もるゝみづ色のきぬ

君が才をあまり妬《ねた》しと思ひながら待たるる心神ならで知らじ（人々と鐵幹の君のみやどに集ひけるとき山川登美子の君のたくれて來たまひければ）

いくたびも家相《かさう》に悪しとききながらぬきがてにするくね柳かな

おばしまにおもひはてなき身をもたせ小萩を渡る秋の風見る

「明星」第６号（明治33年９月）の「雁来紅」

三十三年八月の来阪をきっかけに展開する女性歌人たちとの恋愛模様を、いわば映像的かつ物語的に「明星」誌上に華麗に演出しようとする鉄幹のもくろみでもあった。

三十三年八月以後の動向を年譜的伝記的にいえば、その年の十一月に鉄幹は晶子と登美子をともない、京都永観堂の紅葉を愛でて、粟田山の辻野旅館に三人で投宿。十二月に登美子は結婚のために郷里の若狭小浜に帰る。翌三十四年一月、「関西文学」の同人と新詩社の神戸支部会員との合同大会に出席のために関西に来た鉄幹は、晶子と粟田山で再会。六月、鉄幹の妻林滝野が長男を連れて徳山の実家に帰り、入れ違いに晶子が堺から単身上京、鉄幹のもとに身を寄せる。このような鉄幹をめぐる女性歌人たちの情動は、「明星」の浪漫的色彩をいやがうえにも濃密なものにしていくだけにとどまらず、たとえば三十四年三月発行の「文庫」で、「『明星』は何が故に青年の読者の多くを持つかを、ソレは鉄幹の人気もあるだらう、成美の絵画（今は居らぬが）もあるだらう、併し鳳晶子、山川登美子二女史の人望が与かって力あるは、又否定の出来ない事実」、と鼓吹されたように、「明星」の命運を左右するものともなった。

こうした機運のなかで、『紫』と『みだれ髪』の出版に新派和歌運動の成果、ひいては「明星」の存亡を鉄幹は世に問いかけようとした。『紫』は鉄幹の第四詩歌集として三十四年四月に、『みだれ髪』は晶子の第一歌集として三十四年八月にそれぞれ東京新詩社から出版された。

①むらさきの襟に秘めずも思ひいでて君ほほゑまば死なんともよし
②秋かぜに胸いたむ子は一人ならず百二十里を今おとづれむ
③秋かぜにふさはしき名をまゐらせむ『そぞろ心の乱れ髪の君』
④申すことおはせど春に若狭よりと人の文きてこの年くれぬ
⑤わがおもひ鸚鵡に秘めてうぐひすにそぞろささやく連翹の雨
⑥遠き人をふたりしのびしおばしまのその春の山また夢に入る
⑦ゑんじ色に人は袂を染めなれてまだしと云ひぬわが濃紫
⑧屠蘇すこしすぎぬと云ひてわがかけし羽織のしたの人うつくしき

（『紫』より）

⑨たまはりしうす紫の名なし草うすきゆかりを歎きつつ死なむ
⑩さびしさに百二十里をそぞろ来ぬと云ふ人あらばあらば如何ならむ
⑪みだれ髪を京の島田にかへし朝ふしてゐませの君ゆりおこす
⑫いはず聴かずただうなづきて別れけりその日は六日二人と一人
⑬鶯に朝寒からぬ京の山おち椿ふむ人むつまじき
⑭君さらば巫山の春のひと夜妻またの世までは忘れゐたまへ
⑮おもひおもふ今のこころに分ち分かず君やしら萩われやしろ百合

⑯臙脂色は誰にかたらむ血のゆらぎ春のおもひのさかりの命
⑰湯あがりを御風めすなのわが上衣ゑんじむらさき人うつくしき

（『みだれ髪』より）

①「むらさきの」の「恋」に「死なんともよし」という男の思いと、⑨「うす紫の名なし草」のように「歎きつつ死なむ」という女の思いとは、②⑩の「百二十里」の遠い隔たりを越えてひとつに強く繋がろうとする激しさがある。③「『そぞろ心の乱れ髪の君』」と名づけられた女は、⑪「みだれ髪を京の島田にかへし」、恋人との逢瀬の時間を艶やかによそおう。結婚のためにやむなく故郷の若狭に帰った登美子からの④「申すこと」が男の未練を呼びおこすとともに、⑫「その日は六日」という明治三十三年十一月六日の粟田山の一夜とその別れが晶子の心によみがえる。その粟田山での恋人との再会に秘められた⑤「わがおもひ」は、「うぐひすにそぞろささやく」ことで、⑬「人むつまじき」という相思相愛の語らいをもたらす。とはいえ、⑥「遠き人をふたりしのびし」男の「夢」にとけこめない女の情愛は、⑮「今のこころに分ち分かず」というように微妙に揺れ動く。それだけに⑦「わが濃紫」の男の愛情にまさる女の一途なまでの情念が⑯「臙脂色」に象徴される。かくして⑰「ゑんじむらさき」によって、さまざまな試練を乗り越えた〈恋愛〉は、⑧⑰「人うつくしき」という美しい彩りのもとに成就する。

このように『紫』『みだれ髪』は、さながら合わせ鏡のような相聞歌集であるといえよう。すでに中晧「鉄幹晶子の恋愛歌―その発想構想措辞をめぐって―」（『同志社女子大学日本語日本文学』平成7年10月）が鉄幹晶子の恋愛歌の特性を綿密に論証し、「恋愛感情の率直な主情主義的な表現というよりも、情調本位で、物語的発想・構想に基づいている」ことを指摘しているように、そのすぐれた文学的所産が『紫』と『みだれ髪』という相聞歌集であった。

3 『恋衣』の結実に向けて

晶子なくして『紫』はありえず、鉄幹なくして『みだれ髪』はありえなかった。この相聞歌集はいわば〈恋愛〉を実感した恋愛者の物語として多くの青年男女に歓迎され、文壇をこえて大きな社会的反響をもたらした。しかしそれにしてもこれらの相聞歌集がなぜ世に広く受け入れられたのであろうか。それは「明星」第六号（明治33年9月）の「新詩社清規」に、「文学美術等の上より新趣味の普及せんことを願ひて、雑誌『明星』を公にす」と明示されたように、アール・ヌーヴォーの清新な感覚が同時代の青年たちの感受性をとらえたからであろう。

周知のように『紫』も『みだれ髪』もその装幀は新進洋画家の藤島武二が手がけたが、「奇抜なる製本の体裁、先づ人目を一新せしむ」という予告のように、西洋の造本技術を活用したものであった。『みだれ髪』を書物としてのイメージの要素から緻密に考証した木股知史「『みだれ髪』の画像世界」（「甲南大学紀要」平成15年3月、『画文共鳴―『みだれ髪』から『月に吠える』へ―』所収、平成20年1月、岩波書店）によれば、当初の予定では『みだれ髪』も『紫』と同一の体裁であったが、西洋の書物の装飾図案であるヴィネットを意識して縦長の三六変形判になった。(2)藤島武二が手がけた『みだれ髪』の表紙画・挿画がどのように『みだれ髪』という表現（テキスト）に作用したかは木股の論証のとおりであるが、「鉄幹は、裸体画の芸術性を主張したように、西洋絵画の芸術性を近代の証ととらえながら、西洋美術を参照しつつ晶子の歌を読解することによって、道徳的な批判を封じ込め、近代的な恋愛の神話を作り上げることに力をそそいだのである」という卓見にしたがえば、鉄幹の豊かな美的感性によってはじめて『みだれ髪』は恋愛者の物語として芸術的価値が付与されたともいえよう。

その意味では、プロデューサー、コーディネィター、あるいは演出家としての鉄幹のたぐいまれな才能は、たしかに諸家の認知するところである。そのうえでさらに編集者としての鉄幹の資質も見のがすことはできない。すでに島津忠夫「『みだれ髪』の成立と鉄幹・晶子」（『国語国文』昭和53年10月、『島津忠夫著作集第九巻』所収、平成18年6月、和泉書院）が論及するように、晶子という女性歌人の可能性が前面に引き出された『みだれ髪』という歌集は、「晶子と鉄幹との合作の集であった」ともいえよう。(3) 最近のジェンダー論でいえば、男性の視線から解放された女性による女性のセクシュアリティーの表現として『みだれ髪』を位置づけようとする傾向があるが、女性表現者の自立のうえでもあらためて鉄幹という男性の美意識を評価しなおすべきであろう。(4)

そうした意味において、明治三十八年一月刊行の詩歌集『恋衣』の文学史的意義は多大であった。出版に先だつ「明星」の広告に、「山川登美子、増田雅子、与謝野晶子の三女史は、多年新詩社の閨秀作家として、詩名夙く『明星』紙上に顕れぬ。近時我国短詩壇の潮流いと新しきあるものは、実に女子等首唱の力多きに由れり」とあるように、ここにも鉄幹の巧妙な文学的戦略を読みとることができる。と同時に「明星」の女性歌人たちの可能性と魅力があまねく引き出された『恋衣』を序曲として、女性表現者の自立の道が切り開かれたともいえよう。

注

（1）今野寿美編『山川登美子歌集』（平成23年12月、岩波書店）の「女性の歌を引き立てる配置をし、レイアウトを施していることだけは如実であるように思う。わけても晶子と登美子の二人に可能性を見出したのか、二人の作品が隣り合い、次の号では前後が逆になっていたり、という具合であった。お互いに意識するように、多少挑発的に編集したかにも見える。おのずと、二人の作品にはそれぞれ高揚感がまつわり、出詠の数もふえていった。」という今野の解説には深い示唆がある。

（2）木股知史『画文共鳴―『みだれ髪』から『月に吠える』へ―』は、イメージと文学とが共鳴する画像的世界の特質を表現史として考察している。とくに「明星」には「視覚イメージの効果を重視した与謝野鉄幹の編集方針」に着目し、『みだれ髪』は「イメージと文学の交流の最高の結実」として位置づけている。

（3）島津忠夫『島津忠夫著作集第九巻』には、「明星」草創期の共同連作のこころみを論じた「『明星』の試み―「ひと夜語」の共同連作をめぐって―」、明治の新派歌壇にたいする鉄幹の評価を実証的に考証した「明治三十五年の歌壇―「明星」所載の鉄幹の見解を中心に―」、「明星」末期から「スバル」にかけて活躍した岡本かの子、原田琴子、矢沢孝子らの作品を近代短歌史として分析した「『明星』の終焉と女流歌人たち」などのすぐれた論考が多く収載されている。

（4）江種満子『わたしの身体、わたしの言葉、ジェンダーで読む』（平成16年10月、翰林書房）は、『みだれ髪』に女性の身体表象としての芸術的価値を認め、「晶子は、そのイメージを女性ジェンダーとして取り込みながら、しかしその先は男性詩人たちとは異なり、そこにたっぷりと女の生命を吹きこむ。晶子は男性によって他者化された女性身体を、男性に向き合う主体として立ち上がらせる。」と、のべている。

また関礼子「花圃と鉄幹をめぐる問題系―「亡国の音」前後―」（「日本近代文学」第75集、平成18年11月）は、「亡国の音」前後の鉄幹が国文学から女性性を排除し、男性ジェンダー化された「大丈夫」という男性性を強調したことで文壇的に成功した、という注目すべき指摘をしている。

［補記］本稿は、「与謝野晶子倶楽部」第十三号（平成16年3月）に発表の「『明星』の女性歌人たちと与謝野鉄幹」に若干の加筆をしたものである。

編集者鉄幹の才気
――『東西南北』から『紫』へ――

良人の詩人としての天分がどんなに優れてゐるかは、百年二百年の後になつて解るでせう。
――晶子「崖下の家」

おそらく寛の文学的人生は、「詩人とはいかにあるべきか」という自問自答の連続であったろう。夫である寛の詩人としての天分を正当に評価しえない世上に投げかけた妻である晶子の思いは、「寛は君の歌に触れて開眼せられ、君の創作の神興によつて激励せられしこと無量なり」という寛のことばを代弁するものでもあった。

表現者創作者としての晶子の天分を発見し、開花させたのは寛であった。寛なくしては晶子の存在はありえず、また晶子なくしては寛の存在もありえなかった。まさに寛と晶子は車の両輪、鳥の双翼のごとく両者相和しながら一体としての自己発展が可能であった。本稿では、とくに創作者、表現者としての晶子の天分を開花させた編集者としての鉄幹の才気について考えてみたい。

1　編集者としての自覚―『東西南北』のこころみ

幼少から国語漢文に長じていた鉄幹が、明治二十三年の山口県徳山の徳応寺時代に、兄照幢のもとで雑誌の編集にかかわっていたことは知られているが、編集ということが仕事として自覚されるようになったのは、明治二十六年（一八九三）十一月の「二六新報」入社以後のことであろう。旧派和歌を痛烈に攻撃した歌論「亡国の音」は「二六新報」に連載されたが、正岡子規の「歌よみに与ふる書」も新聞「日本」に連載されたものであった。鉄幹にしても子規にしても、明治二十二年の大日本帝国憲法発布の前後に興隆する新聞メディアを舞台として登場したことに時代的な意味があった。ともに和歌革新の旗手として、新聞や雑誌という新しい言論メディアが世論形成のうえでいかに強度の発信力を有しているかを熟知していたということでもあった。

その才知が最初に発揮されたのが、明治二十九年七月に刊行の第一詩歌集『東西南北』であった。この詩歌集にはじつにさまざまな新しいこころみが見られる。たとえば、『新体詩抄』の編者で詩歌改良主義の先駆者でもある井上哲次郎にはじまる序文の書き手が多士済々であることに驚かされる。落合直文、森鷗外、大口鯛二、小中村義象、阪正臣、正岡子規、斎藤緑雨、国分青崖、佐佐木信綱という錚錚たる文学者たちが、和歌革新への期待を進取の鉄幹に寄せるという構図にも、鉄幹のしたたかなもくろみがうかがえる。というのは、そうした大家の期待にこたえるように、「小生の短歌と、新体詩とを輯めたるもの、この『東西南北』に御座候ふ。」という書き出しではじまる「自序」がつづくからである。

「小生の詩は、短歌にせよ、新体詩にせよ、誰を崇拝するにもあらず、誰の糟粕を嘗むるものにもあらず、言はば、小生の詩は、即ち小生の詩に御座候ふ。」

この過剰すぎる「小生の詩」という詩観の表明は、のちの「明星」の編集方法にも生かされることになるが、伝統的な詩型にとらわれない自由奔放な詩的発想を自己の詩歌集に表出するという意気込みの宣言でもある。したがって「帝国文学」「青年文」「六合雑誌」「太陽」「小日本」「日本」「早稲田文学」などという当代の有力な新聞雑誌における批評によって、「発憤自励の念を増した」ことを、ことさらにその「自序」でのべるのも、言論メディアの影響力をわきまえた編集者鉄幹の才覚であった(1)。

さらに「明治廿九年六月十七日、東北、宮城岩手青森諸県、大海嘯の惨状を想像しつゝ、著者自ら、東京の寓居に識す。」という「自序」の結語にも、明治二十九年六月十五日に発生した三陸地方の大津波による史上最大の惨劇にたいする同時代的感覚が反映しているといえよう。

そうした編集者としての新時代への感覚や意識は、集中のじつに多彩な表現方法に発揮される。短歌、新体詩、漢詩、連歌風の共作、俗謡などの多種多彩なジャンルによって、新しい明治の「国詩」(日本の詩)を模索するという青年詩人の可能性がこころみられている。つぎの巻頭歌の句読点の表記もそうした新しさへのこころみとして注目される。

野に生ふる、草にも物を、言はせばや。
　　涙もあらむ、歌もあるらむ。

花ひとつ、緑の葉より、萌え出でぬ。
　　恋しりそむる、人に見せばや。

この「無題二首」としてはじまる巻頭の二首には、表記上の新しいこころみもふくめて、「虎」から「紫」へと変貌する抒情詩人の登場をすでに予告するという編集意識が作動しているように読みとれる。そしてそれを明確にするのが、巻末のつぎの俗謡である。

雲のかよひ路、こころはかよふ。
　　富士の高嶺に、人知れず。

いかにも明治二十八年（一八九五）十月八日の朝鮮王朝の閔妃暗殺事件にかかわった壮士風の戯れ歌のようである。つまり日清戦争後の政局不穏な朝鮮京城で閔妃暗殺事件に遭遇した体験を背景にしながら、「益荒男」「大丈夫」の気風を存分にうたいあげるなかで、その気風気質には人知れぬ繊細な浪漫的抒情的な資質があることを仄めかしている。

たしかに集中もっともよく知られている「韓にして如何でか死なむ」十首にしても、いわゆる「をのこ」「ますらを」の心意気が勇ましい虎剣調によってより跳躍するものがある。しかしその一方で、集中の後半にある、「官妓白梅を悼む。」という題詞のもとに、

太刀なでて、わが泣くさまを、おもしろと、
　　歌ひし少女、いづちゆきけむ。

とうたわれた連作五首を対比すれば、永岡健右の緻密な校注にあるように、「韓にして如何でか死なむ」十首をふ

まえて「物語的構成」として演出されたおもむきがある。まさに「はなれ駒」と自称する「虎」の鉄幹が、女人の「なさけ」に惑う「こころ」ある詩人でもあることを、虚構化された歌物語のなかで明白にしているといえる。

このように日清戦争、閔妃暗殺事件という歴史的事象をいわば同時代的視点あるいは現場的立場によってうたおうとした『東西南北』の構成には、ひとつの新しい時代の「物語」を創出しようとする鉄幹のもくろみがあったことが読みとれよう。たとえば、集中の巻末には日清戦争の戦闘状況を取材した「朱染亭（武内少尉以下七士の戦死を歌へるもの廿七年十月の作）」、「将軍不誇（廿七年九月十九日作）」、「軍中月（廿七年九月十二日作）」、「従軍行（廿七年八月廿一日作）」などの戦争詩がつづく。初出「二六新報」に掲載されたいずれの詩も、さながら従軍記者が戦場から激烈な戦況を報道するようなリアリティーに富んでいる。のみならず戦場へと向かう予備役の陸軍大尉の父を誇りに思う母と子の心情をうたう「太郎（某小学校長の依嘱によりて、廿七年八月の作）」、そして「いつとさまは帰ります、／帰りますぞ問ふものを、」ではじまり、「大尉の家のその妻は、／わざと我児を見にやらず。」でおわる「凱旋門（廿八年五月）」という戦争詩の配合は、戦争がもたらす光と影の人間的ドラマによって、戦争という現実を共有する同時代読者の心理の機微に迫る妙味をもっている。

それは新しい言論メディアの効力をよく知る鉄幹が、かれにとって最初の詩歌集に発揮した編集能力の卓抜さでもあった。

2　プロデューサーとしての才覚

〔1〕　東京新詩社の創設と「明星」創刊

明治三十年一月に第二詩歌集『天地玄黄』を刊行した鉄幹は、七月三たび渡韓し、翌三十一年三月に帰国した。その年の八月に父の礼厳を徳応寺で見送った鉄幹は、翌三十二年（一八九九）十一月に念願の「東京新詩社」を創設する。鉄幹の師である落合直文によって明治二十六年に近代短歌結社の草分けともいうべき浅香社が結成され、三十一年いかづち会、若菜会、あけぼの会などの和歌革新のグループが誕生し、三十二年には佐佐木信綱の竹柏会、正岡子規の根岸短歌会が創設され、新派和歌運動に鎬を削る軍略として考案したのが、「東京」「新詩社」という組織名であった。従来の結社にはない新しい組織づくりにふさわしい新鮮でモダンな響きが、「東京」「新詩社」という命名にはふくまれていた。「新体詩上の新開拓」をする「詩堂」として「東京新詩社」を自己の文学的世界と位置づけた石川啄木のような文学少年を例にだすまでもなく、鉄幹のプロデューサーとしての先見性があったともいえよう。

そしてそのプロデューサーとしての才覚が発揮されるのは、三十三年三月「文庫」の和歌欄選者となってからのことである。これもまた窪田空穂や山川登美子の例をだすまでもなく、「文庫」選者としてのいわば特権を最大限に利用し、かれらをふくめた多くの意欲的な投稿者の文学的資質を見いだすとともに、「東京新詩社」に勧誘し、その機関誌である「明星」に登場させた。

竹柏会の信綱や根岸短歌会の子規のような学閥門閥や郷土的人脈に恵まれなかった鉄幹にとって、唯一の庇護者は師の直文であった。しかし満を持して結成した「東京新詩社」には、浅香社とはおのずから異なる清新な色彩が必要であった。いいかえれば直文の庇護から自立した組織づくりこそが新派和歌運動を制する方法論でもあった。そのために鉄幹は、「文庫」選者であることを足がかりに地方の文学組織（同時に投稿者）と友好関係を推進し、独自の機関誌を創刊することを企画した。

まず地方の文学組織との友好関係については、明治三十年に結成された浪華青年文学会を三十二年に関西青年文学会と改称し、「よしあし草」を創刊した堺を中心とした関西一円の文学青年たちと急接近した鉄幹は、きたる「明星」創刊の足場をかためようとする。

『天地玄黄』（明治30年１月）

「よしあし草」三十三年一月号では、「与謝野鉄幹先生を推して社幹たらんことを請ひ其快諾を得て『東京新詩社』を結び相与に新派和歌および新体詩の研究を試みん」という公告が掲載され、鉄幹のもくろみが地方組織に確実に浸透していることがわかる。

「よしあし草」三月号に四月に創刊される「明星」の創刊号要目が予告的に掲載されたのも、「よしあし草」への投稿者を「明星」に登場させるという鉄幹の意図がはたらいていた。それは「文庫」

から山川登美子を引き抜いたように、「よしあし草」から鳳晶子を引き抜くことを意味していた。三十三年八月の関西旅行も、鉄幹にとっては関西青年文学会の「明星」への支援を依頼することが大きな目的であった。八月六日の浜寺寿命館での歌会は、鉄幹を囲むように妙齢の晶子、登美子たちも出席したが、これはいわば「明星」＝「東京新詩社」と関西青年文学会との盟約が確認された場でもあった。

本書に所収の「「明星」の女性歌人たちと鉄幹」でも言及したように、「東京新詩社の創設、「明星」創刊当初の鉄幹は、直文の指導を受けつつも、それにたいする反発、批判を進展のバネにしながら、独自の方向に突き進もうとしていた。そのためにも、いなそのためにこそ晶子や登美子をはじめとした女性歌人の存在は必要であった」。

結果的には関西青年文学会という地方の文学組織の支持や後援によって、組織づくりの基盤を固めることができた「東京新詩社」は、その機関誌である「明星」に女性歌人の存在をクローズアップするという新機軸をうちだした。三十三年九月の「明星」第六号の誌面づくりに編集者の才気はあまねく反映しているが、それは同時に晶子という女性歌人をいかに華やかに登場させるかという演出家、制作者としての才覚でもあった。

従来のタブロイド判（新聞の判型）から四六倍判（雑誌の判型）に一新した「明星」第六号には、大きくふたつの点で鉄幹の編集者としての才覚が注目される。その第一は、十月一日出版（実際には八号の発売禁止の影響で刊行されなかった）の『鉄幹歌話　附録　小扇記』の広告である。「鉄幹君は国詩界革新の急先鋒也。」ではじまる広告文によれば、八月の関西旅行での各地における談話を集録し、『鉄幹歌話』として出版するということであるが、「国詩界革新の急先鋒」であるという自己認識の強烈なアピールにあった。さらに「小扇記」が関西旅行の、「浜寺の海辺に会する者八人、小扇八枚を得て扇毎に八人の名字を自署して別る」という記念のかたみであることを強調することによって、関西青年文学会との盟約を誇示するとともに、晶子、登美子たちを「明星」の女性歌人として売りだそうとする鉄幹のもくろみが明白になった。

その第二は、「雁来紅」（新詩社詠草）という題のトップに、「鳳晶子（和泉）」として十六首の晶子短歌を掲載することで、「明星」浪漫主義の基調となる恋愛歌の特性を決定したことである。周知のように、アルフォンス・ミュシャのポスター画「サラ・ベルナール」を模写したカットの上部に「MIYOJO」と横書きに表記されたモダンなイメージにふさわしい近代恋愛歌の歌姫として晶子を読者に意識させることになった。

やや過剰ともいえる演出であるが、「雁来紅」十六首の晶子の恋愛歌に反響するように鉄幹の「小生の詩」四十一首が第六号の誌面を盛りあげている。

天の川そひねの床のとばりごしに星の別れを透かし見るかな(2)

この「天の川」の「星の別れ」という天上の恋物語のゆくえを読者に意識させるように、

かならずぞ別れの今の口つけの紅のかをりをいつまでも君
病みませるうなじに細きかひなまきて熱にかわける御口を吸はむ

恋人たちの官能的な姿態が浮き彫りにされる。こうした晶子の高揚感にあふれそうな恋愛歌に正対するように、「小生の詩」の鉄幹はうたう。

京の紅は君にふさはず我が嚙みし小指の血をばいざ口にせよ（晶子の許へ）

もとより恋愛歌を女性歌人たちに競作させるという鉄幹の手法は、ひとり晶子にかぎられたことではないが、やはり三十三年八月の鉄幹と晶子の出逢いには運命的なものがあったことを、「明星」の読者に告白し、認知させるような趣向である。そうした趣向をこらしたところに、新しい言論メディアの重要な担い手である読者の存在を注視する鉄幹のジャーナリスティックな感覚がはたらいていたともいえよう。

〔2〕 相聞歌集としての『紫』と『みだれ髪』

号数をかさねるごとに「明星」の誌面は、明治三十三年十一月の南禅寺永観堂の紅葉の観賞、粟田山での投宿、そして三十四年一月の粟田山再遊という、鉄幹晶子の現実の恋愛関係がさながら恋物語のように濃厚な恋愛歌で横溢した。しかし世上の道徳論ではふたりの恋愛は不倫というほかない。たとえ不倫の恋を黄金の花として文学的に美化しようとも、世間に容認されるはずはない。三十四年三月の『文壇照魔鏡』はそうした鉄幹にたいする糾弾であった。鉄幹にとっては三十三年十一月の「明星」第八号の「仏国名画二葉」による発売禁止処分につづく大きな痛手であった。それは「東京新詩社」＝「明星」にとっても最大の危機であった。

その最大の危機的状況を救ったのがほかならぬ晶子であった。もとより晶子も風評に晒された未婚女性として「くるほしのこのごろ」「毎日もだえし居るのに候」という苦悶の日々であった。歌も思うようにうたえない苦悩のなかで、晶子の決断は「破産宣告」をうけた鉄幹の許に身を寄せることであった。それが三十四年六月十四日の上京であった。

失意挫折のなかで鉄幹は、晶子の愛情に報いるとともに社会的な屈辱をはね返す必要があった。鉄幹を抹殺しようとした文壇ジャーナリズムの本陣に挑むように、不倫の恋をいわば芸術的体験として「詩人の恋」（「星の子」）として昇華させた。それが三十四年四月の『紫』であり、八月の『みだれ髪』であった。『紫』は、『東西南北』からの五年間の詩人としての歩みを再現しながら、「虎」の鉄幹から「紫」の鉄幹への変身を表明したところに意義があった。『みだれ髪』は、世上の風聞はともかくとしても晶子の上京を常軌にはずれた行為として非難する兄弟姉妹にたいして、恋愛の真実に生きようとする女性の「今」の内なる叫びをつたえなければならないという覚悟を秘めた真率さに特色があった。

秋かぜにふさはしき名をまゐらせむ「そぞろ心の乱れ髪の君」
屠蘇すこしすぎぬと云ひてわがかけし羽織のしたの人うつくしき

と『紫』の鉄幹がうたえば、『みだれ髪』の晶子はつぎのようにこたえる。

みだれ髪を京の島田にかへし朝ふしてゐませの君ゆりおこす
湯あがりを御風《みかぜ》めすなのわが上衣《うはぎ》ゑんじむらさき人うつくしき

たがいにたがいのこころを確かめあうように、恋物語が展開するという意味において、『紫』と『みだれ髪』はふたつでひとつの歌物語を形成している。すでに本書の「「明星」の女性歌人たちと鉄幹」でものべたように、「さながら合わせ鏡のような相聞歌集」として、「東京新詩社」から出版されたことに大きな意義があった。晶子を「明星」の歌姫として明治歌壇に広く知らしめるために躍起であった鉄幹からすれば、少なくとも『みだれ髪』は「東京新詩社」の窮地を救うことになった。のみならず前田夕暮、若山牧水、石川啄木などの青少年詩人が「明星」調ひいては晶子模倣によりながら、独自の歌人的世界を築くことになる。

拙稿「明治三十四年の短歌史的意味―『片われ月』と『みだれ髪』の絵画的特性―」(『日本近代短歌史の構築』所収)でも論及したように、『みだれ髪』の特異性はひとえにその絵画的視覚性にあった。それは藤島武二の斬新な美的感性とのみごとな芸術的交感でもあったが、鉄幹じしんの美意識にあずかるところ大であった。その意味では、鉄幹の美にたいする鋭敏な感受性によって、晶子という美神が華麗に登場できたといえよう。さらにいえば、『みだれ髪』という歌集は、鉄幹によってプロデュースされ、晶子のたぐいまれな女性表現者としての天分資質が開花した文学的所産であることを認定すべきであろう(3)。

3　鉄幹から寛へ、寛からひろしへ

『紫』『みだれ髪』というまるで番《つが》いのような相聞歌集の出版にたいする鉄幹の意気込みには、ふたりの恋愛を反道徳的反社会的な不倫として糾弾する文壇ジャーナリズムへの切り返しのすごみがあった。すでに中晧「鉄幹晶子の恋愛歌―その発想構想措辞をめぐって―」(『同志社女子大学日本語日本文学』平成7年10月)が指摘するように、「三十一文字の新詩の表現形式が最初の見事な成立」として具現したのが、『紫』『みだれ髪』であった。まさに『東西南北』の序言で表明した「小生の詩」観が新しい抒情短歌によってきわめて清新な文学的密度の高い作品を結実させたといえよう。

そのことを可能にしたのはほかならぬ晶子の存在であった。またそのことをだれよりもよく理解する鉄幹であった。しかし「君死にたまふことなかれ」や『恋衣』によって晶子の文壇における注目度が増すにつれて、鉄幹の影は薄くなるばかりであった。雅号「鉄幹」を本名の「寛」（ひろし）に戻すようになったのも、明治三十八年五月のことであった。それは『東西南北』でめざした詩人としての初心に立ちかえることを意味していたが、実際には四十一年十一月の「明星」終刊以後の鉄幹は、心身ともに疲弊し、自己の詩人的感性の枯渇をかみしめる悲嘆にあけくれていた。

これも拙著『日本近代短歌史の構築』に所収の「与謝野寛・晶子における渡欧体験の文学史的意味」で論述したように、明治四十四年から大正二年にかけての渡欧体験は、枯渇した詩人の感性を刺激し、活性化した。帰国後の大正三年十一月に翻訳詩集『リラの花』が、四年八月に詩歌集『鴉と雨』がそれぞれ刊行されたが、いずれも渡欧体験による貴重な文学的所産である。そのそれぞれの文学史的意味については、拙著の論述にゆだねることにするが、自然主義および小説を主潮流と見なす近代日本文学史の規範にたいする異議がそれらに伏在していることを見のがしてはならない。

『リラの花』と『鴉と雨』に通底する孤高の反俗的ダンディズムは、その当時もいまも正当に理解されているとはいえない。「鉄幹」から「寛」へ、そして「寛」から「よさのひろし」へと変貌するかれの骨格じたいは微動もしないものであった。


十五より身の痩せけるをいかがせん人を恋ふとて物を読むとて

　　わが歌は人嗤ふべししかれどもこれを歌へばみづからの泣く

その詩人としてのダンディズムの真骨頂が渡欧体験による「新生の歓喜」として『リラの花』と『鴉と雨』に発揮された。もはや詩壇への返り咲きという野心はなかった。渡欧後の鉄幹にあったのは、「詩人と歌人を作る」という使命にたいする自覚であった。それは編集者からの戦線離脱を意味していたが、詩人として生きるという自己のこころざしを表現者晶子の天分にたくすことになった、と見るべきであろう。

注

（1）和歌文学大系『東西南北・みだれ髪』（平成12年6月、明治書院）の永岡健右の解説によれば、『東西南北』の再版（明治29年8月）以降の巻末では、「友言」という「諸新聞雑誌の批評」が掲載されるが、四版（明治29年10月）では、三十一件、五十七頁という分量を占めるように、鉄幹のジャーナルな編集感覚が作用している。

（2）『みだれ髪』の有名な巻頭歌「夜の帳にささめき尽きし星の今を下界の人の鬢のほつれよ」は、きわめて難解な歌であり、さまざまな解釈がある。私見によれば、明治三十三年九月号の「天の川そひねの床のとばりごしに星の別れを透かし見るかな」の一首は、天上の「星の子」たちの恋物語が〈下界〉ではどのように展開するのであろうか、あるいはいかに悩ましい恋のために美しい黒髪も乱れることであろうか、というような「星」「星の子」による恋愛歌の起点として位置づけられる。

（3）鉄幹が『みだれ髪』の共同制作者であるという見方は、従来から指摘されてきたことであるが、九百里外史『現代女傑の解剖』（明治40年1月、万象堂書房）が、「晶子は天成の歌人なり」「晶子は美的生活を以て終生の理想となせり」「鉄幹は到底歌壇の川上音次郎なり。川上音次郎は其俳優たる伎倆よりも、寧ろ興行師としての伎倆を有せり。鉄幹も亦歌壇の興行師なり。」というように、鉄幹をプロデューサーとして見立てる観点はすでに同時代から定着していた。

［付記］先行研究として、とくに中晧「鉄幹晶子の恋愛歌―その発想構想措辞をめぐって―」（「同志社女子大学日本語日本文学」平成7年10月）の論考に多くの教示をえた。また最近の研究では、塩浦彰「大矢正修と与謝野鉄幹―啄木以前の都市と郷土」（国際啄木学会「研究年報」第14号、平成23年3月）が、鉄幹の『東西南北』の背後にひそむ徴兵制度の問題や、「明星」の地方支部が新聞雑誌の郷土的な「インテリ軍団」で構成された新しい地域共同体である、などという有益な指摘をしている。

さらに、岩波文庫『山川登美子歌集』の今野寿美の綿密な解説にも恩恵をうけた。

［補記］本稿は、与謝野晶子倶楽部主催の平成十七年度の第三回「晶子講座」での講演「編集者としての鉄幹―その詩人意識をめぐって―」を記録した「与謝野晶子倶楽部」第十七号（平成18年3月）に掲載の同題の論文を大幅に改稿したものである。

窪田空穂の文学的出発と鉄幹

同宿《あひやど》に窪田通治の歌をめで、泣く人見たり
浪速江の秋
——鉄幹『紫』

「短歌史を創る」ことを研究課題にしている私の脳裏に、あるひとつの思いがめぐる。それは石川啄木が与謝野鉄幹ではなく正岡子規に師事していたならば、また斎藤茂吉が伊藤左千夫ではなく鉄幹に師事していたならば、さらに山川登美子が鉄幹ではなく佐佐木信綱に師事していたならば、それぞれの歌人的出発ひいては文学的出発はどのように違ったものであったか、それによって短歌史の軌跡もかなり変容したであろう、ということを。

そうした短歌史的な観点にたてば、窪田空穂が子規ではなく鉄幹に師事することによって歌人的出発をなしたことの意味は大きい。

1　空穂における鉄幹との出会いの意味

昭和五年（一九三〇）十一月に改造社から刊行された『現代短歌全集』第七巻の「尾上柴舟集　窪田空穂集」では、柴舟が「後記」や「年譜」に師である落合直文によって歌人的出発をなしたことを特記しているのにたいして、空穂はその存在をまるで無視するかのように鉄幹に関して一行一字の記述もしていないという事実がわかる。ところが十二年二月に第一書房から刊行された『短歌文学集』の「窪田空穂篇」の「窪田空穂年譜」には、「明治三十三年（二十四歳）」の項に、

かねて中学生時代より親しめる『文庫』に、与謝野鉄幹氏和歌の選者となる。五月、歌を投稿し甚だ優遇さる。以後、投稿を続く。（中略）

旧友なる一条成美氏の紹介によつて鉄幹氏と会ふ。九段中坂下なる下宿に、百花園の夜明けの花を見むとして誘ひに来られしなり。（中略）

十一月、「新詩社」の社友となる。凡そ一年の間を社友たり。『明星』に詩及歌を掲ぐ。

というように自己の歌人的出発を詳しく記述している。おそらく自己独自の歌人的立場を確立する方向をめざしていた時期では、鉄幹の存在や「明星」的影響を相対的にとらえる余裕がなかったのかも知れない。しかし、すでに『窪田空穂全歌集』（昭和10年9月、非凡閣）出版以後の確固たる歌人的立場を築き、齢六十をこえ還暦を迎えようとする空穂にとっては、いまや鬼籍に入った鉄幹（昭和十年三月二十六日に死去、享年六十三）の存在は懐かしいものであったにちがいない。(1)

いわゆる自己語りをはじめるようになった空穂は、『窪田空穂全歌集』の「後記」で、つぎのように明言している。

和歌の上では師承をいひ、系統をいふのが風となつてゐる。私もそれについて語るべきである。

私は与謝野鉄幹氏の新詩社に、一年に足りない程の間を社友として加はつてゐた。その上では、私の師承は与謝野氏で、系統は新詩社だとすべきである。

しかも「私には、上のやうな関係における与謝野氏の外には、師承といふべきものは無い。」とまで断言する空穂であった。それ以後の空穂は「作歌を初めた当時の思ひ出」「歌集について思い出す事ども」「わが文学体験」などの回想記に、自己の歌人的開眼は鉄幹によってなされたことを、くりかえし強調するようになる。空穂は「太田水穂と与謝野鉄幹、この二人との邂逅がなかったら、私は短歌を詠まなかったかも知れぬ」とも語っているが、そのまさに運命的な出会いはどのようになされたのであろうか。

ときに鉄幹が明治三十三年（一九〇〇）三月から和歌欄の選者となった「文庫」に、

しかすがに涙こぼれぬ折り返し重ねてたびし文を焚くとて

という投稿歌を「小松原はる子」という女性の名前で送った。その投稿歌を選者の鉄幹は、

なにしかも落つる涕ぞ三《みた》びまでたまひし文は焚き棄てながら

と改作し、「人情の弱点を捉へ得て、妙言ふべからず」という寸評を添えて、和歌欄の天位の巻頭においた。しかも四月一日発行の「明星」創刊号に六号活字ではあったが、転載することを忘れなかった。武川忠一は「空穂と「明

星」」(『窪田空穂研究』所収、平成18年10月、雁書館)で、「この改作と原作には鉄幹と空穂との微妙な差があるのではないか。(中略)「三び」という強調、焚きながらの心情に転化させて、原作の逡巡する心情のゆらぎは無視するようなことになっている。この差は微妙であるが、やはり鉄幹との差である。」という鋭い指摘をしている。たしかに武川の指摘のとおり、いずれ遠からずして空穂が鉄幹から離れていく微妙な差異があった。しかし、選者としての鉄幹の眼光にも鋭いものがあった。「人情の弱点を捉へ得て、妙言ふべからず」という寸評に、それは如実にあらわれている。

「和歌もかういふものならば面白い、これならば自分にも作れさうだと思つた」が、「作歌に自信のなかつた」空穂が、「和歌といふものに強い関心を持ち出した」最大のきっかけは、この鉄幹の「人情の弱点」も歌になるということばであった。投稿者の空穂からすれば、「個人性を殆ど認めない」地方の農村出身者が背負う人間的な苦悩や弱点をうたえばよいということを、鉄幹から教えられたことになる。そこから短歌を創造することの喜びを味わうことができたともいえよう。

また選者の鉄幹からすれば、草創期の東京新詩社と「明星」の発展のうえで欠かすことのできない有能な新人の発掘にふさわしい投稿者が空穂であった。「同志として、新詩社へ加入するやうにと、当時の私としては読みつつ赤面するやうな、極めて懇切な勧誘状をもらつた」空穂であった(2)。

鉄幹の勧誘によって東京新詩社の社友となった空穂は、退会する三十四年八月までのほぼ一年近い期間に、短歌百七十六首、詩五篇を「明星」に発表した。

試みに吹きぬる笛の音のさえに心おごりの青葉窓かな

音たて丶踏むにくづる丶霜柱母に別れて国を出で丶行く
花野めぐり走せ行く水や手ひたして冷きにしも驚くものか
吹きおろす夕山あらしたとふればやはき手とりて走すらむ我か
朝寒の袂さぐりて秘めおきしうれしの夢の消ずやをまどふ
眺めをれば何時しか五つはた七つ八つともなりし一花水仙
黄の蕊をましろに包む水仙のふとあらはれて闇に消えたる
脚とめて聴くや木ぬれの鳥のさ丶なく節の人しのばしむ
寄りそひてしづけき胸やささやかむ桃実となりて星はすみたり
云ひさして涙ぐむ子のわりなさにまどへる宵や雁ほそく啼く
ゐにしあればしばしなりとも思ひあへ怨み負はさん君とやは見し
をのこなりき御棺深くをさめては埋めむの土もかきおとしつる
鉦鳴らし信濃の国を行き行かばありしながらの母見るらむか

いずれも「明星」を初出歌とし、明治三十八年九月二十日に鹿鳴社より刊行された第一詩歌集『まひる野』に収録された短歌である。『まひる野』を出版するにあたって、空穂はあえて意識的に「明星」に掲載された詩をすべて捨てた。短歌もおよそ二割程度の四十首しか採録せず、しかもそのほとんどを改作した。したがってここに引いた短歌は、空穂にとっていわば「明星」的な香気を惜しむ思いからのこされたものである。たとえば、「朝寒の袂さぐりて」の歌が、あきらかに語彙、語法そしてその歌柄のすべてが晶子の影響をうけているように、「明星」的な光彩を摂取した作風に特色が見られる。「脚とめて聴くや」「寄りそひてしづけき胸や」「云ひさして涙ぐむ子の」などの恋愛歌も、やはり「明星」特有の浪漫的な色彩によってうたいあげられている。

しかしそうしたいわば「明星」的色彩に染まりながらも、「試みに吹きぬる笛の」「音たて、踏むにくづる、」「をのこなりき御棺深く」などのように、清新な歌材や着想によって「微かなひびき」の哀調をにじませた独自の歌風を育もうとする空穂でもあった。

このように「明星」時代の空穂（通治）は、晶子から「くぼたの君にうたいどまむとおもふわが身」と注目され、主宰の鉄幹からも「進歩まことにめざましく候」と期待される新進歌人として活躍した。そのことを実証するように、『紫』『みだれ髪』出版まもない新派歌壇において、もっともすぐれた短歌評釈書ともいうべき平出修『新派和歌評論』（明治34年10月、鳴皐書院）では、鉄幹晶子を別にすれば、空穂短歌がもっとも多く引用され、その評釈も懇切で的確なものであった。特筆すべきは、『新派和歌評論』がつぎの空穂短歌二首で締めくくられていることである。

賢くも独なりける逍遙のあゆみ返しつ芥子の花ちる
あらはれてありとばかりをこもり水刈りつる草に行方かくさん

「通治子亦自家の立場によつて、低く麗しい調子を以つて、人生の或意味を謡うて止まざらん事を希望する。」という平出の結語には、すでに「明星」から離れて行こうとする空穂の前途を激励する意味がこめられていた。かくして明治三十四年八月の「明星」に発表された

鉦鳴らし信濃の国を行き行かばありしながらの母見るらむか

の歌を最後に「明星」から離れた空穂であった。

2　空穂における鉄幹との訣別の意味

空穂じしんが語る回想によれば、三十三年十一月の「明星」第八号の発売禁止にともなう挿絵画家の一条成美の退社、翌三十四年三月の『文壇照魔鏡』事件、そして鉄幹と晶子の結婚問題などを「明星」離脱の理由に挙げているが、「作歌を初めた当時の思ひ出」で述懐するように、「与謝野氏の主として功名を―志士としての対社会的の感情を詠もうとする傾向と、晶子氏の奔放な恋愛を詠もうとする傾向」とは相反する、「私などから見ると、微旨を歌ひ得た、心にくい作だと思ふ物も、「男子の歌ぢや無い」といふ言葉のもとに消してしまはれることがよくあつた。（中略）弱者であつた私は、間接直接に何れ位ゐ甲斐なき刺激を受け、心を傷つけられてゐたかも知れない。」というところに本意があった。

つまり空穂が鉄幹＝「明星」から自然に離れていったというよりも、鉄幹＝「明星」と訣別しなければならない内的な必然性が空穂にあった。より本質的な問題が空穂本来の文学的資質そのものにあった。すでに武川忠一が前掲の論文「空穂と「明星」」で指摘しているように、「この後年の回想は、すくなくとも、「国士」的な「男子の歌」の悲憤慷慨調と、その裏返しの恋愛賛美の、鉄幹の一面に対しては、まさしく別のコースのものだ。」という自覚が空穂にあった。

また岩田正『窪田空穂』（昭和51年10月、芸術生活社）の「鉄幹との訣別―初期抒情『まひる野』―」にしたがえば、空穂が鉄幹を師としたことは、「子規にはない、鉄幹の浪漫性と庶民性こそ、空穂の個性を、まず開花させた原動力というべきであろう」。そして「文学上の理念で、決定的な相違があった」ことが、訣別の最大の内的な必然性であったといえよう。

岩田は空穂じしんの「弱者の強さ」（「槻の木」昭和12年3月）や武川「弱者の執念」（「短歌」昭和38年7月）などをふまえて、「弱者」としての自己認識を「微かなひびき、微かなゆるぎといつた風な一呼吸を歌ふ態度」でとらえるという「微旨」（微思）の発想を重んじる空穂と、志士的な「男子の歌」を第一とする鉄幹との「両者の根本的な作歌態度」が訣別を決定したという。たしかに戦闘的な詩人意識によって詩歌の革新に立ち向かうとする鉄幹にとって、最初は是とした「人情の弱点」もそれを自己の特性として「明星」のなかで異彩を放とうとする空穂の短歌は容認しがたいものであったにちがいない。

このように文学的資質の差異によって鉄幹と空穂は相容れないことになったが、やはり空穂の文学的資質の根幹をなしている「風土と家郷」の問題にも言及しておく必要があろう。もとより「風土」と「家郷」はわかちがたく結びついている。いまあえて空穂の出自やその来歴をつぶさに検証することはしないが、

偉《おほ》いなるは風土のちから顔見れば初見の人の生地の知らる　（『老槻の下』）

とうたうように、また「心持は正真の百姓である。百姓根性の持主である。」と語るように、正直と勤勉を徳目と

する「農民の魂」は、空穂の人間形成の基盤をなしていた(3)。

その「農民の魂」は当然ながら「父の代は八代目、二百年を経ていた」という先祖をうやまい、たえず農村である故郷につながっていた。空穂は「風土と家郷」がわかちがたく結びついた環境のなかで、「次男の私は分家するか、養子に行くか、あるいは学業によって自活の路を立てるか」(「私の履歴書」)という人生の岐路に立たされたとき、「人間本来の道はその立つ脚の爪先にある」という現実的な方向にすすむことを習性とするようになった。

たしかに前述のように「個人性を殆ど認めない」地方の農村の重圧から解放されたいと願ったときに、鉄幹との出会いによって「個性の解放」をえることができた。しかし「農民の魂」を背負いこんだ父から、地に足がついた生きかたを徹底的に諭された空穂にとって、現実から遊離したような文学集団は時間とともに居心地が悪くなるばかりであった。空穂の文学的出発の意味を人間的文学的資質から緻密に論証した川口常孝「「まひる野」と空穂の出発」(「短歌」昭和40年2月)にしたがえば、空穂は自己陶酔するまえに「現実問題の現実的解決をさしせまった課題」として背負い、たえず「現実の要請をきびしく踏まえていた」といえる。

一方の鉄幹は、明治維新の前後に国事に奔走した父礼厳(自らの寺を持たない僧侶であった)の四男でありながら、礼厳の死後に「与謝野家」を継ぐべき立場になるが、すでに一家離散の状態で「与謝野家」という実体はなきものにひとしく、帰るべき故郷をもたぬ放浪者のごとき環境のなかで、その文学的出発がなされた。まるで対極的な「風土と家郷」の関係にあるが、それは同時に鉄幹と空穂のそれぞれの文学的資質ひいては文学的出発の決定的な差異でもあった。少なくとも空穂は鉄幹と訣別することで「風土と家郷」を原風景とする詩歌の世界への志向が可能であった。

3　『まひる野』にかかわる鉄幹の存在

その「風土と家郷」を原風景とする詩歌の世界は、明治三十八年九月二十日の第一詩歌集『まひる野』によって切りひらかれた。わずか一年にして新詩社を退社し、鉄幹と訣別した空穂であったが、「短歌を作るようになったのは、鉄幹に負うところが多い感がして、感謝の心からしたことであるが、手紙は添えず、黙って贈ったのである。非礼だとは思ったが、今さらとやかく云うのは気がさすことだったからである」(「わが文学体験」)。

折り返すように九月三十日に鉄幹からのきわめて懇切な礼状が、湯島天神町の下宿先に届いた。「御高書の出候日早速一冊を市にもとめて候て直ちに先師直文の遺像の前に捧げ申し候。」ではじまる鉄幹の返書には、空穂を「恐縮」させるに十分な親愛にあふれていた。「何人よりも尤も兄の詩を能く知る者は小生なりとの自負定めて難有迷惑の御感じも候はむ乎。」という鉄幹の文言がかならずしも虚言でないことを、十一月号「明星」に掲載された『まひる野』批評で知ることになる空穂であった。それは空穂にとって「極度に賞讃した」ものであった。

「明星」創刊以来の同志として、「新異な詩風を唱道した随一人」の先覚者であると賞揚し、空穂の三十一字詩が明治の詩壇に清新な息吹を送りこみ、いかに多くの感動を与えたか。またその長詩(新体詩)は「青春多感の人の愁思幽情を湛へて、ここに特色ある一詩体を貢献し」、その詩語もきわめて温健であり、藤村の系脈に位置し、詩歌集全体としては「幽婉」の趣きがある、というものであった。

さすがに「何人よりも尤も兄の詩を能く知る者は小生なり」という鉄幹の批評は、川口常孝がすでに論定しているように、「空穂の本来が発する質実の声と、新詩社という文学集団が課した習得の声との二つが主調音を奏でている」という『まひる野』の主題と基調を的確に射貫くものであった。おなじく明治三十八年五月に出版された石川啄木の第一詩集『あこがれ』の「跋」を書く鉄幹であったが、あきらかに浪漫的幻想的な想世界を華麗にうたう啄木とは異質の、「愁思幽情を湛へ」た「幽婉」の趣きを看破した鉄幹であった。その意味では、鉄幹の批評は『まひる野』の文学史的位置をだれよりもはやく正当に評価した先行研究として貴重な文献といえる。

こうした鉄幹の恩義に報いるように、空穂は『空穂歌集』を明治四十五年四月に刊行したときに、「明星」に掲載された鉄幹の『まひる野』評を再録した。「今後作歌は止めようと思い、記念としようとしての刊行であった。」（「わが文学体験」）とのべ、『窪田空穂全歌集』の「後記」で、「それを機会に抒情詩の方面は打切りとしようと思つたからである。『空穂歌集』といふ名を選んだのもさうした心からであつた。与謝野氏の『まひる野』の批評を添へたのも同じくその心からであつた。」と回想するように、空穂における短歌的訣別は、「与謝野氏の外には、師承といふべきものは無い」という自己の文学的出発を記念することによって実現できた。いいかえれば、鉄幹との訣別によってこそ抒情詩から散文への道を前進することができた。

明治四十年前後の自然主義文学の影響をうけた空穂が、小説を中心とした散文世界への転身を記念するために出版した『空穂歌集』に、鉄幹の『まひる野』の批評を再録した意味は、まさに自己の文学的出発に鉄幹の存在や「明星」的影響がいかに大きくかかわっていたか、ということの証明でもあった。(4)

注

（1）大岡信「空穂歌論の構造」（「文学」昭和45年6月、『窪田空穂論』所収、昭和62年9月）は、空穂が「作歌上の標語」（「短歌新聞」昭和10年1月）において、「そこには選択があつて、感じた程度の強さ弱さよりも歌に作つて引立つか引立たないかといふ事を標準とした。」態度で歌をつくりはじめたが、そうしたことが歌から遠ざかる主たる原因とし、「再び歌を作り出した時には、私は選択といふ事をしまいと思つた。」と決断した態度は、「短歌的なるもの」一切への反逆を意味している、とのべている。

それは見方をかえれば、「歌と散文の境界線上」のあわいにひそむ微妙な情緒にこそ歌うべき価値があるという空穂独自の短歌観の達成を意味していた。そうした短歌観を達成する前提として、鉄幹のとなえる「自己の声」をいかに雄々しくうたうかという自我主張の詩歌観は批判すべきものであった。

（2）新詩社にあって空穂とともに初期「明星」の編集を手伝っていた水野葉舟「新詩社の思ひ出」（「立命館文学」昭和10年6月）によれば、明治三十三年秋に中学校を卒業する葉舟が、その年の四月に「文庫」に短歌を投稿したときに、折り返し選者の鉄幹から添削した作品批評と「短い激励の手紙」が送られてきたという。

また新派和歌の革新の旗幟を鮮明にした鉄幹は「世間に向つて立つ新しい面を向ける作者を選び出さなければならなかつた」「先生の慧敏な心は、正しく特色のある才能性情を発見するのに鋭い力を備へてゐられた」。「その初期の時代に鳳晶子女史を発見された事、窪田通治君が先生を刺激した事、高村光太郎が発見された事は、先生の偉い功績だと言はなければならない。」とし、「社中での、晶子女史の対照としては窪田君であつた。全くその歌の趣きを異にして、しかも晶子女史と並立してゐた。かうして「明星」はまづ初めの隆盛が来た。与謝野先生の冒険は見事に的を射たのであつた。」と、その偉才を讃えている。

（3）稲垣達郎「空穂の小説についてのはしがき」（『稲垣達郎学藝文集』第2巻、昭和57年4月、筑摩書房）は、空穂じしんの「心持は正真の百姓である。百姓根性の持主である。」をふまえて、「空穂の心は故郷から離れ去ることはできない。」「いつでもどこにも空穂はいるけれども、故郷とつながる時においての空穂がもっとも空穂的だ。」といい、「農民の心」が空穂文学の根幹を貫いていた、と指摘している。

（4）『まひる野』が空穂文学の原型であることは疑う余地はない。したがって空穂が「明星」的歌風を「後になつて見ると可なり影響の濃いものである事に心付いた」（『窪田空穂全歌集』「後記」）と回想するように、空穂本来の資質と鉄幹的資質との反発や共感によって空穂文学の形成は可能であった。

［付記］本稿の執筆にあたって、森重敏先生からことあるごとに空穂関係の文献資料を提供いただいた。ここにあらためて深く感謝の意を表しておきたい。

［補記］本稿は、本書のために書きおろしたものである。
なお、空穂と啄木との受容関係については、拙稿「啄木短歌の受容における窪田空穂の存在」（国際啄木学会「研究年報」第14号、平成23年3月）を参照されたい。

〔コラム1〕啄木が見た与謝野家の内情

啄木にとって与謝野夫妻の情誼は終生忘れることのできないものであった。明治四十一年（一九〇八）四月、北海道から上京した啄木は下宿先が決まるまで与謝野家に寄宿した。晶子が啄木に語るところによれば、毎月の生活費は九十円かかり、自分が新聞や雑誌の歌の選をしたり、原稿を書いたりしている。「明星」も売れなくなって、毎月三十円から五十円の欠損を穴埋めするためにやむなく歌集を出版するという。その内情を聞いた啄木は、「新詩社並びに与謝野家は、晶子女史の筆一本で支へられて居る。そして明星は今晶子女史のもので、寛氏は唯余儀なく其編集長に雇はれて居るやうなものだ！」、と日記に書きのこしている。

さらに前年（明治40年）の三月に双生児（長女八峰、次女七瀬）を出産してからめっきり身体が弱くなった晶子が、その年の暮れに脳貧血をおこして危うく命拾いをしたことも伝えている。そして古着屋にさらされた羽織と大島絣を着ている寛や一枚しかない古い縮緬の羽織で襟垢の見える着物を着て外出する晶子の姿に、はじめて与謝野家を訪問した三十五年十一月十日の「凡人の近くべからざる気品の神韻」という印象とははるかに隔たる生活の悲哀を感じる啄木であった。

与謝野家の内情を知れば知るほど、「明星」の廃刊も仕方のないことと思っていた啄木は、「あはれ、前後九年の間、詩壇の重鎮として、そして予自身もその戦士の一人として、与謝野氏が社会と戦つた明星は、遂に今日を以て終刊号を出した。」（明治41年11月6日）、と日記に書きとめている。そして十一月二十一日、与謝野家を久しぶりに訪問した啄木は、終刊号の売れ残りの補填のために、書きかけの原稿を持って万朝報社に前借りをしてきたという晶子が右半身不随になったということを聞いて、「予は悲しくなつた」というほかなかった。

啄木誕生と鉄幹の存在

少年にして早う名を成すは禍なりと云へど、しら髪かきたれて身はさらぼひながら、あるかとも問はれざる生きがひなさにくらぶれば、猶、人と生まれて有らまほしくはえばえしきわざなりかし。
——鉄幹「跋」（石川啄木『あこがれ』）

日本近代文学研究において「作品」が「テクスト」と言い換えられるようになり、一九七〇年代の作品論がテクスト論に移行し、それが文化論、文化研究によって文学研究のパラダイムが構築されるというポストモダニズム現象が蔓延した一九八〇年代以降、日本近代文学研究じたいは学際的という美名のもとにカルチュラル・スタディーズとなった。(1) いま問いなおすべきは、あらためて「作家」「作者」の存在を「作品」の前景に登場させることによって、「作品」そのものの内部生命を蘇生させることではないだろうか。もとより「作者」は全知全能者として「作品」を決定するものではない。啄木研究にかぎれば、伝記研究や伝記的調査の成果によって「作品」分析が左右される傾向があることは否めないが、すでに拙稿「歌集『一握の砂』の表現方法について―〈失敗の伝記〉への志向―」（天理大学国文学研究誌『山邊道』第51号、平成20年2月）で論及したように、『一握の砂』という歌集は、石川一という一人の都市生活者を主人公にした天才詩人としての石川啄木の〈失敗の伝記〉であった。別言すれば伝記的事実によって「作品」を読むのではなく、「作品」世界によって詩人の〈失敗の伝記〉を読むことに意味がある。

本稿は、『あこがれ』という詩集によって誕生した詩人啄木における〈雅号〉の問題を考察しながら、「作者」と「作品」との関係性を問いなおすというもくろみをもつものである。

1　「啄木」はいかに誕生したか

〔1〕「石川啄木」という自意識

啄木は明治四十一年一月三日の「日記」につぎのようにのべている。

尤も、新詩社の運動が過去に於て日本の詩壇に貢献した事の尠少でないのは後世史家の決して見逭してならぬ事である。（略）新体詩に於ての勢力は、実行者と云ふより寧ろ奨励者鼓吹者の体度で、与謝野氏自身の進歩と、斯く云ふ石川啄木を生んだ事（と云へば新詩社で喜ぶだらうが実は自分の作を常に其機関誌上に発表させた事）と其他幾十人の青年に其作を世に問はしむる機会を与へた事が其効果の全体である。

（傍線は引用者による、以下おなじ）

明治四十一年の「明星」の終刊にあたって、新詩社の運動において「石川啄木」という詩人を生んだことは文学史的に意義があると強調することは、同時に詩人啄木の誕生にとって、鉄幹および「明星」は切り離すことができない重要な文学的因子であったという証明にもなる。

ふりかえれば、少年石川一《はじめ》は「血に染めし歌をわが世のなごりにてさすらひここに野に叫ぶ秋」（「明星」明治35年10月）の歌をもって、「明星」に初登場したが、そのときの雅号は「白蘋《はくひん》」であった。(2)この「血に染めし歌」はかれの文学的出発を記念する意味をもち、これをもってかれは盛岡中学校を中退し、上京することになるが、その自意識は「理想」的世界に浮遊していた。十七歳の文学少年が東京という大都会の「現実」的生活のまえに敗北することはたやすいことであった。

明治三十六年二月に父に伴われて帰郷した少年は、故郷の禅寺で療養につとめるかたわらワーグナー研究に専念する。ワーグナー研究によって、自己発展の意志と自他融合の意志とを一元化した天上的宇宙的「愛」の理念を修得した少年は、堀合節子との恋愛体験をゆるぎのないものにしながら、詩人としての活路を開こうとした。その年の十月下旬から十一月上旬にかけて詩作に励み、十一月十八日の締め切りに間に合うように、鉄幹のもとに詩稿を送ったにちがいない。そして明治三十六年十二月の「明星」に、はじめて「啄木」の雅号で「愁調」五編（「杜に立ちて」「白羽の鵠船」「啄木鳥」「隠沼」「人に送れる」）が掲載された（しかも姉崎嘲風の評論「ワグネルの戯曲に於ける恋」と、幸田露伴の評論「我邦文学の滑稽の一面」とにはさまれる、という破格のあつかいであった）。ここでは詩人啄木の誕生にかかわりの深い「啄木鳥」を紹介しておこう。

「啄木鳥」

いにしへ聖者が雅典の森に撞きし、
光ぞ絶えせぬ天生「愛」の火もて
鋳にたる「巨鐘」、無窮のその声をぞ
染めなす「緑」よ、げにこそ霊の住家。
聞け、今、巷に喘げる塵の疾風

よせ来て、若やぐ生命の森の精の
聖きを攻むやと、終日、啄木鳥、
巡りて警告夏樹の髄にきざむ。

往きしは三千年、永劫猶すすみて
つきざる「時」の箭、無象の白羽の跡
追ひ行く不滅の教よ。——プラトー、汝が
浄きを高きを天路の栄と云ひし
霊をぞ守りて、この森不断の糧、
奇かるつとめを小さき鳥のすなる。

〔2〕　詩人「石川啄木」の誕生の意義

苛酷すぎる「現実」と闘う超俗の詩人が、まさに「啄木鳥」の〈啄木鳥〉であり、〈小さき鳥〉であった。この四四四六調のソネット詩「啄木鳥」の詩的世界は詩人啄木の誕生を明示するものであるといえるが、つぎの書簡の文脈からも昂揚した詩人意識を読みとることができよう。

昨秋十一月の初め、病怠るにつれて我が終生の望みなる詩作の事に思ひ立ち、ふとしたる動機より一の新調を発見し、爾後営々として人知らぬ楽しみの中に筆を進め居り候。十二月の号、並びに新年のそれにて、数篇を

「明星」誌上に載せ候しが、よく先生の御一顧を値ひせしや否や。（明治37年1月13日、姉崎嘲風あて）

小生詩作の事を初めてより僅かに三ヶ月に満たざるの現時、種々の格調を試むるは或は修養のみちにあらざるべきかとも存じ候へど、自己の目には瓦礫を列ねても猶明珠と見るなる稚き芸術家の自惚、時としては我乍ら不埒の児とあきれ申候。（略）尚詩作の事に就き一言申上度きは、嘗て試みたる四四四六の新調の外に、近来また五六六を一句とする最新調を発見しえたる事に御座候。（明治37年1月27日、姉崎嘲風あて）

たゞ、大兄らの花々しい御活動に尾して、私もこの後は一意美の自由のために闘ひ、進んで、雑兵乍ら名誉の戦死……失敗の伝記を作りたいのであります。申すも小癪でありますが、私は、詩神の奴隷の一人としてこの世に生れたと信じて居ります。詩は我生命である。（略）私の用ひてゐる作詩上の格調は、従前の階調の外に、四四四六調と五六六調の二新体でありますが、鉄幹君は前者を評して有明君の四六七調よりも有望だと申しました。（明治37年3月12日、金田一京助あて）(3)

これらの書簡に表出された詩人意識の覚醒は、近藤典彦「詩人啄木誕生」（『国際啄木学会東京支部会報』第15号、平成19年4月）が綿密に論証しているように、節子との恋愛が成就したことが大きな要因であると考えられる。と同時に注目すべきことは、「名誉の戦死」「失敗の伝記」という詩人像もしくは詩人観にある。いうまでもなくそれは後述するように明治三十五年十月末の上京時に鉄幹によって洗脳された詩人意識の再燃であった。

2　雅号「啄木」の命名は誰か

〔1〕　鉄幹命名説

『石川啄木事典』（平成13年9月、おうふう）では、「雅号」の項目（望月善次）に「鉄幹発案説もあった」が「現在では、啄木自身による説が有力である。」とあり、おなじく「年譜」（望月善次）でも、「鉄幹発案説」もあったが「現在、啄木自身考案説が有力である」とある。(4)「啄木」という雅号が師にあたる鉄幹によって命名されたという根拠は、つぎの鉄幹じしんの証言にある。

私達は啄木君にその喜びの手紙を書いて送り、また其等の詩を殆ど全部翌月の「明星」に載せた。それまでの雅号は「白蘋」であつたが、私は其の寂しい雅号が君に不似合なやうに思つて居たので、此詩の発表を機会に新しく雅号を択んで付けよう、確かに此詩が詩人たる君の地歩を決定する最初の意義あるものだと考へたので、その詩の中にある「啄木鳥」の一編が君の其頃の心境を尤も正直に表現した佳作だと見て、私は「啄木」と云ふ雅号を付けて「明星」に載せたのであつた。其頃は詩歌を載せる専門の雑誌が少なく、詩人も今日のやうに専門の名家がゐられなかつたので、我々門外漢同志の雑誌が案外に世の注目を引き、其れに載せた素人の啄木君の詩が忽ち読者を驚かした。第一に先輩と友人達から「石川啄木とはどんな人ですか」と問はれるのであつた。それは啄木君がまだ十七歳の秋の作であつた。

（「啄木君の思ひ出」『石川啄木全集』月報1、改造社、昭和3年11月）

この鉄幹の証言によって、その後の金田一京助『石川啄木』（昭和9年3月、厳南堂書店）、石川正雄『父啄木を語る』（昭和11年4月、三笠書房）をはじめとする啄木評伝は鉄幹命名説にしたがい、伊藤整『日本文壇史』第八巻（昭和41年10月、講談社）も鉄幹命名説を踏襲している。鉄幹命名説は「啄木伝の定説」（岩城之徳）とされた。

〔2〕　鉄幹命名説への異論と反論

この鉄幹命名説に最初に異論を提起したのが岩城之徳であった。岩城じしんは「石川啄木」（岩波講座『日本文学史』第13巻、昭和34年2月）で、「この雅号は啄木自身の命名によるものと考えてよい」という新説を提起して以来、『人物叢書石川啄木』（昭和36年2月、吉川弘文館）、「啄木の雅号をめぐる問題」（北海道大学国文学会誌「国語国文研究」第50号、昭和47年10月）、『新装版人物叢書石川啄木』（昭和60年7月、吉川弘文館）などでその論証の補強につとめた。しかしその岩城説にたいする反論が石井勉次郎『私伝石川啄木詩神彷徨』（昭和47年4月、桜楓社）によって提起され、鉄幹命名説を再説した。岩城は『啄木評伝』（昭和51年1月、學燈社）に「国語国文研究」に発表の「啄木の雅号をめぐる問題」を再録することで、石井説を批判したが、その岩城説にたいする石井による再批判「反論一束（1）―岩城之徳への勧告状―」（関西啄木懇話会会誌『啄木文庫』第10号、昭和61年3月）があった。

岩城・石井の両者の見解を要約すれば、以下のようになろう。

【岩城説】

①鉄幹の「啄木君の思ひ出」は、啄木の短歌を否定しているが、実際には「明星」の「短歌合評」で高く評価し、さらに従前の「白蘋」という雅号がふさわしくなく「啄木」という雅号を命名したというが、明治三十六年十二月の「明星」では「愁調」は「啄木」であるが、短歌作品は「石川白蘋」という雅号のままであるなど矛盾が多く、信用できない。

②「啄木鳥」以前の明治三十六年七月の「明星」に「ほゝけては藪かげめぐる啄木鳥《きつつき》のみにくきがごと我は痩せにき」という短歌を発表し、明治三十六年十月二十九日の野村長一あての書簡に「啄木庵」という署名を使用していることなどは、啄木じしんが命名した動機として認められる。

③明治三十六年十月二十五日の「岩手日報」に掲載の小林茂雄（滋夫）の「啄木鳥庵雑詠」という俳句作品は、白蘋から啄木への雅号の転換が啄木の意志によることを示す有力な証左である。

④昭和四十一年十月に宮内庁書陵部で発見された「無題録」（「岩手日報」明治36年12月18日、19日）は、「白蘋から啄木への雅号の転換の事情を克明に伝えており、これまでの雅号問題に終止符を打つ貴重な文献である」とし、「強い説得力をもち、雅号考証の文献として不朽の生命をもっている」。

【石井説】

①鉄幹の「啄木君の思ひ出」は、たしかに厳密な考証文献としては弱点がある。しかし鉄幹は情理をつくし、具体的に雅号選定の事情を語っている。

②「無題録」は自家宣伝の意図を盛りこんだもので、とくに後半部冒頭の雅号の由来を記述する文脈は粉飾臭濃厚な「美文」であり、これを考証材料にすることは危険である。明治三十七年の年賀状の小林あてには「啄木」であ

るが野村あてには「白蘋」である。この新旧雅号の混用は新雅号への心理的な受身性が読みとれる。

以上、岩城、石井の両説の相違点を要約したが、雅号に関する問題点は大きくふたつに絞ることができよう。その第一は鉄幹の証言が偽証といえるのかということ、第二は新出資料の「無題録」が決定的証明となるのかということである。

第一については結論からいえば、今井泰子『石川啄木』（昭和49年4月、塙書房）が「鉄幹の証言を偽証と見る必要もないだろう。原稿郵送に際して啄木は当然書簡を添えたはずである。その中に改号に関して相談めいた表現があれば、鉄幹が己の命名と記憶することはありうることである」と明言するように、雅号命名に際して何らかのかたちで鉄幹の関与があったと見るのが妥当である。(5) 第二の「無題録」はたしかに詩人啄木誕生の由来にかかわる重要な資料であるが、しかしその文脈からは「自家宣伝の意図」だけではなく、鉄幹という存在が関与していることが読みとれる。

3　ソネット詩「啄木鳥」と随想「無題録」の関係

〔1〕「無題録」は詩人啄木誕生の告知の書であった

いわゆる雅号問題の分岐点に位置する「無題録」の後半部冒頭の一節を引用しておこう。

村閭の野老一日草堂に訪ひ来つて曰く、君嘗て家畔の沼堤に夏蘋の清高を愛して白蘋の号ありき、今之を改むるは何の由る所あるかと。予答へて曰く、窓前の幽林坎々として四季啄木鳥の樹杪を敲く音を絶たず閑静高古の響、真に親しむべし。（略）時に寒林を洩る、音あり、近くまた遠く、風に従つて揺曳する坎々の響、忽然として予また幻想に酔ふが如く、瞑目莞爾として一人息を殺す事多時。題して『啄木鳥』と云ふ一篇のソネットは此際に成りたる者なり。

（「岩手日報」明治36年12月18日、19日）

この「無題録」の後半部冒頭の一節を読むかぎり、詩篇「啄木鳥」の成立と「啄木」という新しい雅号の誕生とが直結していることは明白である。明治三十六年七月の「明星」に「石川白蘋（盛岡）」の署名で「ほゝけては藪かげめぐる啄木鳥《きつつき》のみにくきがごと我は痩せにき」という短歌が発表され、同年十月二十五日の「岩手日報」に小林滋夫（茂雄）の「啄木鳥庵雑詠」という俳句作品が、「啄木庵とは杜陵の北五里石川白蘋のいそしむ紅葉てりはふ幽邃の地に候」という詞書きとともに掲載されている。しかも九月二十八日の野村長一あての書簡では、「病痩白蘋」という署名であったが、十月二十九日の書簡には「啄木庵」という署名を使用していることなどからも、従来の「白蘋」の文芸サロンがほぼ十月ごろには「啄木鳥庵」「啄木庵」としてかれらの周辺では親しまれていたのであろう。したがってまず何よりも身近な文学仲間に詩人啄木誕生の告知が必要であった啄木は、「明星」に「愁調」が発表された直後の十二月十三日の小林茂雄あての書簡に、それまでの「白蘋」という号ではなく、「啄木老」という署名を使ったのであろう。つまりいわば地方的にはすでに認知されていた「白蘋」という号から新しい「啄木」へという雅号の誕生は、「明星」派の象徴詩人として飛翔するために不可欠な条件であった。

しかもそれは「「明星」の『愁調』御覧被下候はば御高評願上候。鉄幹は小生の四四四六調を、有明のより望み多き詩形ならんと申越し候。この頃は毎夜述作にふけり居候。今後怠らず明星へ掲ぐる筈に候へば、その折に御批判を乞ひ奉るべく候。」と小林茂雄あての書簡に書きとめるように、新詩社における鉄幹の評価という後ろ盾によってはじめて可能であった。

〔2〕　詩人啄木誕生には鉄幹の評価が必要であった

「無題録」は、「過去一歳を回想して、先づ吾人の眼底に映じ来る者は、詩壇の一大飛躍なり。」ではじまる後半部の詩壇の動向を語る文脈に主眼がある。薄田泣菫、与謝野鉄幹、蒲原有明などの活躍を紹介し、「之を一貫して本年特色とすべきは各自が詩調の研究に全力を濺ぎたるにあるが如し。鉄幹氏近者予に書を寄せて、春来の研究に成りたる或る新調を、来らんとする新年号の『明星』に公にすべしと云へり、生気羨むべき哉。」とのべていることは、鉄幹の存在を無視して詩人啄木の誕生は成立しえないことを意味している。(6) さらに「予も亦孤舟を放つて此澎湃たる詩壇の新潮に棹さんとする者、抱懐する所の野心は暫く秘して言はじ。若し徹宵苦茗を啜つて詩を談ぜんとする者あらば来つて渋民村裡の小庵を叩け。痩骨の主人細腕を撫して、高歓無私心、病余の勇を鼓して舌戦するを辞まざらん。」という「無題録」の結語には、「詩壇の新潮に棹さんとする」新進詩人の並々ならぬ意気込みが読みとれよう。

この詩人としての使命感は、「氏曰く、文芸の士はその文や詩をうりて食するはいさぎよき事に非ず、由来詩は理想界の事也直ちに現実界の材料たるべからずと。又云ふ、和歌も一詩形には相異なけれども今後の詩人はよろしく新体詩上の新開拓をなさざるべからずと。又云ふ、人は大なるた、かひに逢ひて百方面の煩雑なる事条に通じ雄々しく勝ち雄々しく敗けて後初めて値ある詩人たるべし、と。又云ふ、君の歌は奔放にすぐと。」（明治35年11月10

日「日記」という、かつて鉄幹によって強烈に洗脳された詩人意識が再燃したものであった。たしかに「無題録」は詩篇「啄木鳥」の自注的性格があった。しかし、新進詩人「啄木」の誕生を詩壇に広く告知するうえで、「明星」の主宰者である鉄幹の存在および評価が必要であったことも事実である。

4　詩人「啄木」誕生と雅号問題 ―結びにかえて

『石川啄木事典』の「書簡」の項目（池田功）で、池田功が書簡の署名を「白蘋」から「啄木」へ一本化する時期が明治三十七年であると指摘するのも「啄木」誕生の名実化にほかならない。しかし「啄木」への一本化が図られたとはいえ、「白蘋」から「啄木」への雅号の変更はあまりにも倉卒であったように思われる。実際に金田一や鉄幹の証言にもあるように、「白蘋」と「啄木」とが同一人物であると気づかなかった読者や友人がいたということは、倉卒のなかにも何か必然的意図的なものがあったように考えられる。

結論的にいえば、「明星」十一月号の「社告」に必然的意図的な意味を見いだすことができる。

「◎爾後同人中に加はれしは、山形林蔵君（伯耆）石川白蘋君（陸中）磯野良策君（筑前）等に候。」

「◎十月を以て前田林外、相馬御風氏の二氏、一身上の都合にて退社せられ候。」

という鉄幹じしんの言辞には、かなりの動揺があったことが理解できる。いわば「明星」創刊以来の盟友である前田林外、相馬御風、岩野泡鳴たちが離脱し、十一月に「白百合」という新しい詩歌雑誌を薄田泣菫、蒲原有明などの協力をえて創刊したことは、鉄幹にとっては穏やかならぬものがあったにちがいない。(7)

したがって三十六年十二月号の「明星」の「目次」に「愁調（長詩）石川啄木」とあり、「裏表紙」の広告欄の左隅上に「本号には薫、紫紅、梨雨、啄木諸氏の長詩」とあり、さらに「社告」に新年号の予告として「長詩には梨雨、蒼梧、啄木、碎雨、鉄幹等の作あり。」とあるように、あきらかに象徴詩人の新人を広く知らしめようとする編集意図が読みとれる。(8) 前田林外、相馬御風らの退会と前後するように同人に推挙された啄木にしても、鉄幹から奔放にして創新のない短歌であると批判された歌人「白蘋」の限界を突破するためには、別人物の詩人「啄木」の誕生によって再生を期するところがあったにちがいない。さらに今井、近藤の先行研究が指摘するように、節子との恋愛成就（婚約）へのいわばパスポートとして詩人啄木の誕生は必須要件であったことはたしかである。明治三十七年一月八日に節子と将来のことを語り、一月十四日に堀合家の同意をえて、二月三日に婚約がととのった。別言すれば「明星」から新人の象徴詩人を詩壇にデビューさせたいという鉄幹の思惑と、象徴詩人として再生したいという啄木の思惑とが一致したところに、「啄木」誕生の必然的意図があったといえよう。

鉄幹によるものか、啄木じしんによるものか、「啄木」という雅号を誰が命名したかということでいえば、鉄幹と啄木の合作であるというのが、私の結論である。石井もいうように「無題録」の文脈は、あまりにも粉飾が目につきすぎる美文調である。つまり、「啄木鳥」の詩稿を送った啄木と、その詩稿を読んだ鉄幹との間で感想のやりとりがあったはずであり、それをふまえて（とくに鉄幹の所感をもとに）書かれたのが「無題録」ではなかったか。

やや深入りすれば、「村閭の野老一日草堂に訪ひ来つて曰く」という「無題録」における老人との対話という設定にも、啄木の第一詩集『あこがれ』の「跋」に寄せた鉄幹の言辞を参看すれば、鉄幹との意見交換が反映しているように考えられる。(9) 鉄幹の了解や同意を求めずに自己の意思だけで、雅号「啄木」の由来記が書かれたというよりは、少なくとも「明星」派の象徴詩人として飛翔するためには、鉄幹の助言や評価が必要であったと考えるべきであろう。くりかえしていえば、前掲の小林や金田一あての書簡に告知された詩人意識には、三十五年十一月にはじめて対面した鉄幹の存在がきわめて密接にかかわっていた。つまり、「啄木」という新しい雅号が認知（公認）されるか否かは、ひとえに「明星」の主宰者であり、実質的編集者でもある鉄幹の判断によるものであったといえよう。なぜならば、明治三十七年九月号「明星」の巻頭は与謝野鉄幹の「大沼姫」という新体詩によって飾られているが、それに続くように石川啄木の「寂寥」が配置され、しかも「石川啄木氏」（肖像）として明治三十五年十七歳の記念の写真が詩篇のあいだに掲載されている。この特別の配慮は象徴詩人「石川啄木」を詩壇に登場させようとする鉄幹の才覚そのものでもあった。

さらに本稿の冒頭でのべたように、「啄木」という詩人の誕生にとって、鉄幹と「明星」とは一元的な価値体系のもとにあったといえる。そうであるがゆえに今井泰子のいうように一方的に鉄幹の証言を偽証とみなすのではなく、「明星」という文学的広場にあって鉄幹と啄木とがきわめて刺激的に交差した文学的地点があった、ということを積極的に見なおすべきであろう。

注

（1）最近のカルチュラル・スタディーズにかかわる研究成果としては、文学と視覚との関係を考察した中川成美『モダニティの想像力―文学と想像力』（平成21年3月、新曜社）が注目される。なお、日本近代文学会関西支部二〇〇九年春季大会では、「文学研究における継承と断絶」というテーマでシンポジウム（パネリスト＝谷沢永一、平岡敏夫、司会ディスカッサント＝太田登、田中励儀、浅野洋）が企画され、一九七〇年代以降の日本近代文学の研究状況について議論された。シンポジウムの内容は、『文学研究における継承と断絶―関西支部草創期から見返す―』（平成21年11月、和泉書院）を参照されたい。

（2）拙論「啄木「血に染めし」歌の成立について」（天理大学国文学研究誌「山邊道」第25号、昭和56年3月、拙著『啄木短歌論考』に所収）で、「血に染めし」歌が「明星」十月号に掲載されるにあたって、「石川白蘋（東京）」

という署名であったことに、自己の文学的運命に賭ける啄木少年のしたたかな決意がうかがえることを指摘した。

（3）与謝野晶子も「啄木の思ひ出」（『新編石川啄木全集』月報、昭和13年6月、改造社）で、つぎのように証言している。

平野万里さんに聞いた話であるが、或時上田敏氏が森鷗外先生を千駄木へお訪ねになつて、詩人に対する評を交されたさうで、上田氏が何と云はれたのか、森先生が、私はさうと思はない、泣菫に有明は勝り、有明に啄木は勝ると思ふと云はれたさうであつた。

（4）最新の啄木評伝として注目される三枝昻之『啄木―ふるさとの空遠みかも』（平成21年9月、本阿弥書店）は、「（略）随想「無題録」で啄木は改名の理由を、樹を敲く啄木鳥の音が好きで、その響きを聴くと心が慰められるから、「取つて以て名付くる者斯くの如きが故のみ」と説明している。つまり命名は啄木自身と記述しており、今日の研究はこれに従っている。」とのべている。

（5）明治三十六年十二月十三日の小林茂雄あてに「鉄幹は小生の四四四六調を、有明のより望み多き詩形ならんと申越候」と、三十七年一月二十一日の野口米次郎あてに「詩友としてはかの有名な与謝野鉄幹君らに尤も親しんで居ります」と、二月十日の野村長一あてに「芸術は芸術のための芸術にて、功名などは副産物のまた副産物なりとは、常々鉄幹氏等と申し交し居事に候へば」などと書きとめているように、雅号命名の前後に鉄幹とのやりとりが再三にあったことがわかる。

（6）鉄幹の「啄木君の思ひ出」にも、「私達は啄木君にその喜びの手紙を書いて送り、また其等の詩を殆ど全部翌月の『明星』に載せた。」とあり、「愁調」発表前後に詩作に関する書簡の往復が鉄幹（晶子をふくむ）と啄木とのあいだに交わされたことを証明している。

（7）拙論「啄木詩歌のイメージの特質―『小天地』の表紙画をめぐって―」（国際啄木学会編『論集石川啄木Ⅱ』平成16年4月、おうふう）で、啄木の詩集『あこがれ』の成立と前田林外との関係が密接であることを論証している。

（8）「明星」初期の事情に詳しい窪田空穂は、「与謝野寛氏の思ひ出」（「日本短歌」昭和15年5月）で、つぎのように証言している。

与謝野さんは、まことに優れた力量の持主で、何をされても優に三人前ぐらゐの仕事は楽々とやつてのけられた。『明星』の編集も傍にあつて親しく見ることが出来たが、詠草の選も、添削、編集、校正等全く一人の手で見る間に片づけて行かれた。

（9）たとえば、明治三十六年十二月三日の小林茂雄あての「啄木老」という署名にしても、「有明のより望み多き詩形ならん」という鉄幹の評価をふまえたうえで、「無題録」で「村閭の野老」との対話によって雅号の由来をあきらかにするというねらいがあったかもしれない。

［付記］本稿は、「二〇〇九年台大日本語文創新国際学術研討会」（国立台湾大学日本語文学系、二〇〇九年九月二十五日）における講演の草稿を補訂したものである。

［補記］本稿は、「台大日本語文研究」第十八期（二〇〇九年十二月）に発表した論文「詩人石川啄木の誕生をめぐる問題」を若干加筆したものである。

なお啄木の雅号問題に関連して、柳澤有一郎「白蘋から啄木へ―『明星』文壇を視野に入れて―」（国際啄木学会「研究年報」第15号、平成24年3月）が、「愁調」掲載前後の「明星」の編集動向を綿密に論証し、詩人啄木誕生に鉄幹の意向が大きく関与しているという見方を提示している。さらに最近の森義真『啄木の親友小林茂雄』（平成24年11月、盛岡出版コミュニティー）も、小林茂雄との関連から雅号問題に言及している。

パネルディスカッション「現代短歌を考える」

歌集『相聞』の短歌史的意味

いざよひの月のかたちに輪乗《わの》りしていにける馬と人を忘れず
——晶子『常夏』

きわめて個人的な回想からはじめたい。「関西アララギ」、大阪歌人クラブの重鎮高木善胤と堺歌人クラブの代表野崎啓一の先導ではじまった、「与謝野晶子短歌文学賞」の第三回大会が、平成九年（一九九七）五月に大阪府立大阪女子大学（現在は大阪府立大学）で開催されたときのことである。パネルディスカッション「現代短歌を考える」（山中智恵子、馬場あき子、河野裕子）の司会者であった私は、講演者の塚本邦雄と控え室で同席していた。「どうして鉄幹研究は晶子にくらべて立ちおくれているのか」という私への問いかけがあった。「体系的な伝記研究も作品研究も晶子にくらべておくれているのは、鉄幹には全集や選集のようなものがないからでしょう」とこたえた私に、間髪入れずに「鉄幹には『相聞』一巻があれば十分なのに……」という塚本。「たしかにそうですね」としかいえずに不明を恥じる私であった。(1)

1　近代短歌史における『相聞』の位置

いまもなお『相聞』にたいする確定した評価はない。このことは鉄幹（寛）にたいする評価が確定しない最大の理由かもしれない。寛の歌集『相聞』は明治四十三年三月に明治書院から刊行されるが、この年は前田夕暮『収穫』、金子薫園『覚めたる歌』、若山牧水『別離』、土岐哀果『NAKIWARAI』、吉井勇『酒ほがひ』、石川啄木『一握の砂』というように、近代短歌の成立にかかわる画期的な歌集が陸続と誕生した。そうした異彩を放つ名歌集に埋没しているかのように、厖大な文献資料によって実証的な近代短歌史研究を確立した小泉苳三『近代短歌史　明治篇』（昭和30年6月、白楊社）では、『相聞』に関する記述は一行も見られない。第二次世界大戦後の最初の本格的な短歌辞典として刊行された『近代短歌辞典』（昭和25年8月、新興出版社）の開巻は、「相聞《あいぎこえ》」からはじまるが、木俣修はつぎのように解説している。

> 寛は、この『相聞』において人間性を深くつきつめて行こうとして、激しい苦悶・苦闘の中に思索している。そしてその過程を一種の思想的抒情として歌にしているのである。思想といっても、論理をあらわにしたようなものではなく、むしろ情意的なもののなかに、あるいは象徴的に、あるいは気分的にそれを托そうとしたものであって、抒情詩としての短歌に新しい世界をうち樹てたものというべきである。

この木俣修の簡明的確な『相聞』評は、『明治短歌史―近代短歌史・第一巻』（昭和33年2月、春秋社）の「第二

章　新詩社と浪曼主義運動」でも、「この集は寛の『明星』における最盛期を示すもので、着想の領域は広く、表現技巧は多面多彩である。西欧象徴詩の影響による比喩的な手法を多く用いていて、一種の思想的象徴詩ともいうべきものがその主流をなしている。寛の代表歌集といえば本集をあげるべきであろう。」と木俣は一定の評価をしている。(2) しかし、「総じて寛・晶子の時代のすでに過ぎ去ってしまっていることが明瞭に認められるのである。」という木俣の位置づけは、明治四十二年の「スバル」創刊、四十三年の「創作」創刊を境に、寛晶子の短歌が下降していくという近代短歌史の見取り図を決定したともいえよう。

それは当時の窪田空穂と若山牧水の同時代評も大きく影響している。空穂「最近の四歌集を読んでの感じ」も牧水の「歌壇時感」もともに、四十三年五月号「創作」誌上に掲載された。空穂も牧水も『相聞』の主題にもかかわる挽歌や旅行詠には、追随を認めない自在の発想や技巧があると評価しつつ、総論的には「ハートによるよりもヘッドによった作」（空穂）、「粉飾し、作為し、やがて全然自己を遊離し去つた芸術といふものに、本当に何の味があるのであらう」（牧水）というように否定的な見方であった。このように空穂や牧水の同時代評からはじまり、吉井勇、釈迢空、保田与重郎らを例外とすれば、ながく『相聞』は近代短歌史に正当な位置を与えられず、なかば見捨てられてきたといえよう。(3) 近年ようやく逸見久美、永岡健右、島田修三、加藤孝男らによって、『相

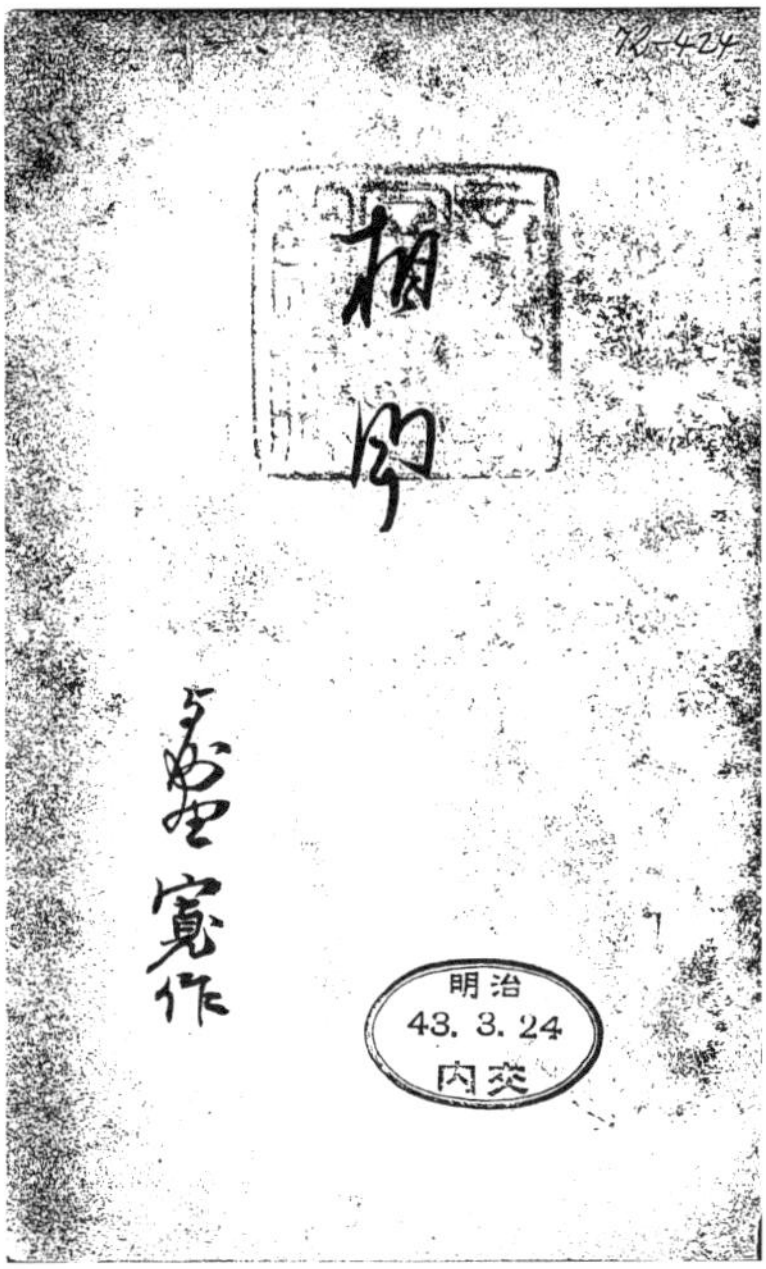

『相聞』扉（国立国会図書館所蔵）

聞』の近代短歌史的意味が再検討されるようになった。

じつは私じしんも塚本邦雄との緊張した場面に出会うまえに、すでに「明治四十三年の短歌史的意味―鉄幹から啄木へ―」（「山邊道」第40号、平成8年3月、拙著『日本近代短歌史の構築―晶子・啄木・八一・茂吉・佐美雄―』所収、平成18年4月、八木書店）で、『相聞』の短歌史的意味を『一握の砂』と比較しながら論証していた。ここでは最近の研究成果をふまえて、あらためて『相聞』の短歌史的意味を問いなおしてみたい。

2　その主題をめぐって

〔1〕「愛」の象徴としての〈馬〉

永岡健右『与謝野鉄幹研究―明治の覇気のゆくえ―』（平成18年1月、おうふう）の綿密な論証にしたがえば、明治三十七年八月頃から四十三年三月末頃までに創作された作品一千首を収録した『相聞』は、「取捨、編纂、浄写等、すべて妻晶子の用意と労力とに任せ」たとはいえ、「この集の中心たる所、おのづから女性の愛にあるを尋ねて、『あひぎこえ』と名づけたり」という歌集命名の主意に照らして取捨選択されたのであろう。

常世物《とこよもの》はなたちばなを嗅ぐ如し少時《しばし》絶えたる恋かへりきぬ

恋するはそのよく光るさし櫛をかりて心をわが照らすため

いかにも鉄幹得意の手慣れた「恋」の歌から『相聞』ははじまる。それこそやや戯れ歌ともおぼしき「恋歌」に食傷するなかで、ひときわ精彩を放つのが〈馬〉をモチーフとした歌である。

馬の背にわかき男とわが妻を縛りて荒き崖《きりぎし》に追ふ
駻《はね》馬《うま》をいしくも乗りぬ頰を見れば南部の野なる日の色にして
かき乗せてひしと鞭うつ黒髪の香におどろきて馬は馳せ出ぬ
わが馬の薊《あざみ》の葉をばこころよく食《は》む傍にこの文を書く

集中に〈馬〉の歌は三十首を数えるが、いずれも歌集の主題を考えるうえで読みすごすことはできない。「馬の背に」は、愛欲のはての不義密通を匂わせる刺激的な性愛をドラマチックに、「駻馬を」は、気性の荒々しい馬を巧みに乗りこなす「南部」男の野性的な美を絵画的にそれぞれ表出している。「かき乗せて」は、女を馬上に抱えあげて「ひしと鞭うつ」男、「黒髪の香」の女、そして「おどろきて」「馳せ出ぬ」馬の三者がみごとに一体化したところに、意識下にひそむ性愛のかたちをあらわしている。「わが馬の」は、広々とした平原で「薊の葉をばこころよく食む」馬のかたわらで「この文を書く」男が、いかにも恋物語の主人公のように演出されている。

赤馬の尻毛のごとくばさらにも髪引き撓《たわ》め寝たる醜《みに》くさ
七《なな》人《たり》の星の少女《おとめ》のうづくまり白馬《びゃくめ》に乗せぬ秋の染《そめ》姫《ひめ》

まるで対照的な〈馬〉の歌である。「赤馬の」が鉄幹好みであるとすれば、「七人の」は晶子好みであろうか。「赤馬の尻毛」に象徴された男の情欲が放埒を極めるのにたいして、「七人の星の少女」を「白馬に乗せぬ秋の染姫」という絵画的構図によって、純潔貞淑な女たちをきわめて王朝的色彩美に染めあげようとしている。

わが黒き愁《うれい》のうへにわが怒《いか》り馬のごとくに蹄《ひづめ》鳴しぬ
馬ぐるま疋絹《ひききぬ》のせて京に駆る華奢のみ愛づやつれなき少女
赤すすき穂向《ほむけ》わわけて雫するさまか時雨《しぐれ》に濡れて来し馬

抑えがたい愁いや怒りが馬の蹄を鳴らすという所作に比喩されることで、男の底知れぬ性愛の心理を「わが黒き」は伝えようとしている。「馬ぐるま」は、そうした男の心根など無縁なように雅やかな華美に耽る「つれなき少女」によって、男と女の愛情表現のすれ違いが強調される。「赤すすき」はたんなる自然詠のようにも見えるが、ススキの穂がたなびきほつれてまるで水が滴るような風情はなにゆえかといえば、「時雨に濡れて来し馬」の悪戯かとでもいいたげな表現にもほとばしる男の情念が揺曳している。

薄闇《うすやみ》の黍の茎ふく風の間に打つ音きこゆ馬のあしがね
しら菊を載せたる馬車の先追ひぬ女王の宮の御内の丁《よぼろ》

「薄闇の」「しら菊」は前後して配列されているが、その直前にある、

かの群れは我より若しみな君を得むとするこそいとかなしけれ

「かの群れは」を視野に入れれば、やはり浪漫的な恋物語を想像したくなる。のどかな田園風景のなかで爽やかな秋風とともに響く「馬のあしがね」の音によって、「君を得むとする」若者たちに先んじて「女王の宮」を奪取（あるいは守護）せんとする「我」の勇壮な武者振りがイメージされる。また高貴な「女王の宮」を「かの群れ」から守らんとして、「馬車の先」めざして疾走する忠義な「丁」に鉄幹の姿をかさねたくもなる。

くちをしく生れて馬の乳を飲まず戈壁《ごび》の沙漠に許嫁《いいなずけ》なし
峰はみな雪すしら毛の放《はな》ち馬《うま》高原《たかはら》わたり信濃に来るも

これらも前後して配列された〈馬〉の歌である。まるで〈馬〉の原産地ともいうべきモンゴル平原と名馬の産地として知られる「信濃」の「高原」とに放たれた〈馬〉を鮮明に視覚化しながら、前者は「馬の乳を飲まず」「許嫁なし」によって自己の生存の根っこを手繰りよせようとし、また後者では自己の囚われない自在奔放な生きかたを象徴しているように読みとれる。

ひだり手に黒髪の子をかき抱き躍《おど》れる馬を右手《ゆで》もて駆《か》りぬ
軍《いくさ》きたるしろがねかぶと朱《しゅ》柄《え》の槍《やり》大馬の背に皆星を指《さ》す

「ひだり手に」は、先引の「駻馬をいしくも乗りぬ」と「かき乗せてひしと鞭うつ」とを巧妙に配合しながら、「愛」を貫く馬上の勇者を視覚的に表出している。「軍きたる」も馬上の勇者を一層輝かしい光彩のなかに浮き彫りにするような鉄幹得意の演出が見られる。そうした演出の極まりが集中の後半から巻末にかけて位置するつぎの歌である。

ひとだまのさ青にもゆる真夜中《まよなか》に切りて炉に投ぐ大馬の爪《つめ》
占《うら》にいふ骸骨《がいこつ》の馬ひがしより夜《よ》ごと来りて汝《な》が門に立つ
河岸の芝生にまじるれんげ草馬車より君を抱きて下ろす日

「ひとだまのさ青にもゆる真夜中」という怨霊にでも襲われた無気味さのなかで、「大馬の爪」を「炉」に投げる男には、かつての恋物語の主人公にふさわしい勇壮さは微塵もない。あるのは魔性の女に呪われた男のむなしいあらがいの姿ばかりである。「骸骨の馬」とは「愛」の乗り物として男に捧げ尽くした果ての無用無益の存在であり、悲惨残酷な「愛」の象徴でもあろう。その「骸骨の馬」が「ひがしより夜ごと来りて汝が門に立つ」という演出は、「愛」のために犠牲となった女の妄執に取り憑かれた男の内なる心象をみごとに抉りだしている。さらに「馬車より君を抱きて下ろす日」は、いかにも恋物語の主人公に見合う心優しい所作であるが、同時に「この文を書く」という「愛」の物語の結末の「日」でもあった。そのことは、これ以後に「女性の愛」をうたう歌が『相聞』には登場しなくなるということが何よりも明白に物語っている。

〔2〕 日常的感覚と歴史的感覚

『相聞』の主題が「女性の愛」にかかわるロマネスクにあったことは、任意に抽出した〈馬〉をモチーフとした歌からも理解できよう。そうした主題を歌集全体の基調として展開させるために作品内部に自覚的に取りこまれた方法意識があるとすれば、すでに旧稿「明治四十三年の短歌史的意味―鉄幹から啄木へ―」で、篠弘『自然主義と近代短歌』（昭和60年11月、明治書院）の卓越した短歌史観を参看しながら論証したように、現実生活に密着した日常的感覚とその現実の仕組みを大きな世界観で批判的に認識しようとする歴史的感覚である。ここでは、家族詠に焦点をあてながら、『相聞』における日常的感覚について検討をくわえてみたい。

わが妻のかたちづくらずなりたるを四十に近きその夫子《せこ》の泣く
その父はうち打擲《ちようちやく》すその母は別れむと云ふあはれなる児等《こら》
光七瀬秀八峰《ひかりななせしげるやつお》といりまじりわが幼児《おさなご》の手をつなぐ遊び
わが妻は言ふこともなく尊《とうと》かり片時《かたとき》にしてきげん直りぬ
わが家の八歳の太郎が父を見てかける似顔《にがお》は泣顔《なきがお》をする
五歳《いつつ》にて早く知りしはみじめにもわが両親《ふたおや》に銭《ぜに》のなきこと
大空の打黙《うちもだ》したるさびしさを時にわが持つわが妻も持つ

これらの家族詠は与謝野家の日常的な風景をいきいきと写しだしているように読みとれる。「わが妻のかたちづくらず」は、かつて馬上に抱きあげた「黒髪の香」の女とはおよそ別人のように振る舞う家庭人晶子のやつれた相貌を表出している。子どもたちのまえで妻をなぐりつける夫、その夫に別れましょうという妻。険悪不穏な夫婦の情景。「光、七瀬、秀、八峰」という実名によって、与謝野家の家庭事情がつぶさに語られる。

島田修三「『相聞』考―その自然主義的作品について」（「鉄幹と晶子」第1号、平成8年3月）が指摘するように、「中年夫婦の物憂くけだるい生活実感」がうたわれた「夫婦詠として確かなリアリティー」を認めることができる。さらにこの家族詠の手法が「自然主義風短編小説の一場面を彷彿とさせる」ばかりでなく、「自然主義が人間観察を外面から内面へと深化させながら、そのリアリズムの軸を展開させて行ったのだとすれば、『相聞』の家族詠はその展開線上に位置するものと見てもいいのではないか。」という島田の明晰な分析にはうべなうほかない。

しかしこの人間観察を日常的感覚として機敏にとらえた『相聞』の家族詠の手法は、従来の作品研究史ではほとんど黙殺されてきた。永岡健右『与謝野鉄幹研究―明治の覇気のゆくえ―』の緻密な考証によれば、明治四十二年五月「昴」（スバル）の「似非百首」における、離別を前提とした夫婦の危機的不和が「妻晶子に責任転嫁されている様な家庭内の暴露的作品」は、『相聞』では除外されていることがわかる。逆にいえば、『相聞』に収録されたのは、「その内情は作者自らの責任に回帰する心情に限定された作品」であるが、それだけ自虐的自嘲的な自画像を描出しようとする鉄幹の意図がはたらいていたと考えられる。そうした危機的な夫婦の愛のありかを見つめなおすことに、『相聞』の意義があったことも認めるべきであろう。(4)

ところでこのような家族詠によって日常的感覚の機微や陰影をとらえた『相聞』には、同時に日常的感覚の背後に息づく〈現実〉を大きな歴史的感覚で凝視する視点があった。

路《みち》に遇《あ》ふしろき葬列《そうれつ》しらぬ人われに代りて死ぬやとぞ思ふ
夕ぐれの永代橋《えいたいばし》に立つわれと並びて『秋』も行く水を見る
病院の暗き窓より空をさしははと笑へる狂人《きようじん》の指
白き犬行路病者《こうろびようしや》のわきばらにさしこみ来り死ぬを見守る

まるで現実社会の病巣を抉りだすように、都市生活者としての疲弊した日常的感覚を鋭利にうたおうとする姿勢が歌集の終末部に散見される。そしてその極まりが歌集の終幕を飾る「伊藤博文卿を悼む歌」十六首である。

神無月《かみなづき》伊藤哈爾賓《はるびん》に狙撃《そげき》さるこの電報の聞きのよろしき
男子《おのこ》はも言挙《ことあ》げするはたやすかり伊藤の如く死ぬは誰ぞも
むやくなりその下手人《げしゆにん》を馘《くび》るもとなりの王をとりて来《こ》むとも
伊藤をば惜しと思はば戦ひを我等のごとく皆嫌《きら》へ人
世界と云ふ大名《おおな》の下《もと》に皆あつまれみづからの為亡き伊藤の為
な憂ひそ君を継ぐべき新人《しんじん》はまた微賤《びせん》より起らむとする

この一連の伊藤博文への哀悼歌が明治四十二年十月二十六日に韓国人安重根によって暗殺された歴史的事件を題材にしたものであることは周知のとおりである。加藤孝男『近代短歌史の研究』（平成20年3月、明治書院）が前述の窪田空穂の同時代評をふまえて、鉄幹の特性が社会批評の歌にあることを強調している。その社会批評こそが個としての私性を内面からきびしく鍛えあげる歴史的感覚にほかならないが、寛にとっては伊藤博文はその歴史的感覚を喚起し、高揚するに足る特別の存在であった。

辻本雄一「与謝野寛歌集『相聞』刊行直前の一道程―資料・明治四十二年の熊野再遊、その周辺―」（「熊野誌」第32号、昭和61年12月）の詳細な解説によれば、明治四十二年十一月十日、十二日、十四日の三回にわたって「熊野実業新聞」に連載された寛の「藤公の一側面」の文脈と「伊藤博文卿を悼む歌」十六首とは「ほとんど一対のものであったことが確認できる」とし、「ナショナリスト寛」の醸成に影響を与えた伊藤博文との関係からいえば、「伊藤博文卿を悼む歌」十六首を、「寛としては自己の集成として抜くわけにはいかなかったのであろう。」とのべ、「それはまた自身を鼓舞する意味もあって、『相聞』最後の歌にはふさわしかったのかも知れぬ。」とも言及している。

たしかに再三にわたる渡韓体験をもつ鉄幹にとって、韓国統監府初代統監であった伊藤の死は歴史的事件として後世に記録すべき意義があった。伊藤を「維新中興の進歩主義平和主義の大宰相」として歴史的に位置づける鉄幹の歴史観や世界観からすれば、「女性の愛」にかかわる自己像とは別の、もうひとつのありうべき自己像（人間像）を『相聞』の最後に表出しておきたいという熱い思いがあったにちがいない。

その意味で、あらためて歌集巻頭歌の

大空の塵《ちり》とはいかが思ふべき熱き涙のながるるものを

と、「な憂ひそ君を継ぐべき」の最終歌とを読みかえすならば、いかにも無秩序な構成を装いながら、個としての日常的感覚を問いなおす、あるいは鍛えなおすという歴史的感覚によって一種の緊張した作品世界が創出されたといえよう。

3 〈滅亡論とのたたかい〉のゆくえ

すでに「明治四十三年の短歌史的意味―鉄幹から啄木へ―」でも論及したことであるが、明治四十三年という年に刊行された『相聞』は、近代短歌の本質論にかかわる〈滅亡論とのたたかい〉を自覚的内発的に把握していた歌集であった。しかし、『相聞』を〈滅亡論とのたたかい〉という視角から分析しようとした短歌論考は意外にも少ない。たしかに明治四十三年十月号の「創作」に発表された尾上柴舟の「短歌滅亡私論」にたいする鉄幹じしんの言及は見当たらない。たとえそうであるにせよ、柴舟の「短歌滅亡私論」を鉄幹が取るに足りないと考えたという理由にはならないであろう。むしろ「創作」創刊号に掲載された牧水の「所謂スバル派の歌を評す」や五月号「創作」の「歌壇時感」における戦略的な寛晶子への痛烈な批判によって、柴舟＝牧水＝「創作」との関係を絶縁しようとした鉄幹の頑なな意思によるものであろう。

いずれにしても自然主義思潮にうながされた〈滅亡論〉とのたたかいは、近代歌人たちにとってゆるがせにできない試練であり課題でもあった。要するに近代における短歌が自己表現あるいは自己批評の器としてどのように存立するのか、という問いかけにどう立ち向かうのかということであった。その問いかけに過敏に真摯に反応した近代歌人のひとりが鉄幹であり、啄木であった。いまや短歌は亡ぶほかないと、賢しらに説く歌人たちに論を以てではなく、文学作品として明示されたものが『相聞』であり、『一握の砂』であった。寛じしんがいう「刹那刹那の偶感を出だして、自家の矛盾をさへ快く飲まむ」という短歌観は、啄木のいう歌は「刹那々の生命を愛惜する心を満足させることが出来る」という短歌観に相通じるものがある。

そうした短歌観を基底に据えた日常的感覚と歴史的感覚という二つの視点によってうたいあげられた『相聞』と『一握の砂』は、ともに短歌という表現が近代文学のジャンルとして自律的に機能するということを証明した。そしてそれを可能にしたのは当時の自然主義的思潮に突き動かされた短歌滅亡論にたいする危機感であった。島田修三「『相聞』考―その自然主義的作品について」が「いわば自然主義系歌人たちへの挑戦的な意思表示の意味合いが存していたことがうかがえる」と明言できるのも、如上のことが重要な前提にあるといえよう。

『相聞』という歌集は、太田水穂の「比翼歌人」論に代表される世代交代論が叫ばれる歌壇では注目されることはなかったが、自然主義と真正面から向かいあいつつ短歌における近代の意味を問いかけたという点において、まさしく啄木の『一握の砂』とともに短歌史的にはその存在意義は大きい。少なくとも渡欧前夜の寛にとって、短歌は新体詩とともに近代文学のジャンルとしての可能性をもつものであったことはたしかなことであった。(5)

注

（1）塚本邦雄『秀吟百趣』（昭和53年10月、毎日新聞社）が、その「跋」で「現代においてなほ朗誦すべき秀歌絶唱ありや」という問いかけに、「まづ何よりも与謝野寛の『相聞』の名歌を紹介しよう」とのべて、実際に『相聞』所収の「青服のかの髪長きいさなとり陸に来る日はをみな隠せよ」を鑑賞の第一首目に据えていることは、うかつにも後日知るところであった。

（2）勝本清一郎、吉田精一、木俣修編『現代短歌の源流―座談会形式による近代短歌史―』（昭和38年6月、短歌研究社）でも、木俣はつぎのように発言している。

『相聞』というものは高いものだと思いますね。（中略）レトリックの方面でも、それからいわゆる象徴詩風な新しい発想という面でも、やはりもう一度『相聞』などは見直さなければいけないんじゃないかと思うのです。

（3）逸見久美『新版評伝与謝野寛晶子　明治篇』（平成19年8月、八木書店）は、吉井勇「与謝野鉄幹論」（『現代日本文学全集』第15巻、昭和29年11月、筑摩書房）が、『相聞』を鉄幹短歌の「集大成」「大詩集」として絶賛的評価をしていることを紹介している。また島津忠夫『近代短歌一首又一首』（『島津忠夫著作集』第9巻、平成18年6月、和泉書院）は、『相聞』を上まわる歌集は少ないという釈迢空の見解を紹介し、巻頭歌の「大空の塵とはいかが思ふべき熱き涙のながるるものを」にたいする釈迢空の鑑賞法もとりあげている。保田与重郎については、拙著『日本近代短歌史の構築―晶子・啄木・八一・茂吉・佐美雄―』に所収の「与謝野寛・晶子における渡欧体験の文学史的意味」を参照されたい。

（4）明治四十三年四月号「創作」に掲出の「自らを嗤ふ歌」十六首にも、つぎのような自虐的な歌が多く見られる。

わが上に黒き日はきぬ定まれる墓の如くに黒き日はきぬ

赤き頬の少年われをうち覗きはは笑へり古びたればか

一方の晶子は翌五月号の「創作」に「老のくりごと」十六首を発表しているが、

うれしさは君に覚えぬ悲しさは昔のむかし誰れやらにえし

君知るやよその人故わが泣きしさきごろのことこの頃のこと

冷え冷えした夫婦の心理の機微を妻の視線でとらえようとしている。

（5）太田水穂「与謝野寛氏の藝境に就て」（「立命館文学」昭和10年6月）は、昭和十年三月二十六日に他界した与謝野寛の文業をふりかえり、「明星」百号をもって歌壇戦線から撤退した時点で、かれの新派歌人としての生命は終結したと見なし、落合直文、森鷗外、上田敏から投じられた光と力を寛の才気に十分に生かされなかったことを悔やんでいる。

そうした水穂のような同世代歌人の峻烈な評価にもかかわらず、明治四十三年の寛には短歌表現に自己の生命を集中させる意欲を、『礼厳法師歌集』（明治43年8月、新詩社）の編集出版をほぼ独力でなしとげることで発揮している。寛にとっておのれの『相聞』と厳父の『礼厳法師歌集』とは、きわめて近似的な関係があった。

［補記］本稿は、旧稿の文脈を取り入れながら、あらたに書きおろしたものである。

〔コラム2〕晶子の「水仙」の歌について

水仙は萎れし後も明星に似たる蕊《しべ》をば唯中におく

この一首は、大正十年（一九二一）十一月刊行の第十七歌集『太陽と薔薇』に所収、初出「萬朝報」（大正8年1月18日）では、「水仙は萎れし後も日《ひ》に似たるめでたき蕊を唯中におく」であった。晶子じしんは、「水仙は支那趣味の高いために……私は何れも大して愛することが出来ない」とのべているが、

水仙の次々開き新しきけぢめつくるがあぢきなきかな

とうたうように、「水仙」のもつ気品の高さと自立性の強さに近寄りがたいものがあったのかもしれない。しかし、「萎れし後」の「蕊」を「日に似たる」と見なす初出の意は、「明星に似たる」と推敲されることによって、晶子のめざす「自分の個性を自由に表現したい」という美意識を存分に発露するイメージをふくらませることになった。「水仙」は、西洋の花言葉では、ギリシア神話の美少年ナルシスの物語から自己愛や自己陶酔を意味するようだが、そのときの晶子の心象にしたがえば、生気をなくしたかにみえる「水仙」の命の精気はいまも脈々たる輝きを保っていたにちがいない。

ときに大正十年、四十四歳の晶子は、文化学院の創設と大正期「明星」の創刊という大きな芸術的事業に専念することで、寛とともに歩むみずからの後半生の人生を燃焼させようとしていた。

いつしかと椿の花のごとくにも繫がれてゐし君とわれかな

その意味では、「明星に似たる蕊」とは、「椿の花」とおなじように、人生の苦楽をともにした寛とのゆるぎない夫婦愛の象徴であったとも読みとれる。

近代女性表現者としての自立
――〈かひなき女〉から〈われは女ぞ〉への飛躍――

どんなに賢いどんなに洞察力のある男性でも、女性について錯覚に陥っていることがしばしばあるのです。彼らは女性の真相を見ないで、誤解しています。
――シャーロット・ブロンテ（エレン・モアズ『女性と文学』青山誠子訳より）

近代日本文学におけるフェミニズム批評やジェンダー論という視点からいえば、最近の関礼子『一葉以後の女性表現―文体・メディア・ジェンダー―』（平成15年11月、翰林書房）、『女性表象の近代―文学・記憶・視覚像―』（平成23年5月、翰林書房）のすぐれた研究成果が提示するように、やはり樋口一葉、与謝野晶子が女性表現者の先駆的存在として論及されるという研究動向を認めないわけにはいかないであろう。私じしんもかつて「女性表現者としての与謝野晶子の存在―近代ヒロイニズムの誕生」（拙著『日本近代短歌史の構築』所収）で、エレン・モアズ著、青山誠子訳『女性と文学』（昭和53年12月、研究社出版）の〈ヒロイニズム〉という文学におけるフェミニズムの視点をふまえて、「一葉と晶子を極端な対照的存在としてとらえるのではなく、ともに表現者として自立しえた女性であったとみなすべきであろう。」とし、一葉によって開拓された〈ヒロイニズム〉の視点を『みだれ髪』の晶子がどのように継承したか、ということを論証したことがある。

その基本的な考えにいまもかわることはないが、第九歌集『春泥集』（明治44年1月）を結節点として、晶子を「奔放な恋愛歌人から底知れぬ女の性のありかをみつめる歌人へと変貌させた」とし、『春泥集』の歌人が第一評論集『一隅より』（明治44年7月）をもって「評論という表現ジャンルに表現者としての可能性を模索していた。」という旧稿の問題提起をふまえて、本稿では、『春泥集』という歌集と、香内信子が「晶子が独自の思考を浮き出させた文章を書き出したのは一九一一年一月『太陽』誌上の「婦人と思想」あたりからである。」（鹿野政直、香内信子編『与謝野晶子評論集』昭和60年8月、岩波書店）と位置づけている、評論「婦人と思想」とがどのように関係しながら表現者としての自立を形成したかを考察したい。

1　表現者晶子における歌集『春泥集』の位置

歌集『春泥集』には明治四十三年の作品が多く収載されているが、その明治四十三年は日本近代短歌史において大きな転換期でもあった。それは日露戦争後に小説や評論を中心とした散文のジャンルにおける自然主義的思潮にもとづく理論と表現の問題を、近代短歌という表現がどのように受容するか、あるいは拒否するかという切実な課題を抱えこんでいたからであった。四月に若山牧水らによって創刊された「創作」もそのひとつの現象であった。明治三十四年の『みだれ髪』世代として歌人的出発をなした、前田夕暮、若山牧水、石川啄木などの新しい世代の歌人たちは、自然主義思潮の洗礼をうけて、明治四十三年のいわゆる短歌滅亡という短歌的危機と向きあっていた。太田水穂「疑問の解決と個性の質量―形式保存と新らしき内容―」（「創作」明治43年10月）が、「縦横の才能を発揮し、思ふまゝに其頃の思想感情を歌ひあげた」晶子の功績を評価したうえで、進化し複雑化した現今の思想感情を短歌における「内容の進歩」としてどのようにとらえるかにあたって、「今は晶子氏の画いた地図をそのまゝで置くか、置かぬかの際疾い一期である。」とのべて、牧水、夕暮、白秋らの活躍に期待することを言明したように、明治四十三年の晶子はすでに若い歌人たちにとってのりこえられなければならない（のりこえられた）存在で

あった。(1)

別言すれば、明治三十年代の傑出した浪漫歌人であった晶子の『春泥集』は、もはや過去の幻影を追いかけているにすぎない歌集として否定されるべきであり、ここから摂取すべき「内容の進歩」は見あたらないということでもあった。しかし、牧水をはじめとする新しい世代が結集した「創作」が『みだれ髪』の浪漫的歌人を過去のものとして否定したように、晶子はたんに否定されるだけの存在であったのであろうか。日本近代短歌史を創ることを研究課題にしている私の立場からすれば、明治四十年代の晶子は、自然主義文学の影響をうけた新世代の「創作」に否定されることによって、むしろ『みだれ髪』以来のたえず男のまなざしに寄り添うような〈女歌〉の手法を変革しようとする方向へと転進していったといえよう。

篠弘「明治四十年代の与謝野晶子」(『自然主義と近代短歌』所収、昭和60年11月、明治書院)は、晶子を生命感の枯渇した過去の歌人として痛烈に批判する「創作」の自然主義的な論調とは距離をおきながら、「大正三年一月の第一一歌集『夏より秋へ』にいたって一変するようになる。」といい、「晶子にとっての明治四十年代は、寛の論理や言動にしたがい、その枠内から出ることができなかったのである。自然主義的なものとの接点を生じながらも、結局は断ちきる方向をとり、明治三十年代の「残滓」を追うことになっていくのであった。

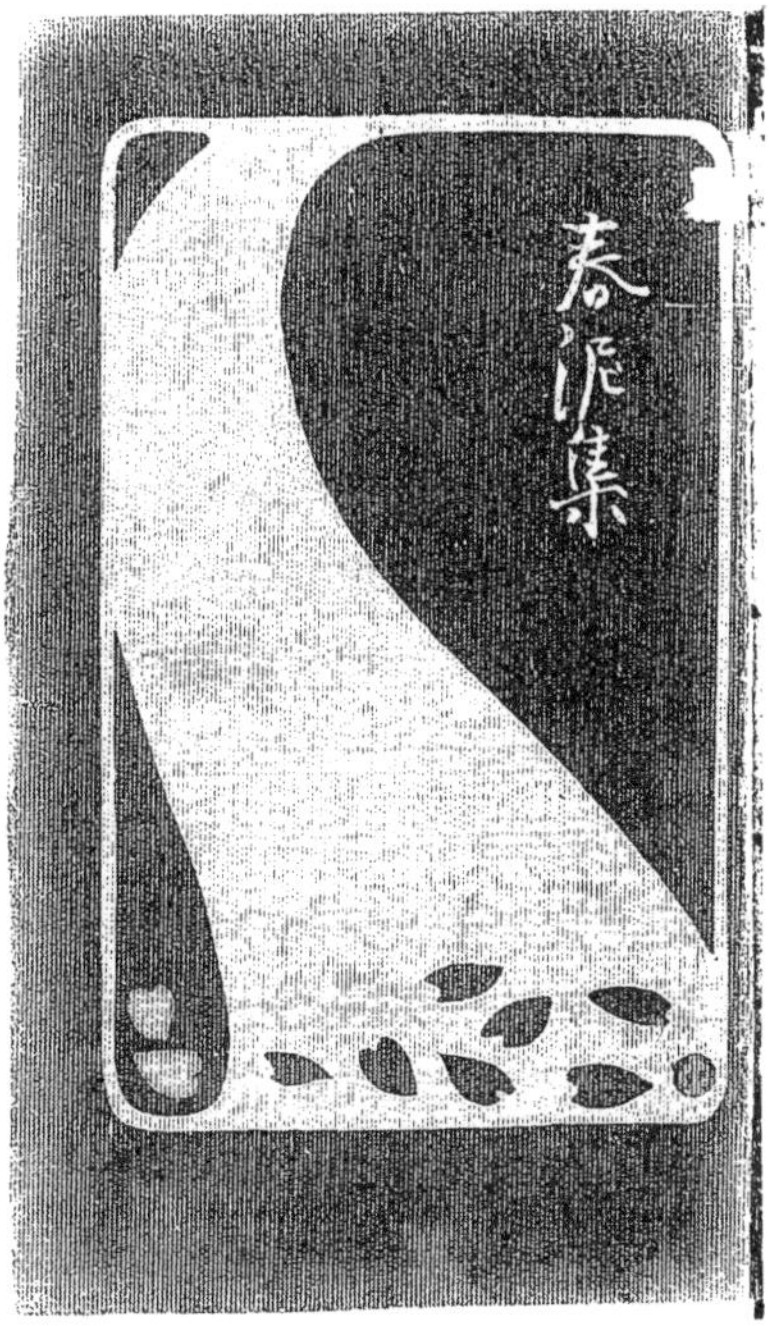

『春泥集』表紙(国立国会図書館所蔵)

『夏より秋へ』が、その結節点となったのである。」と明解に論じている。はたして篠弘が明断するように、明治四十三年の『春泥集』は『佐保姫』の延長線上にある歌集なのか、あるいは明治四十年代の晶子はいわば「明星」の残滓を追うことに終始するだけであったのか。

その問いかけにたいして、晶子じしんに語らせることにしたい。

『現代短歌全集』第五巻（昭和4年10月、改造社）に所載の「与謝野晶子集」の後記で、『みだれ髪』などの初期短歌を捨てることにしたとし、『春泥集』にいたって「自分が女性に帰つた気がする。わたしの空想が知らず知らずに性を超越してしまつたと云ふことも、既にこの集以前のことになつてしまつた。」とのべている。

このように晶子は『みだれ髪』からはじまる自己の短歌表現史の分岐点として『春泥集』という歌集を位置づけているが、その理由として「自分が女性に帰つた気がする」というジェンダーの視点を強調している。もともと女性としての〈性〉に目覚め、激しい恋愛体験をへて鉄幹と結ばれ、多くの子の〈母〉となった晶子であったが、その彼女によってうたわれた作品世界の〈女〉たちは、夢見る少女の可憐さと、妖艶な官能性に陶酔する奔放さのなかに同居していた。それが『春泥集』では、〈女〉の〈性〉そのものにかかわる生理的、心理的、身体的なありかとありようを見据える〈女〉たちが登場するようになった。それは明治四十年代の女性表現者として、短歌表現における新しい女性の形象を切り拓くものでもあった。

ちなみに歌集の巻頭二首は、つぎのような歌によってはじまる。

一人《いちにん》はなほよしものを思へるが二人あるより悲しきはなし
楽しみはつねに変ると云ふ如く桃いろの衣上《きぬうは》じろみつつ

独り身の気安さを憧れつつも、その心に生じる空洞を癒すすべもなく、夫婦としていつも「二人」でいるという当然の事実にたいする問いかけが切実であり重苦しくもある。また人生にとって永遠不変の楽しみなどありえないことは頭では分別していても、娘盛りに愛用した桃色の着物も色褪せてしまったという事実は、隠しようのない老いのむなしさ、わびしさを伝えている。

歌集の巻末二首も引いておこう。

濃き赤の椿こぼれてうづたかき切崖《きりぎし》のもと行く水の鳴る

春の日となりて暮れまし緑金《りよくこん》の孔雀《くじやく》の羽となりて散らまし

「濃き赤の椿」「緑金の孔雀の羽」は晶子好みの艶やかな美の表徴であるが、「うづたかき切崖」の足もとを流れる水に身を委ねるしかないはかなさが、「暮れまし」「散らまし」という希求表現によって美のとどめおくすべのないせつなさが、それぞれに浮上する。

いずれにしても巻頭二首も巻末二首も、ともに作者である晶子が読者である私たちに、「私のいまの心境をあててみなさい」という謎めいた問いかけをしているような象徴的な歌である。そこに三十路なかばに近づいた晶子が「自分が女性に帰つた気がする」と自己告白的に語る〈女〉の〈性〉の不分明性や不可解性がその背後にあったともいえよう。

三十路をば越していよいよ自らの愛づべきを知りくろ髪を梳く
春の日のかたちはいまだ変らずて衰へがたの悲しみも知る
いつしかと紫の藤ちるごとくおとろふること今にいたりぬ

たとえ三十路をすぎて「五人ははぐくみ難しかく云ひて肩のしこりの泣く夜となりぬ」という育児に追われながらも、「自らの愛づべきを知りくろ髪を梳く」という優婉な女性性への意識を誇示する一方で、「衰へがたの悲しみも知る」「おとろふること今にいたりぬ」とうたうように、ひそやかにしのびよる衰えにたじろぐ〈女〉の形象化も目立つ。そしてその避けてとおれぬ「衰へ」への自覚は、同時に夫婦としての「二人」のありようにも目が向けられる。

わが昔うら若き日はこの君と世をつつましく思ひて過ぎぬ
よろこびと悲しみと皆君によりするとばかりはうたがひもなし
もとめ居しわれの心はうちならび君が心と死にてありける

まさに命がけの恋愛によって結ばれた「君」への愛情は、〈女〉にとって絶対的な信頼でもあった。そうしたゆるぎようのない「君」への愛情と信頼が、少しずつ微妙な変化を見せはじめる。

うれしさは君に覚えぬ悲しさはむかしのむかし誰やらに得し

十日してまたあぢきなき世にかへるはかなし人の髪のおちざま
うとまれていまだいく日もたたなくに尼ごこちしてわれはさびしき
わが頼む男の心うごくより寂しきは無し目には見えねど

まるで私小説のように夫婦生活の危うさをうたう〈女〉の〈性〉が、たえず喜びも悲しみも「君が心」「われの心」の同心と切りはなすことができないことを示している。したがってその同心にひび割れが生じたときのいい知れぬさびしさは、

髪長き人のうれひに似たる石青し男の石はましろし
いかづちをとりて男になげうたん力なき身と定められにし

「男」を「心」なきものとして相対化し、「力なき身」である〈女〉の「男」への激しい憤怒に転換する。そしてその「男」への抑えがたい憤怒と憎悪のみなもとが明るみへ照らしだされる。

わが外に君が忘れぬ人の名の一つならずばなぐさまましを
自らを殺しかねつも十年の君が馴染みの妻とおもへば
なき友を妬ましと云ふひとつよりやましき人となりにけるかな

「君が忘れぬ人の名」「馴染みの妻」「なき友」は、かつての師鉄幹をめぐる恋の競争相手であり、明治四十二年四月十五日に永眠した歌友の山川登美子であることはいうまでもないが、「なぐさましを」「自らを殺しかねつも」「やましき人」という表現に屈折した心情のはかり知れない嘆きの声が聞きとれそうだ。

逸見久美『新版評伝与謝野寛晶子　明治篇』（平成19年8月、八木書店）によれば、「晶子の歌に時折見られていた登美子への数々の嫉妬の歌は『春泥集』で終わり、次の歌集『青海波』からは、これまでの登美子に関わる感情が凡て払拭され、夫寛の渡欧に向けて心は一転していくのである。」とあるが、登美子の死はそれまでの〈性〉を超越した同心同化のゆるぎない絆に裂け目をもたらすものであった。晶子からすれば、それはたんなる嫉妬をこえた自己確立のための大きな試練であり、〈女〉としての〈性〉そのものが内なるものとして相対化されたことを意味するものでもあった。

わが妻も相住《あいす》みすなる琴弾《ことひき》も雪のふる日はたをやかに見ゆ

恋をする男になりて歌よみしありのすさびの後のさびしさ

登美子の死によって相対化された〈女〉としての〈性〉は、「わが妻」「恋をする男」というように、いわばジェンダーにおける男性的視点の投入によって、〈女〉の引き裂かれそうな〈心〉の陰影をとらえることを可能にした。さらにその〈女〉の〈心〉の陰影をとらえる自己凝視に鋭さと深まりを見せていることも注目しておきたい。

うしろより危《あやふ》しと云ふ老のわれ走らむとするいと若きわれ

鋭《と》からずとはがねの黒き鋏《はさみ》をばうちなげきつつ絹切るわれは

これらはじつに謎めいた象徴的な歌であるが、「男」には気づきにくい「老い」の「衰へ」におののく〈女〉の心理や生理の機微をとらえ、「自分が女性に帰つた気がする」という晶子の心象を透視しているような凄みがある。これは寛と晶子というつながりからいえば、まさに「寛の論理や言動」の軛《くびき》をみずからの手で取りはずそうとするジェンダーの視点によるものであった。かつての『みだれ髪』が『紫』と合わせ鏡のような関係であったのとはうらはらに、『春泥集』という歌集は、夫婦生活の危機的状況がまるで告白小説のように赤裸々にうたわれた明治四十三年三月の『相聞』にたいする切り返しの意味をもっていた。寛にしても晶子にしても好んで私生活を題材にするつもりはなかったにもかかわらず、無意識のうちに現実生活に根差した自然主義的な生活感情の発露が作品の低音部に流れていたと考えられる(2)。

少なくともジェンダー的な論理と言動にたいする視点によって、〈女〉の〈性〉にかかわる〈心〉と〈身体〉のありようをうたいえた『春泥集』の歌人は、さらなる問いかけを評論というあらたな表現ジャンルにも実践していくことになる。

2　表現者晶子における評論「婦人と思想」の位置

『春泥集』という第九歌集を刊行した明治四十四年一月に、晶子は総合雑誌「太陽」に「婦人と思想」という評論を発表している。すでに香内信子が指摘しているように、「晶子が独自の思考を浮き出させた文章を書き出した」

最初の論文が「婦人と思想」であり、「その後の晶子の文筆活動を通してなされた数かずの主張にたえず顔をのぞかせるライト・モチーフとなっている。」ということは、たやすく了知することができよう。

「行ふと云ふこと働くと云ふことは器械的である。従属的である。其れ自身に価値を有つてゐない事である。神経の下等中枢で用の足る事である。わたしは人に於て最も貴いものは想ふこと考へることであると信じてゐる。」

この「わたしは人に於て最も貴いものは想ふこと考へることであると信じてゐる。」という冒頭の問題提起は、評論の中段にあるつぎの文脈にその要点が集約される。

「我は何者であるか」「我は人である。男女の性の区別はあつても、人としての価値は対等である」「我は人間を本位として万物を見ると共に、又万物乃至生物の一つとして我を見ることが出来る」「我は世界人の一人であると共に、日本人の一人である」「我は何の目的にて生れたるかを知らず。宇宙の目的の不可知なる如くに」「我には生きたいと云ふ欲がある」「成るべく完全に豊富に生きたいと云ふ欲がある」「人は孤独にて生きることは出来ない。協同生活が必要である」「男女は協同生活の基点である。此処に夫婦が成り立つ。次いで父母子弟乃至社会」「社会があれば当然社会の協同生活を円滑にする為に治者被治者の組織が生ずる。又社会の基点たる個人の天分と教育とに由つて知識、感情、意志の差と職業の別とを生ずる」「個人としても社会人としても人は有らゆる幸福を享得せねばならぬ。幸福の最上なるものは個性を発揮して我が可能を尽すと共に、互に他の個性を理解し合ひ鑑賞し合ふことである」

「我は何者であるか」にはじまる文脈は、「想ふこと考へること」の少ない現今の「中流婦人が率先して自己の目を覚し、自己を改造して婦人問題の解決者たる新資格を作らねばならぬ。」という根本問題のきわめて具体的な提示であった。とりわけ「我は人である。男女の性の区別はあつても、人としての価値は対等である」「男女は協同生活の基点である。此処に夫婦が成り立つ。」という問いかけこそが、「婦人と思想」の中核であったことは自明であろう。

　私は人間である。たとえ人間として男女の〈性〉の違いはあったとしても、人間としての価値はあくまでも対等である。男性と女性は、人間として協同生活を営むための基軸であり、その基軸のうえに夫婦というものは構成されている。こうした私なりの理解によれば、この評論の中核にある問題意識が、すでに『春泥集』によってあきらかにされた〈女〉の〈性〉にかかわるありかとありようを見据えたジェンダー的な論理と行動を基盤にしたものであるといえよう。なぜならば、「なぜわたしが斯様な解り切つた事を書き出したかと云ふと、」という冒頭の問題提起にはじまり、「わたしが此処に想ふこと考へることを奨めたのは、決して行ふこと働くことを斥けよと云ふのでは無い。」にいたる「婦人と思想」の文脈は、〈わたし〉という一人称によって、「現今の男子」「日本の男子」「一般男子」「男子側」「文明男子」と連発されるように、じつは「男」たちが受けとめなければならない切実な課題を背負うものでもあったからである。[3]

　もとより主題は女性じしんが「理智の眼が開いて、反省し、批判し、理解する力」を拡充することで、自己の思想を鍛錬することにあった。それを実現し、可能にするためには、保守頑迷な「男」たちの意識改革こそが先決であるという、「夫」「男」たちの論理や言動の枠組みを見なおそうとするジェンダー意識の切迫感が晶子にはあった。

ところで「婦人と思想」の文脈を注意深く読みすすめれば、前段の日露戦争は「真実を云へば世界の文明の中心思想に縁遠い野蛮性の発揮では無かつたか」と位置づける部分で、「思想言論の自由を許されたる今日に、各個人が自己の権利を正当に使用しないのは文明人の心掛に背いたことである。」という奇異な表現に気づくであろう。なぜかといえば、晶子のいう、「思想言論の自由を許されたる今日」である明治四十三年すなわち一九一〇年は、「近頃聞く所に由ると、社会主義者の中に或る大逆罪の犯人を発見するに及んで、」とのべるように、幸徳秋水らによるいわゆる大逆事件の大検挙があった。この評論を書きおろしていた十二月中旬には、大審院での第一回公判が開廷（十二月十日）していたはずであり、啄木が「時代閉塞の現状」で「強権の勢力は普く国内に行亘つてゐる」といわねばならない言論統制の強化に無関心ではなかったはずである。

にもかかわらず「思想言論の自由を許されたる今日」という認識によって、「維新の御誓文を拝したる以後の国民」「天照大神を礼拝する国の婦人」という国家像や国民像をことさらに強調する真意は、どのように理解すればいいのであろうか。その真意は量知しがたいが、およそふたつの見方ができよう。ひとつはかつての「君死にたまふことなかれ」論争の震源地が「太陽」という言論メディアであったことを熟知している晶子であるがゆえに、慎重を期してあえて検閲網をくぐりぬけるための擬装的表現であったという見方である。もうひとつは、そうした言論メディアの緊張した現今の状況をよく知ればこそ、「思想言論の自由」を生命線とする「太陽」という論壇に「自己の権利を正当」に行使しようとする、表現者としての覚悟の表明であったという見方である。いずれの見方にせよ、その両者をつなぐ晶子の思想的立場が「天照大神を礼拝」し、「維新の御誓文」を支柱とするところにあったことは注目しておく必要があろう。

つまり、香内信子が指摘したように、「晶子が独自の思考を浮き出させた」最初の本格的な論文である「婦人と思想」には、その後の晶子が主張する「ライト・モチーフ」があるとすれば、晶子の言論の基底に根の深いナショナルな思考軸があったということである。たとえ「世界の文明の中心思想」「英国に勢力を得て来た女子参政権運動」「今日世界の文明人」「英国婦人の参政権問題の運動」という世界の動向に目を向けて、「トルストイは「自己を改善すると云ふ事が人生の最も優れた行為だ」と云つた。我我日本婦人は特に急いで自己を賢くし、鋭敏にし、溌溂たる「一人」にする事が必要である。」と結論づける視座が国際的世界的であるにせよ、「我は世界人の一人であると共に、日本人の一人である」と言明するように、「日本人の一人」というナショナルな視点が共存していた。(4)

「時代閉塞の現状」を書く啄木と、「婦人と思想」を書く晶子は大逆事件以後の時代の感覚を共有し、自己主張や自己表現にたいする問題意識を、啄木は「我々日本の青年」「我々明治の青年」という「男」の視点によって、晶子は「我我日本婦人」「我国の中流婦人」「文明婦人」という〈女〉の視点によって展開した。国家観や国民像へのベクトルは逆方向の関係にあったといえるが、啄木がきびしく問いかけた、「実に彼の日本の総ての女子が、明治新社会の形成を全く男子の手に委ねた結果として、過去四十年の間一に男子の奴隷として規定、訓練され」ている現実問題を、晶子はまさに真正面から女性じしんが解決すべきこととして切りこもうとした。

かつて一葉が苦悩し葛藤した、「誠にわれは女なりけるものを」という女性としてなすべき人生的課題（文学的課題でもあり、国家的課題でもあった）を〈かひなき女〉と自己規定、自己限定せざるをえなかった女性表現者の壁にたいして、〈わたし〉という〈女〉の一人称によって晶子は突進しようとしていた。

3　うたうことと論ずることで自立しえた女性表現者

「君死にたまふことなかれ」の詩人は、同時に「ひらきぶみ」を書くすぐれた散文家でもあった。およそ六年後のいま、「明星」終刊後の晶子は自然主義的な現実認識を深めつつ、詩歌にとどまらず散文表現に自己表現の可能性を拡大しようとしていた。それはあくまでも詩人という孤塁を死守する寛との決定的差異であったが、むしろ晶子の表現者としての貪欲さであったと考えるべきであろう。

自己の内面的世界の抒情化という短歌（一人称による内面の透視）によって撮影された自己像は、同時代の啄木もそうであったように、国家社会という現実に生きる自己をより精密に表出するために、小説、評論という散文をふくめた多様な表現ジャンルのなかに刻みこまれようとする。一人称の表現をできるかぎり多層的多元的に拡充し（拡散ではない）、凝縮するために、表現ジャンルの多様性に挑戦しようとする表現者としての可能性に明治四十三年の晶子は期するものがあった。「ひらきぶみ」でいう、「まことの歌や文」をつくることの正念場にいた大逆事件後の晶子にとって、歌集『春泥集』と評論「婦人と思想」は表現者としてのまぎれのない存在証明となった。

晶子が待望してやまない「婦人自身に目を覚さねば」「中流婦人が率先して自己の目を覚し」「婦人の覚醒」という女性じしんの覚醒は、明治四十四年九月の「青鞜」創刊号の巻頭に掲載された詩篇「そぞろごと」の、「すべて眠りし女今ぞ目覚めて動くなる」ということばに具現された。またつぎの詩によって、一葉が背負いこんでいた女性表現者としての精神的な鬱屈や葛藤を積極的に受けつごうとする意志を表明した。

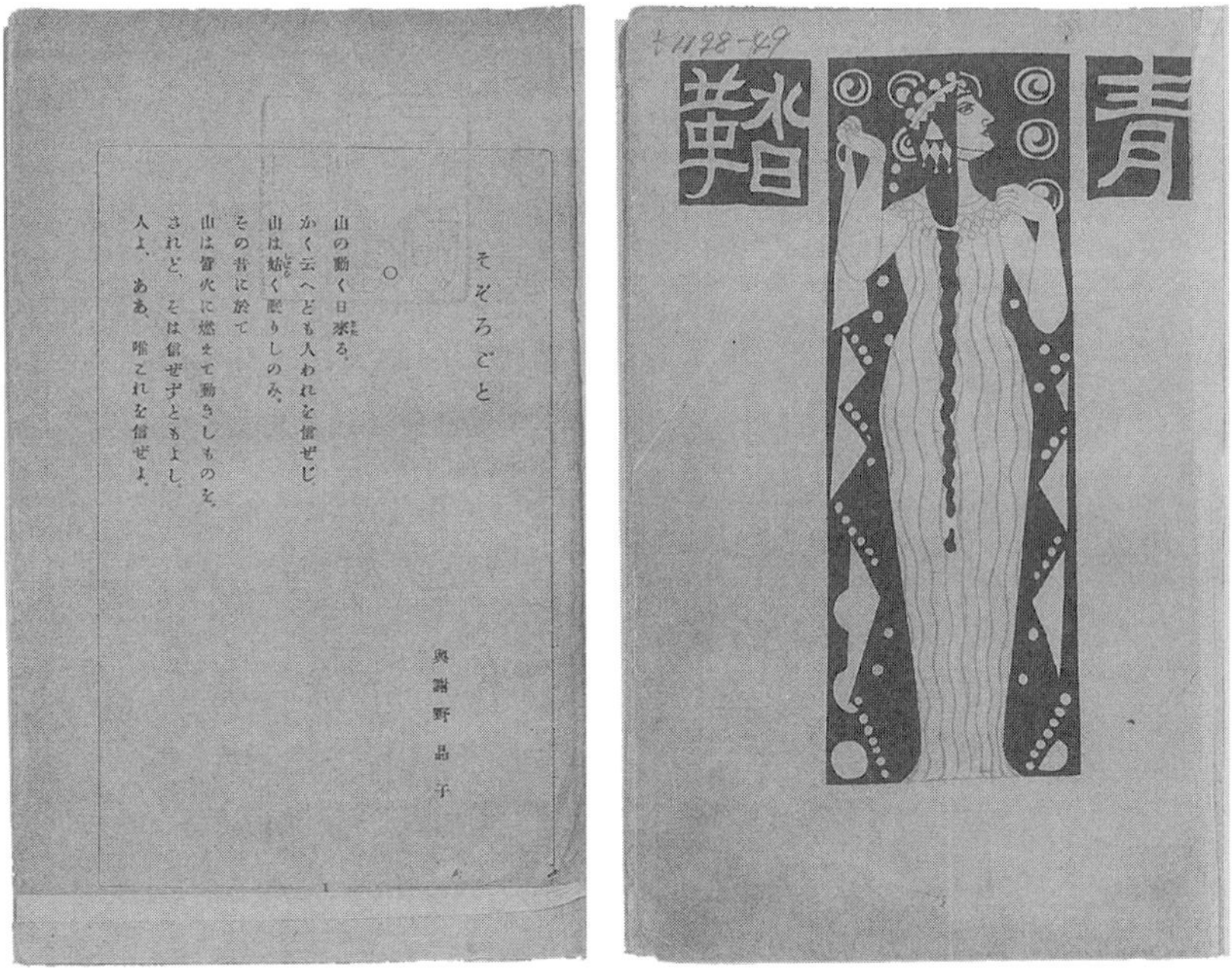

そぞろごと

○

山の動く日来《きた》る。
かく云へども人われを信ぜじ。
山は姑《しばら》く眠りしのみ。
その昔に於て
山は皆火に燃えて動きしものを。
されど、そは信ぜずともよし。
人よ、ああ、唯これを信ぜよ。

与謝野晶子

「青鞜」創刊号表紙と巻頭の詩（国立国会図書館所蔵）

一人称にてのみ物書かばや。
われは女ぞ。
一人称にてのみ物書かばや。
われは。われは。

この晶子の強靱な意志が平塚らいてう等の若い女性表現者への力強い応援歌になったことはいうまでもないが、山本千恵「『みだれ髪』から「一隅より」へ」（『女たちの近代』昭和53年7月）がすでに検証しているように、〈われは女ぞ〉という自己表明は、〈女〉の〈性〉がもつ豊かな創造性への確信を意味していた。晶子が『みだれ髪』時代の〈女歌〉から脱皮したいという変身願望をもっていたことを、香内信子『与謝野晶子—さまざまな道程—』（平成17年8月、一穂社）は論及しているが、そうした意味からも『春泥集』は晶子短歌の表現史において画期的歌集であるといえよう。まことに皮肉なことであるが、〈かひなき女〉

として一葉が嘆き託つことになった〈女〉の〈性〉を、晶子が豊かな創造性であると確信しえたのは、寛という「夫」「男」の論理や言動であった。もっとも身近にいる理解者であり同伴者が同時にもっとも手強い「敵」であるということもある。このもっとも手強い「敵」を追いかけるように、晶子は単身ヨーロッパへと旅立つことになるが、渡欧体験によって大きく飛躍する〈女〉の〈性〉の創造性は、じつは渡欧前夜のこうした女性表現者としての周到な仕込みが前提にあったことによって可能であったということを明記しておきたい。

注

（1）たとえば晶子短歌の模倣によって歌人として出発した『みだれ髪』世代の啄木は、明治三十五年十一月の初見以来晶子を姉のように慕った。そして四十一年四月の上京以後、「明星」「スバル」の実務や歌会のために新詩社を訪れる機会が多くなった啄木は、ますます晶子を身近な存在として意識するようになった。「晶子さんに至つては全くの歌人だ。」（明治41年10月12日「日記」）と、晶子の歌人としての天性を認めながらも、「晶子さんは矢ッ張り晶子さんだよ。自分では、いつかまた会心の歌を作り得る時期が来ると思つて居ますといつたが、この時期は恐らく来ないだらうと僕は考へる。」（明治41年5月7日、吉野章三宛）、「晶子女史は「『舞姫』『夢の華』の二集に全盛を示して、目下既に老境に向ひて生気なく、」（明治41年6月29日、菅原芳子宛）と、明治四十年代の晶子短歌がすでに新しい時代の潮流に立ちおくれていることを見抜いていた。

釈迢空「女人の歌を閉塞したもの」（「短歌研究」昭和26年1月）も、「晶子の歌も『乱れ髪』から『舞姫』に来、『夢之華』が頂上で、歌境が行きづまつてしまひ、それからは下る一方であつた」という見方をしている。

（2）寛と晶子における自然主義の受容について、講談社版の『定本与謝野晶子全集』第二巻（歌集二）の「解説」で、木俣修はつぎのようにのべている。

失意から来る寛の自嘲、自棄的暗鬱な歌境と合一したものではなくとも、この時期の晶子の歌もまた、そうした夫の伴侶として、苦悩や憂愁をそのまま素直に表出した歌が多く、奔放無碍な高揚した心情を歌ったものは乏しいのである。ことばを変えて言うならば歌柄が地味になっているということである。それは生活を直視して、その生活を核として歌ったものが多くなっているということである。その傾向をもって直ちに自然主義の影響であるというようなことを簡単に言うことはつつしまなければならないが、全体を通じて、現実的生活的なものが眼立って多くなっているということは認めないわけにはいかないであろう。

また逸見久美『新版評伝与謝野寛晶子　明治篇』もつぎのようにのべている。

『春泥集』が多くの版を重ねたのは当時の作者の心情や夫婦間のことなどがかなりリアルに歌われていたからであろうか。「明星」廃刊後の晶子は、小説、脚本、童話、古典口語訳と散文の方へジャンルを広げていった。その中で現実を見つめる姿勢に向かっていったのは自然主義の影響によるもので、時勢を敏感に受けとめたためとも言えよう。それが歌にも伝わり、これまでの晶子的な詠風に、さらに時代的な感性が加わってきたとも言えようか。

本書に所収の「歌集『相聞』の短歌史的意味」で論及したように、寛の『相聞』にも自然主義的な人間認識の深化が見いだせたように、晶子もまた（寛にまして）自然主義の影響によって現実認識を深め、〈女〉としての〈性〉にたいする自覚にもとづいた女性表現の可能性に意欲的であったと見なすべきであろう。

（3）「婦人と思想」の思想的文脈は、トルストイの「日露戦争論」や人道主義によって啓発された晶子の、トルストイの呼びかけに応じた答えである、という岩崎紀美子「内なるトルストイ―与謝野晶子の初期評論を支えたもの―」（奈良女子大学国語国文学会「叙説」第36号、平成21年3月）の緻密な論考から多くの示唆をえた。

岩崎は、「婦人と思想」が「太陽」という雑誌に掲載されたことに着目し、この評論の書き出しがそれまでの婦人雑誌で用いられた「です・ます」調の文体ではなく、「ここでは男性が用いることの多い「である」調で、男性が述べることが一般であった「婦人論」を、女が自ら表白しようとする意気と気迫がこの冒頭部には漲っている。」とのべている。

たしかに男性読者の存在を晶子が意識しながら問題提起しているということは、岩崎論文の綿密な論証にうべなうほかはないが、トルストイ受容との関連に比重を傾けすぎるあまり、自然主義文学論やジェンダー論との接点をやや軽視している論点は認めがたい。

（4）「婦人と思想」につづく「女子の独立自営」（『婦人の鑑』明治44年4月）では、「五箇条の御誓文、憲法、教育勅語、是等を拝読致せば新代の日本国民は全く不合理な前代の因襲道徳から解放せられ、聖代の自由なる空気の中に自己の特性を発揮しつつ社会を営んで行く事の出来る新道徳を御示しになつて居ります。」という国家国民像を明示している。本書所収の「晶子における平和思想」「晶子における国際性の意味」「ヨーロッパ体験の意味」などでも検証したように、晶子の思想形成はナショナルな視点とインターナショナルな視点とがたえず共存しながら展開していた。

［付記］本稿は、拙論「女性表現者としての与謝野晶子の存在─近代ヒロイニズムの誕生」（『日本近代短歌史の構築』所収）の論旨をふまえて、あらたに書きおろしたものである。

〈産む性〉の自覚と飛躍

男子が文明の逆流に浮沈して居る間、婦人に由つて文明の本流が清く保たれる訳では無いでせうか。
——晶子「新時代の勇婦」

1　女性が主体的に生きるということ

五月十二日の看護の日は、近代看護の確立に貢献したナイチンゲール（一八二〇—一九一〇）の誕生日にあたるが、そのナイチンゲールが九十年の生涯を終えた一九一〇年＝明治四十三年に三女佐保子を出産し、創作活動の場を小説や評論に広げようとしていた与謝野晶子における〈産む性〉の意味について考えたい(1)。

〈産む性〉ということは、〈産まない性〉〈消費する性〉などと関連づけてジェンダー論として取りあげられることが多い(2)。しかし看護という重要な医療業務に従事される人たちにとっても深い関係があることはいうまでもない。たとえば産婦人科という領域はもちろんであるが、母性看護学という専門領域においても〈産む性〉という問題は密接に関係している。いずれにしても〈産む性〉とは、女性じしんの生命（いのち）の問題や自律的な生きかたに直結していることだけはたしかである。

ここでいう自律的とは「私はひとりの人間として私じしんの人格向上と完成のために生きる」という意識を自己の人生の規範として徹底することにほかならない。それにしても女性じしんが主体的に自律的にしかも組織的に女性としての生きかたを問題にするようになったのはいつからなのか。一九七〇年代の世界的なウーマンリブの運動は、女性差別撤廃や男女雇用機会均等という成果を広げていったが、一九八五年＝昭和六十年七月に「国連婦人の十年」の世界婦人会議がナイロビで開催されたとき、日本政府代表が一般演説の冒頭で晶子の「山の動く日」を引用し、九〇年代に向けての男女共同参画社会の旗印を明確にしたことはきわめて象徴的であった。

山の動く日きたる、
かく云へど、人これを信ぜじ。
山はしばらく眠りしのみ、
その昔、彼等みな火に燃えて動きしを。
されど、そは信ぜずともよし、
人よ、ああ、唯だこれを信ぜよ、
すべて眠りし女、
今ぞ目覚めて動くなる。

この「山の動く日」は、一九一一年（明治44）九月に創刊の「青鞜」に「そぞろごと」と題する詩篇のひとつとして巻頭に掲載されたが、「元始女性は太陽であった」という平塚らいてうの有名なマニフェストとみごとに呼応し、誤解と偏見にもとづくあらゆる反女性的な事象を問いなおすことによって、主体的な生きかたをめざす女性を鼓舞する迫力があった。このとき、数え三十四歳の晶子は、三男四女七人の母として、まさに〈産む性〉の問題と真正面から向かいあっていた。

2　〈産む性〉の自覚

晶子は二十五歳から四十二歳までの十八年間に十二人の子どもを出産した。(3)

明治三十五年十一月一日　（二十五歳）―長男光（ひかる）
　三十七年七月二日　（二十七歳）―次男秀（しげる）
　四十年三月三日　（三十歳）―長女八峰（やつほ）・次女七瀬（ななせ）
　四十二年三月三日　（三十二歳）―三男麟（りん）
　四十三年二月二十八日　（三十三歳）―三女佐保子（さほこ）
　四十四年二月二十二日　（三十四歳）―四女宇智子（うちこ）
大正二年四月二十一日　（三十六歳）―四男アウギュストのち昱（いく）
　四年三月三十一日　（三十八歳）―五女エレンヌ
　五年三月十二日　（三十九歳）―五男健（けん）
　六年九月二十三日　（四十歳）―六男寸（そん）
　八年三月三十一日　（四十二歳）―六女藤子（ふじこ）

いま現在（平成16年5月）、八十五歳の末女の森藤子さんはご健在で、堺市文化振興財団の主催のイベントで七年前に対談し、母としての晶子についての思い出を語ってもらったことがある（「与謝野寛・晶子の魅力を語る—晶子の人間像を求めて—」平成7年12月16日、森藤子『父・寛と母・晶子の思い出あれこれ』所収、平成9年、与謝野晶子倶楽部）。そのとき印象に強く感じたのは、子どもが多くて経済的に大変ななかで、子どもへの愛情を惜しむことなく、着物一枚でも夜なべをして縫いあげる晶子であったということであった。晶子じしんのことばをかりていえば、「赤ん坊を抱きながら、背負しながら、台所で煮物をしながら、病気の床で仰向きながら、夜遅く眠い目をして机に凭りながら、何かしら脳の加減で黙って泣きたくなり、またいらいらと独り腹立たしい気分になりながら」も、自律的な生きかたに苦悩する晶子像を見いだすことができる。

①五人ははぐくみ難しかく云ひて肩のしこりの泣く夜となりぬ（明治43年3月作）

長男の光、次男の秀、双子の八峰、七瀬に三男麟の五人の母であった晶子は、家事と育児に追われて満足に睡眠もできないなかで書きものをしなければならない女性表現者としてのストレスをうたっているが、それは三男麟を出産したときの体験を書きとめた「産屋物語」（「東京二六新聞」明治42年3月17日〜20日）のつぎの文脈からも、ひとりの女性として〈産む性〉の意味に自覚的であったことが証明できる。

妊娠の煩ひ、産の苦痛《くるしみ》、斯う云ふ事は到底男の方に解る物では無からうかと存じます。女は恋をするにも命懸です。しかし男は必ずしも然うと限りません。よし恋の場合に男は偶々命懸けであるとしても、産と云ふ命懸けの事件には男は何の関係も無く、また何の役にも立ちません。これは天下の婦人が遍く負うて居る大役であつて、国家が大切だの、学問が何うの、戦争が何うのと申しましても、女が人間を生むと云ふこの大役に優るものは無からうと存じます。

近頃小説家や批評家の諸先生が、切端詰まつた人生と云ふ事を申されますが、世の中の男の方が果たして産婦が経験する程の命懸の大事に出会はれるか何うか、それが私ども婦人の心では想像が付きません。切端詰まつた人生と云へば「死刑前五分間」に優るものは無い様に思はれますが、産婦は即ちしばしば「死刑前五分間」に面しております。いつも十字架に上つて新しい人間の世界を創《はじ》めて居るのは女です。

産婦はたえず「死刑前五分間」という「男」には理解できない緊迫した状況に置かれている。「女が人間を生む」ことは、命懸けの大役であるという自覚に立って、「妻がこれ位苦しんで生死の境に膏汗をかいて、全身の骨とい う骨が砕けるほどの思いで呻いているのに、良人は何の役にも助成にもならない」と叫ばずにはいられない悲痛な思いを、つぎのようにうたう晶子であった。

②男をば罵る彼等子を生まず命をかけず暇《いとま》あるかな　（「女学世界」明治44年4月）

この「男をば罵る」と叫ばずにはいられなかった晶子は、明治四十二年、四十三年、四十四年と三年つづけて「妊娠の煩い、産の苦痛」を体験している。文字通りの「死刑前五分間」に直面し、「わたしは今度で六度産をして八人の児を挙げ、七人の新しい人間を世界に殖やした」という体験を、「産褥の記」（「女学世界」明治44年4月）でつぎのように表現している。

漸く産後の痛みが治つたので、うとうとと眠らうとして見たが、目を瞑《つぶ》ると種々の厭な幻覚に襲はれて、此の正月に大逆罪で死刑になつた、自分の逢つた事もない、大石誠之助さんの柩などが枕許に並ぶ。目を開けると直ぐ消えて仕舞ふ。疲れ切つて居る身体は眠くて堪らないけれど、強ひて目を瞑ると、死んだ赤ん坊らしいものが繊《ほそ》い指で頻りに目蓋を剝《む》かうとする。やむを得ず我慢をして目を開けて居ることが又一昼夜ほど続いた。こんな厭な幻覚を見たのは初めてである。わたしの今度の疲労は一通りで無かつた。

婦人問題を論ずる男の方の中に、女の体質を初めから弱いものだと見て居る人のあるのは可笑しい。さう云ふ人に問ひたいのは、男の体質はお産ほどの苦痛に堪へられるか。わたしは今度で六度産をして八人の児を挙げ、七人の新しい人間を世界に殖やした。

わたしは野蛮の遺風である武士道は嫌ですけれど、命がけで新しい人間の増殖に尽す婦道は永久に光輝があつて、かの七八百年の間武門の暴力の根底となつて皇室と国民とを苦めた野蛮道などとは反対に、真に人類の幸福はこの婦道から生じると思ふのです。これは石婦《うまずめ》の空言では無い、わたしの胎を裂いて八人の児を浄めた血で書いて置く。

この明治四十四年二月の出産は、四年前の双子につづく二度目の女子の双子であった。しかも一児は死産であった。それまでは自宅で分娩していたが、このときははじめて病院で分娩することになった。いままでなら出産後の五日目ぐらいから読み書きをはじめたが、さすがに今回の双子の妊娠、分娩は母胎に相当な重圧を強いるものであった。晶子じしんのことばでいえば、「真白な死の崖に棒立ちになつた感がした」という危機的な分娩であった。死の崖に立ちながら晶子はある幻覚に襲われる。分娩直前の一月二十四日に大逆罪で死刑執行された大石誠之助の柩と死産になった赤ん坊の指さきが晶子の眠りを妨げる。

和歌山県新宮市の医師であった大石誠之助は、社会主義者の幸徳秋水らと親交のあった知識人文化人であり、「明星」の同人でもあった。新宮の文学運動に詳しい辻本雄一「与謝野鉄幹・晶子と新宮」(「与謝野晶子倶楽部」第7号、平成13年3月)によれば、夫の寛が明治三十九年、四十二年に、妻の晶子が大正四年に来遊したことが四十三年の大逆事件と与謝野夫妻との関係を深めることになった。大石誠之助が逮捕されたとき、寛は「この聖代に於て不祥の罪名を誣ひて大石君の如き新思想家をも重刑に処せんとするは、野蛮至極と存じ候」(明治43年11月10日)と、その沈痛な思いを新宮の佐藤豊太郎(佐藤春夫の父)あての書簡で告白している。さらに大石誠之助の刑死を悼んで、「誠之助の死」(「三田文学」明治44年4月)と題する詩も発表している。

③生きてまた帰らじとするわが車刑場に似る病院の門
④悪龍となりて苦しみ猪となりて啼かずば人の生み難きかな
⑤よはき児は力およばず胎《たい》に死ぬ母と戦ひ姉とたたかひ
⑥血に染める小き双手に死にし児がねむたき母の目の皮を剝《は》ぐ

⑦産屋《うぶや》なるわが枕辺に白く立つ大逆囚の十二の柩
⑧母として女人の身をば裂ける血に清まらぬ世はあらじとぞ思ふ

（『青海波』）

おそらく晶子も大逆事件にたいして無関心ではいられなかったにちがいない。むしろ⑦「産屋なるわが枕辺に白く立つ大逆囚の十二の柩」（初出「東京日日新聞」明治44年3月8日）の歌にあきらかなように、わが身が出産のために死の崖に立ちながらも大逆罪で死刑執行された十二人への思いを繋ぎとめようとしている。清水卯之助『管野須賀子の生涯―記者・クリスチャン・革命家』（平成14年6月、和泉書院）は、刑死直前の管野須賀子の獄中書簡を紹介しているが、「晶子女史は鳳を名乗られ候頃より私の大すきな人にて候、紫式部よりも一葉よりも日本の女性中一番すきな人に候」というように、ひとりの女性革命家の思想形成に晶子という存在がかかわっていたことは、女性じしんが主体的に生きるという意味においてもきわめて重要な関係性があるといえよう。⑧「母として女人の身をば裂ける血に清まらぬ世はあらじとぞ思ふ」（初出「東京日日新聞」明治44年3月12日）という歌にしても、たとえ社会革命のために三十一歳という人生を燃焼した須賀子の思想的立場と晶子のそれとは同一とはいえないとしても、女性の主体的自律的な生きかたをめざす人間の強い共感がその根底にあったといえよう。

命懸けで七人の新しい人間を世界に殖やした三十四歳の晶子は、「婦人と思想」（「太陽」明治44年1月）において、婦人じしんが婦人問題を解決するためには、想う婦人、考える婦人、頭脳の婦人、働く婦人、行う婦人、手の婦人となることが急務であると訴える。そして「我は人である。男女の性の区別はあっても、人としての価値は対等である。」「人は孤独にて生きることはできない。協同生活が必要である。」「男女は協同生活の基点である。」ことによって、真の文明社会が実現されると主張する。この晶子の切実な提言が「産褥の記」の「わたしの胎を裂いて八人の児を浄めた血で書いて置く」という結語の根幹に繋がる〈産む性〉の自覚に裏打ちされたものであることは疑うべくもない。

3　〈産む性〉の飛躍

こうした晶子における〈産む性〉の自覚は、女性による女性のための近代女性論の先駆けともなった第一評論集『一隅より』(明治44年7月、金尾文淵堂)に結実する。そして男女が人間として対等であることによってこそ真の文明社会が実現されるという晶子の主張は、ほかならぬ渡欧体験によってゆるぎないものとしてより強化されることになった。

やや年譜風に晶子と寛の渡欧前後の動向を要約しておこう。

明治四十四年(一九一一)一月、晶子、第九歌集『春泥集』を刊行。二月、四女の宇智子を出産。七月、晶子の第一評論集『一隅より』刊行。九月、晶子は「青鞜」の創刊号に「そぞろごと」の詩篇を寄稿。十一月、寛、熱田丸で渡欧、フランスのパリに向かう。

明治四十五・大正元年(一九一二)一月、晶子、第十歌集『青海波』を刊行。二月、『新訳源氏物語』の刊行はじまる。五月、晶子はシベリヤ鉄道経由でパリに旅立つ。十月、晶子は海路で単身帰国。

大正二年(一九一三)一月、夫の寛が帰国。四月、四男アウギュストを出産。六月、晶子は長編小説「明るみへ」を「東京朝日新聞」に連載。

「わたしの胎を裂いて八人の児を浄めた血で書いて置く」という〈産む性〉の自覚に奮い立つように、明治四十四年の晶子は女性表現者としてめざましい活動を展開していた。そうした晶子にとって夫寛の渡欧はきわめて衝撃的な事件であった。なぜならば寛の論理や言動の軛《くびき》から自立をめざしていた晶子は、その軛の不在にともなう脱力感や空虚感に見舞われることになるからである。

⑨恋人を遠きにやるはうけれどももの思ひをばならはんわれも
⑩男行くわれ捨てて行く巴里へ行く悲しむ如くかなしまぬ如く
⑪海こえて君さびしくも遊ぶらん逐はるる如く逃《のが》るる如く
（『青海波』）

女性表現者もしくは女性論者として自立をめざす晶子の内面に深い空洞が生じていることをこれらの歌は明示している。したがってつぎの「旅に立つ」という詩にみられる〈夫恋〉の激しい情念は、空洞の深さとそこからの飛翔の強さを物語っているともいえる。

いざ、天の日は我がために
金の車をきしらせよ。
颶風の羽は東より
いざ、こころよく我を追へ。

黄泉の底まで、泣きながら、
頼む男を尋ねたる
その昔にもえや劣る。
女の恋のせつなさよ。

晶子や物に狂ふらん、
燃ゆる我が火を抱きながら、
天がけりゆく、西へ行く、
巴里の君へ逢ひに行く

別言すれば、寛の渡欧ひいては晶子じしんの渡欧体験は、寛という「夫」「男」の存在そのものを相対化する視点が晶子にもたらされたともいえよう。「男女は協同生活の基点である。」という晶子の基本理念からいえば、〈産む性〉も女性だけにかぎられたことではなく、男女がそれぞれに対等に向きあうことで、本来の意味が見えてくるはずであった。そのことを可能にしたのが夫の渡欧であり、晶子じしんの渡欧体験であった。帰国後の晶子は評論という分野に活躍の場を見いだすが、評論家としての地位を確定したともいうべき「鏡心燈語」(「太陽」大正4年1月、2月)で、「欧州の旅行から帰つて以来、私の注意と興味とは芸術の方面よりも実際生活につながつた思想問題と具体的問題とに向かうことが多くなつた。」と、帰朝後の心境の変化をのべている。

渡欧体験によって「自由に歩む者は聡明な律を各自に案出して歩んで行くものである」ことを発見した晶子は、社会問題全般にたいして積極的に発言していくことになるが、たえずその思考軸の基盤に〈産む性〉の自覚があったことはいうまでもない。戦時下のロシアで婦人の軍隊が戦線に立ったことを「勇婦」の行為とした新聞の社説にたいして、「新時代の勇婦」（大正6年7月）で、現代の「勇婦」は「男子が文明の逆流に浮沈して居る間、婦人に由つて文明の本流が清く保たれる」ように聡明な立場に踏みとどまるべきだと批判した。ここにも「母として女人の身をば裂ける血に清まらぬ世はあらじとぞ思ふ」とうたう〈産む性〉の飛躍を見ることができる。

注

（1）もともと〈産む性〉ということば（用語）は、生物学的に子供を産む女の「性」として見なされていたが、それが産婦人科では医学用語として定着し、母性看護学の領域ではカリキュラムに関連する専門用語となっている。また心理学、教育学、社会学、女性学という領域では、ジェンダーの視点から論じられることが多くなった。

晶子じしんも「産と云ふ命掛の事件」をたびたび経験し、「女が人間を生むと云ふ此大役に優るものは無からう」と実感するようになり、「命がけで新しい人間の増殖に尽す婦道」（「新時代の勇婦」『若き友へ』大正7年5月）が文明の本流を浄化する、という独自の論理的見地を提起するにいたった。

（2）晶子における〈産む性〉に明確な位置づけを最初にしたのは、近代女性史研究者の山本千恵「『みだれ髪』から「一隅より」へ」『女たちの近代』昭和53年7月）であった。また鹿野政直「与謝野晶子　産む性としての自負」（『鹿野政直思想史論集』第2巻所収、平成19年12月、岩波書店）も「近代日本思想史における女性の思想の核」として、晶子の〈産む性〉を重視している。

（3）人口動態や人口問題あるいは人口統計学では、女性ひとりが十五歳から四十九歳までの再生産年齢の期間に出生する平均の出生児数を「人口再生産率」という。ちなみに平成二十二年の「人口再生産率」は一・三九である。

［付記］講演の最後に、「朝日新聞」の社説「子どもが減る国ふえる国」（平成2年8月22日）が、「一人の女性が一生の間に産む子どもの数が日本では年々減り続け、ついに史上最低の一・五七人になってしまった」という人口動態統計をうけて、先進国で出生率の高いスウェーデンの政策を紹介していることを取りあげた。また平成六年末の国立社会保障・人口問題研究所の人口推計によれば、女性の非婚化、晩婚化が進み、若い世代ほど離婚率が増えていることによって、出生率が一・三九を下回ることになる、という話もした。さらに、「朝日新聞」の「新お産革命」（昭和63年3月8日）に紹介された旧厚生省の統計（別表）も示した。

総人口	出生	妊産婦死亡［出生一万人に対し］	新生児死亡［生後28日未満、出生千人に対し］
明治三十二年（一八九九）			
四三四〇万人	一三八万人	六二四〇人［45人］	一万〇八〇七人［77・9人］
昭和二十五年（一九五〇）			
八三一九万人	二三三万人	四一一七人［17・6人］	六万四一四二人［27・4人］
昭和六十一年（一九八六）			
一億二〇九四万人	一三八万人	一六二人［1・2人］	四二九六人［3・1人］

なお平成二十四年（二〇一二）三月現在（総務省統計）では、総人口一億二六六五万人にたいして出生数は四年連続の減少で一〇四万人。妊産婦死亡三十三件（日本産婦人科医会の報告）、新生児死亡率一・一（出生千人にたいし）である。

少子高齢化が進む現代社会にあって、かつてのように妊婦も新生児もその生命を危ぶむことは少なくなったとはいえ、二十一世紀を支える青年男女が〈産む性〉という問題をおたがいに真剣に話し合ってほしいことを願ってやまない。

［補記］本稿は、平成十六年度看護の日特別講演会（社団法人奈良県看護協会主催、平成16年5月17日、奈良県看護研修センター）における「近代文学からみた女性の生きかた―与謝野晶子の〈産む性〉をめぐって―」の講演原稿を修正したものである。

なお与謝野寛晶子の末女森藤子さんは、平成二十四年四月二十五日に享年九十三をもって逝去された。ここに哀悼の意と感謝の意を表したい。

Ⅱ　異文化体験の反響

——ナショナリズムとインターナショナリズムの衝撃——

晶子における平和思想
――「君死にたまふことなかれ」をめぐって――

現に世界初つて以来の狂暴な戦争が進展して居るからと云つて、戦争の必然を断定し、平和思想を空想視するのは、余りに眼界の狭い意見では無いでせうか。

――晶子「平和思想の未来」

1 「晶子はただ子だくさんの母か」

二十一世紀という新しい世紀は、二〇〇一年九月十一日のアメリカでの同時多発テロ事件、それにひきつづくアフガニスタン紛争、イラク戦争（二〇〇三年三月～二〇一〇年八月）そして現在進行中のシリア地域での騒乱にみられるように、〈戦争と平和〉〈民族問題〉〈テロの応酬〉というじつに難解で錯綜した国際的人類的民族的な課題の提起によってはじまった。いままさに二十一世紀の十年目を迎えようとする現代にあって、この混沌としたいわば出口の見えない閉塞的な国際社会にもっともきびしく問いかけられていることは、二十一世紀における世界の一体化への具体的な道筋であると考えられる。端的にいえば、政治的論理でいう戦略的互恵関係ではなく、人間的論理としてのあるべきインターナショナリズムの確立が求められているのではないか。

そのような意味でも、すでに十年まえのことになるが、「新しい歴史教科書をつくる会」による歴史教科書の問題が世論をにぎわした。平成十三年七月十日の「朝日新聞」の「ポリティカ日本」に掲載された朝日新聞本社コラムニストの早野透「晶子はただ子だくさんの母か」は、いまもなお現代的な課題を提示しているといえる。日露戦争たけなわの明治三十七年九月号の「明星」に発表された晶子の有名な「君死にたまふことなかれ」の詩をめぐって、『新しい歴史教科書』（市販本、平成13年6月、扶桑社）では、「晶子は戦争そのものに反対したというより、弟が製菓業をいとなむ自分の実家の跡取りであることから、その身を案じていたのだった。それだけ晶子は家の存続を重く心に留めていた女性であった。実際、晶子は、大正期の平塚らいてうらの婦人運動を当初支持したが、晶子の人生観や思想そのものは、家や家族を重んじる着実なものであった。」「晶子自身は歌人として活動を続けながら、大家族の主婦として、妻や母としてのつとめを果たし続けた。」と記述されている。

その記述にたいして、コラムニスト早野は「これじゃ晶子もただの子だくさんのおっかさんということになってしまう。12人の子を産んだこと、それだけだって偉大といえば偉大だが、日本歴史の中で数少ない反戦の記念碑を後世の教科書がかってに貶めないでほしい」と主張している。

「晶子は戦争そのものに反対したというより」という『新しい歴史教科書』の立場と、「数少ない反戦の記念碑」というコラムニスト早野の主張とに見られる見解の相違じたいは、「君死にたまふことなかれ」の主題の理解ひいては晶子の平和思想の評価にたいする問題にも連動する重要な観点であるといえる。同時にその見解の相違じたいが二十一世紀に生きる私たちに具体的な道筋を提言しているとも考えられる。

本稿では、明治、大正、昭和という〈帝国日本〉の時代に生きた晶子じしんが、自己の思想形成として戦争と平和の問題をどのようにとらえていたか、そのことを「君死にたまふことなかれ」を歴史的教材として考察してみたい。

2 「君死にたまふことなかれ」の主題と歴史的意義

〔1〕 反語的解釈をめぐる問題

明治三十七年九月号の「明星」に発表された「君死にたまふことなかれ」（初出の原題は「君死にたまふこと勿れ」、目次の表題は「君死に給ふこと勿れ」）は、「旅順口包囲軍の中に在る弟を歎きて」という詞書きが示すように、戦場の最前線である旅順包囲軍にいる実弟宗七の安否を気遣う姉の心情を吐露したものである。この詩は、一連七五調八行で全五連四十行詩として、いわば起承転結によって物語的に構成されている。その主題は、結論からいえば、すべての連にくりかえされる「君死にたまふことなかれ」のことばに凝縮された「平和への祈り」と「生命（いのち）の尊さ」を女性表現者として真率な声でうたったところにある。その物語的展開を各連ごとにたどっておこう。

いわゆる「起承転結」の「起」にあたる第一連では、

あゝをとうとよ君を泣く
君死にたまふことなかれ

と「末に生まれし」戦地の弟に呼びかける姉の心情がきわめて直截大胆にうたわれる。

人を殺せとをしへしや

　人を殺して死ねよとて
　二十四までをそだてしや

たとえ人と人とが殺し合う戦場にあっても、人間の生命にたいする尊厳を忘れてはならないという親の思いは真実の声である。

「承」にあたる第二連では、

　旅順の城はほろぶとも
　ほろびずとても何事か

乃木希典大将が率いる第三軍による旅順包囲戦の第一回総攻撃が八月十九日にはじまり、多数の死傷者が続出したことを知っていたであろう晶子は、遙か彼方の旅順の要塞と故郷の「堺の街」とを相対的にとらえ、「旅順の城」の存亡よりも人間の生命と家族の絆こそがかけがえのないものであることをうたう。

第三連では、

　かたみに人の血を流し
　獣《けもの》の道に死ねよとは

戦争によって人間と人間が殺し合わなければならないことの不条理をきびしく問いかける。

「転」にあたる第四連では、

わが子を召され家を守《も》り
安《やす》しと聞ける大御代も
母のしら髪はまさりけり

「母のしら髪」に象徴された「銃後の守り」につく女性のたえるしかない嘆きの声を伝えようとする。そして「結」にあたる第五連は、

十月《とつき》も添はでわかれたる
少女ごころを思ひみよ

新しい生命の誕生を暗示しながら、そのためにこそ「君死にたまふことなかれ」と叫ばねばならないという肉親の情愛によって物語は閉じられる。

このように第一連の「あゝをとうとよ君を泣く」という姉の心情が第五連の「少女ごころを思ひみよ」に凝縮される「君死にたまふことなかれ」は、第一連「末に生まれし君」、第二連「親の名を継ぐ君」、第四連「すぎにし秋を父ぎみに」「おくれたまへる母ぎみ」、そして第五連「あえかにわかき新妻」などの〈家族〉の絆が女性の視点か

らとらえられた家族劇を構成している。たしかにこの詩の基盤を構成している〈家族愛〉という観点からいえば、「晶子の人生観や思想そのものは、家や家族を重んじる着実なものであった」という『新しい歴史教科書』の解釈も不当ではない。正当でないのは、「晶子は戦争そのものに反対したというより」という前提である。いかにも問題の論点をすり替えようとする意図が読みとれる。やはり、〈家族〉の絆や〈家族愛〉を重んじるには、それを犠牲にしなければならない〈戦争〉を認めることはできないであろう。したがって〈家族〉の絆や〈家族愛〉よりも国是や国益を最優先する〈戦争〉を容認することはできない、という晶子の真意あるいは詩の主題をどう読みとるかが、この詩の生命線にかかわるといえる。

あえて性急にいうならば、この詩の主題に直結する第三連にまったく家族の肖像や風景が描写されないのは、ひとえに「すめらみこと」の「大みこころ」にすがるしかないという赤子の情を訴えるためであった。

君死にたまふことなかれ
すめらみことは戦ひに
おほみづからは出でまさね
かたみに人の血を流し
獣《けもの》の道に死ねよとは
死ぬるを人のほまれとは
大みこゝろの深ければ
もとよりいかで思されむ

その意味ではこの第三連の表現が、ただちに赤塚行雄『与謝野晶子研究―明治の青春―』（平成2年8月、學藝書林）のいう「天皇自らは危険な戦場にでないで、宮中に安座しながら、人の子を駆りたてているのがおかしい、という天皇制批判の萌芽」には直結しない。まして論争相手の大町桂月が「天皇制批判だと、正しく解釈したのだ。自分よりも敵が詩の中心を見抜いた例である。」という米田利昭の解釈はあまりにも強引すぎるであろう（『和歌文学大系26　東西南北／みだれ髪』月報10「「君死にたまふこと勿れ」はトルストイへの返歌か」、平成12年6月、明治書院）。それゆえに一方的に反国家的思想によって不敬罪に相当するという桂月の断罪は理解しがたい。(1) むしろ、「大みこゝろの深ければもとよりいかで思されむ」は、家父長制度にもとづく「国家」の親ともいうべき「天皇」みずから戦場におでましにならないけれども、よもや〈家族〉の絆や〈家族愛〉を軽んじられるはずなどないであろう、という願望がこめられていると考えるべきであろう。

ところが桂月の理解は、「又、弟を懐ふに、縁の遠き天皇を引き出し、大御心の深ければ、国民に戦死せよとは宣給はじといふに至つては、反語的、もしくは婉曲的の言ひ方と判断するの外なし。」（「文芸時評」「太陽」明治37年12月）というように、「反語的、もしくは婉曲的」表現によって天皇を侮蔑している、と晶子の真意あるいは願望とは対極的であった。このいわゆる反語的解釈をめぐる問題は、周知のとおり桂月と鉄幹、平出修らによる討論「『詩歌の骨髄』とは何ぞや」（「明星」明治38年2月）のなかでも、重要な対立点になっていた。

天皇自からは、危き戦場には、臨み給はずして、宮中に安坐して居り給ひながら、死ぬるが名誉なりとおだてて、人の子を駆りて、人の血を流さしめ、獣の道に陥らしめ給ふ残虐無慈悲なる御心根かな天皇陛下は九重の深きにおはしまして、親しく戦争の光景を御覧じ給はねど、固より慈仁の御心深き陛下にましませば、将卒の死に就て人生至極の惨事ぞと御悲嘆遊ばさぬ筈は有らせらるまい。必ず大御心の内には泣かせ給ふべけれど、然も陛下すらこの戦争を制止し給ふことの難く、已むを得ず陛下の赤子を戦場に立たしめ給ふとは、何と云ふ悲しきあさましき今の世のありさまぞや。

いうまでもなく前者が桂月、後者が「明星」派の解釈である。桂月の解釈の大前提は、「予一己の解釈は彼の俗語訳の如き反語的性質のものとなすにあり」という「反語的性質」にあった。じつは反語的表現としての理解は両者に共通している。両者に大きな隔たりをもたらしたのは、反語的表現の両義性にあった。簡約すれば、後者の解釈のように疑問のかたちを取りながら本来の「確信」に迫る手法と、前者の解釈のように「真意」をわざと反対にあらわして「真意」をほのめかすという手法である。この反語的表現の両義性が桂月をして「非帝室主義」「危険なる思想」と判断させる結果となった。

このように反語的表現は「君死にたまふことなかれ」の主題にたいする理解を複雑にしているが、菱川善夫「反語的覚醒―国家を前にして」(「歌壇」平成12年11月、『菱川善夫著作集6叛逆と凝視―近代歌人論』所収、平成22年12月、沖積社)のつぎのような読解も証左となろう。

これは今日読んでもどきっとさせられる内容だ。天皇は自ら戦場に出ることはない。その功利性を婉曲に指摘するとともに、ここでも反語的語法を有効に使用しながら、「獣の道に死」ぬことの理不尽を突いているのである。国家主義の立場に立つ人間の怒りを買うに十分な内容と言ってよい。だから桂月の反論があったことは、晶子にとってはけっして不名誉なことではなかった。むしろ自我絶対主義の帰結として、この表現は自立している。

菱川の眼目は「この反語的否定力こそが、ローマン主義の重要な批評性」であり、「この反語的表現が、そのまま国家や戦争への反語表現につながったところに、実は明治ローマン主義の重要な価値がある」ということにあった。それにしても文学批評の有効な方法である反語的表現によって天皇制、国家主義、戦争への批判意識はより鮮明化されるという菱川善夫の認識は、同時に「君死にたまふことなかれ」という詩が天皇制批判を基底にした反戦詩という枠組みにとらわれた受容の現実をも形成したことはいなめない。そうした受容の現実に風穴をあけたのが今野寿美『24のキーワードで読む与謝野晶子』（平成17年4月、本阿弥書店）であった。

今野は問題の第三連の反語的表現の意味を桂月が「誤読」したとしたうえで、「晶子の真意を汲むなら、天皇への尊崇の思いをつづって、その慈悲にすがりながら弟の身を案じているのがこの連なのだ。」とし、「晶子は思想というより感性によって尊皇の意識を精神基盤としており、そこに非戦の願いは共存した」というきわめて有益な読みかたを提示している。また田口道昭「与謝野晶子「君死にたまふこと勿れ」論争の周辺―〈私情〉のゆくへ―」（立命館大学日本文学会「論究日本文学」第96号、平成24年5月）も、反語的表現の両義性に留意しつつ、晶子の天皇観やトルストイの影響を丹念に分析したうえで、「詩の中心にあるのは、家族が頼りにする弟に生きて帰ってきてほしいという〈私情〉である」とし、その〈私情〉が濃厚であるがゆえに忠孝一体化をめざす明治の国民道徳の規範に反するものとして、「君死にたまふことなかれ」は、「当時もっとも危険視される詩であった」と論述している。

当時の世相を反映している、巌谷小波編の『少年日露戦史』（第十一編・明治38年5月）

このように反語的解釈をめぐる問題は、「君死にたまふことなかれ」の主題の理解を左右することになったが、とりわけ天皇制批判を基盤にした反戦詩という受容のはじまりは、桂月の「人生と戦闘」（「太陽」明治37年10月）であった。「宣戦詔勅」にたいする危険きわまりない思想であり、乱臣、逆徒の詩であると痛烈に攻撃された晶子は、すぐさま「ひらきぶみ」（「明星」明治37年11月）で反論する。「筆とりてひとかどのこと論ずる仲間」として「当世の戦争唱歌、忠君愛国などの流行こそ危険」であり、「私はまことのなさけ、まことの道理、まことの心をまことの声に出だし候とより外に、歌のよみかた心得ず候」というように、人間としてのまことの情理を第一義とする自己の信念をまげることはなかった。のみならずその晶子の不屈の信念は、いわば女性表現者が同時代の女性表現者の意識を変える力を持っていた。

才女の誉れの高かった大塚楠緒子は、開戦間もない時期の「進撃の歌」（「太陽」明治37年6月）で、

進めや進め一斉に　一歩も退くな身の恥ぞ
奮闘激戦たぐひなく　旅順の海に名を挙げし
海軍士官が潔き　悲壮の最期を思はずや

如何で劣らむ我も又　　すめらみ国の陸軍ぞ
何に恐る丶事かある　　何に臆する事かある
日本男児ぞ嗚呼我は　　日本男児ぞ嗚呼我は

と「宣戦詔勅」に合致する戦意高揚の新体詩をつくっていた。この楠緒子の「進撃の歌」を漱石の「従軍行」（「帝国文学」明治37年5月）に関連させながら日本近代文学史に最初に位置づけたのは、平岡敏夫「夏目漱石研究史論」（『日本近代文学史研究』所収、昭和44年6月、有精堂出版）であったが、「君死にたまふことなかれ」は、「進撃の歌」への「反発としての文脈のなかでとらえることができるかもしれない」とものべている。(2)

その「進撃の歌」の詩人楠緒子は、半年後の「お百度詣」（「太陽」明治38年1月）では、

ひとあし踏みて夫思ひ
ふたあし国を思へども
三足ふたたび夫おもふ
女心に咎ありや

というように戦地の夫の無事を祈る女性の視点を強調している。晶子の「君死にたまふことなかれ」を「国家の刑罰を加ふべき罪人なり」の詩として非難攻撃した桂月が、一方では楠緒子の「お百度詣」における一途なまでの「女心」を賛美したことはよく知られている。(3)平岡敏夫がいうように「進撃の歌」も「お百度詣」もともに楠緒子の真

実の声として同一であるということを、笹尾佳代「銃後の守り―大塚楠緒子『進撃の歌』／『お百度詣』における「同情」の行方―」（「同志社国文学」第61号、平成16年11月）は、戦時下における国民国家の形成にあって、出征兵士への「同情」、戦死者への「涙」という感情表現が女性表象の連帯化として求められたという当時の言説空間の観点から綿密に論証している。

このように「進撃の歌」→「君死にたまふことなかれ」→「お百度詣」という同時代の女性表現者による戦争詩の表現の意味を考えたとき、どうしても私には晶子の「君死にたまふことなかれ」は、日露戦争という同時代を生きる女性詩人の意識に強烈な衝撃をもたらしたという思いを断ちきることができない。

〔2〕　歴史的意義はトルストイとの連帯にあった

このような「まことの心をまことの声」で表現したいという晶子の不撓不屈の信念は、じつはロシアの文豪トルストイと深くかかわっていた。周知のように、敵国ロシアの文豪トルストイは、この日露戦争にたいして「爾ら悔あらためよ」（日露戦争論）という英語による論文を「ロンドンタイムズ」（明治37年6月27日）に発表していた。その日本語訳は「週刊平民新聞」（明治37年8月7日）や「東京朝日新聞」（明治37年8月2日～20日）に掲載された(4)。「晶子の『君死に給ふことなかれ』はそのなかでもっとも純粋にして大胆な非戦論への反応であったといえる。」（柳富子「日本近代文学とトルストイ」『日本近代文学事典』第4巻所収、昭和52年11月、講談社）と記述されるように、トルストイの日露戦争論との影響関係は知られていたものの、ながらく「週刊平民新聞」＝「君死にたまふことなかれ」という反戦主義の図式にとどめられていた。しかし、平成十年（一九九八）七月二十六日の「朝日新聞」の日曜版のシリーズ「100人の20世紀」で与謝野晶子が取りあげられた。シリーズの担当者で論説委員でもあった藤森研は、「君死にたまふことなかれ」の詩は、「東京朝日新聞」に連載された杉村楚人冠の翻訳「トルストイ伯日露戦争論」を読み、敵国の文豪トルストイの「ロシア人民よ、日本人民と殺し合うな」という呼びかけにたいする「返歌」であった、という新しい見解を提示した。(5)

この藤森研の指摘をふまえて岩崎紀美子が「詩『君死にたまふこと勿れ』成立に関する試論―『東京朝日新聞』版「トルストイ伯『日露戦争論』を資料として―」」(「叙説」平成12年12月)で、「君死にたまふことなかれ」の詩の発想が「東京朝日新聞」掲載のトルストイの日露戦争論の影響によるものであることを綿密に論証している。香内信子『与謝野晶子―さまざまな道程―』(平成17年8月、一穂社)が、「君死にたまふことなかれ」は「〈精神の蘇生〉による生気ある感動の中から生まれた詩である」とし、「トルストイの生き方・行動を自らの範とする自負」によって、「トルストイへの熱い共鳴の心情を示す密かな〈私信〉として機能してもいる」という岩崎論文の精密な分析を高く評価している。

私じしんも岩崎論文から多くの教示をえたが、とりわけこの詩の主題とかかわる第三連に関して、トルストイが殺戮奨励者として露国皇帝への戦争責任を糾弾し、日本の天皇も同類である、と主張することへの晶子の異議申し立てを立証する岩崎の解析には学ぶところが大きい(ただし前掲の田口道昭が指摘しているように、トルストイへの精神的傾斜による天皇観の訂正は、晶子らしいロマンチシズムであるとか、「ひらきぶみ」がトルストイへの返信であるとかという見方には、多少の疑念がある)。

ともあれ、晶子じしん「ひらきぶみ」のなかで「『平民新聞』とやらの人たちの御論議などひと言ききて身ぶるひ致し候」とのべているように、社会主義者の主張する反戦主義とは一線を画そうとしていたことがわかる。と同時に特定のイデオロギーにかかわらず、広くジャーナリズムの動向に関心を寄せることで戦争という現実を世界的な視野からとらえようとしていたことも察知される。「かたみに人の血を流し／獣の道に死ねよとは」とうたう晶子には、敵味方のへだてをこえて戦争で〈殺し合う〉ことを忌避しなければならないという人類愛へのまなざしがあった。その人類愛、人間愛へのまなざしのゆくてに毅然として存在していたのが、独自の「日露戦争論」を世界に向けて発信していたトルストイであったことはたしかである。

「戦争」という現実をまえに、晶子は「堺の街」から「旅順の城」へ、そして「旅順の城」から「ロシア」へといわば世界的な視野から「平和」の理念と「生命」の尊厳を訴えようとしたが、そのことが可能であったのはトルストイへの思想的な共鳴と連帯によるものであった。後年の晶子はその評論活動においてトルストイの言説をしばしば引用しているが、トルストイが晶子にとって「学問的基礎を与えてくれた第一の恩人」であったことは確実なことである。堺市民会館の前庭に歌碑として刻まれた晶子の

母として女人の身をば裂ける血に清まらぬ世はあらじとぞ思ふ

という短歌は、「戦争は正義と人道を亡ぼす最大の暴力である」というトルストイの平和思想とのたぐいのない結びつきを明示している。「君死にたまふことなかれ」の歴史的意義は、世界人類の平和と幸福を二十世紀に実現するという理念のもとにトルストイとの同時代的共感があった、というその可能性にある。まさしく国境をこえた連帯感がこの詩の生命でもあった。

注

（1）大町桂月らの同時代批評から第二次世界大戦後の深尾須磨子らの絶対的評価にいたる「君死にたまふことなかれ」の批評史は、入江春行「「君死にたまふことなかれ」攷」（『与謝野晶子の文学』所収、昭和58年5月、桜楓社）が詳細にあとづけている。入江は「押しつけられた運命に従って生き、そして死んで行くさだめを持った弟に対する嘆き、そしてその責任の一半が家を捨てた自分にもあるという自責の念」を読みとるべきであるとのべている。また「君死にたまふことなかれ」に関する文献考証は、中村文雄『「君死にたまふこと勿れ」』（平成6年2月、和泉書院）がきわめて有益である。

（2）平岡敏夫「啄木と与謝野晶子―「君死にたまふこと勿れ」の周辺―」（『石川啄木論』所収、平成10年9月、おうふう）参照。

（3）「君死にたまふことなかれ」も「お百度詣」もともに反語的表現の詩ではないか、という提議は、すでに「『詩歌の骨髄』とは何ぞや」でも取りあげられている。菱川善夫も「お百度詣」が「反語表現をそのかなめにしている作品」であるとし、「反語的覚醒力」が「お百度詣」にも補強されたという「反語精神の水脈」を指摘している。

（4）新聞人としての杉村楚人冠については、後藤正人「杉村楚人冠の社会思想と啄木―二人の友愛の意味について―」（紀南文化財研究会「くちくまの」平成12年8月）、冨塚秀樹「日本新聞学史における杉村楚人冠」（「京都精華大学紀要」第19号、平成12年10月）が詳しい。それによれば杉村楚人冠と幸徳秋水とは明治三十一年の社会主義研究会の会員として相知るところとなった。

なお幸徳秋水の「翻訳の苦心」（『幸徳秋水全集』第6巻所収、昭和43年11月）によれば、明治三十七年七月に日本に届いた「ロンドンタイムス」の本紙を東京朝日新聞社の杉村楚人冠から一部譲り受けて、「週刊平民新聞」に堺枯川（利彦）と翻訳した。

（5）「朝日新聞」の日曜版のシリーズ「100人の20世紀」で与謝野晶子が取りあげられたとき、担当者であった藤森研と対談したことがある。「今こそ見直したい晶子の平和思想」（「与謝野晶子倶楽部」第2号、平成10年10月）のなかで「反戦って、国際連帯にならないと本当の反戦にならないですよね。」という藤森の発言は印象的であった。

［補記］本稿は、大阪女子大学（現・大阪府立大学）上方文化研究センター発行の「上方文化研究センター研究年報」第三号（平成14年3月）に所収の講演記録「与謝野晶子の平和思想について」や論文集『二〇一〇年度「台湾日本語教育研究」国際シンポジウム―台湾・日本・韓国における日本語教育の現状と発展』（静宜大学日本語文学系、台湾日語教育学会）所収の「与謝野晶子の平和思想について」などの拙稿を基礎稿とし、大幅に改稿したものである。

晶子における大正デモクラシー

個人の生活を大きな網の結び目の一つのやうなものであると考へたのでは満足が出来ません。結び目は一つや二つ切れて無くなつても大きな網はやつぱり大きな網です。個人の生活がそんなに詰らない、あるか無きかの物でせうか。さうして、その大きな網は誰れが引くのでせう。国家だと云ふのですか。

——晶子「個人と国家」

欧州の旅から帰国した晶子を待ち受けていたのは、「大正」という時代であった。中国では辛亥革命によってアジアで最初の共和制国家である中華民国が成立し、欧州では第一次世界大戦が勃発した。「欧州の旅行から帰つて以来、私の注意と興味とは芸術の方面よりも実際生活に繋がつた思想問題と具体的問題とに向ふことが多くなつた。」という晶子の関心は、「欧州の戦争問題」と「日本の政治問題」にあった。

大正四年（一九一五）一月号の「太陽」に新しく設けられた「婦人界評論」欄に婦人問題に関する論評を連載するようになった晶子は、その翌年には「横浜貿易新報」や「女学世界」にも継続的に評論や随想を発表することになった。本書に所収の「近代女性表現者としての自立」で言及したように、明治四十四年（一九一一）一月の「太陽」に発表した「婦人と思想」によって評論活動をはじめた晶子は、香内信子のいう「一般ジャーナリズムの世界に確固たる位置を占めてゆく過程」（「社会評論家としての晶子」『定本与謝野晶子全集』第17巻月報、昭和55年9月）のさなかに向かおうとしていた(1)。

いわゆる言論メディアにおいて晶子が社会評論家としての地歩を固めていく過程で、最も力強い後ろ楯になったのが吉野作造「憲政の本義を説いて其有終の美を済すの途を論ず」（「中央公論」大正5年1月）によって唱導された大正デモクラシー論であった。本稿では、晶子の最大の関心事であった「日本の政治問題」における婦人参政権に関する論議が、大正デモクラシーの思潮とどのように歩調をあわせながら展開されたかを検討したい。

1　婦人参政権をめぐる問題

すでに「婦人と思想」においてイギリスでの急進的な婦人運動を例証し、「男子側の保守主義者は英国婦人の参政権問題の運動を伝聞して婦人の覚醒を怖れる様であるが、我国の婦人にはまだ容易に然う云ふ突飛な運動は起らないであらう。」というように、日本における婦人参政権運動そのものには一定の距離を保とうとしていた。欧州の旅で実際に婦人運動を見聞してきた晶子が、その意味を正当に理解できたのは、大正三年十二月二十五日の第三十五議会の衆議院の解散にあった。(2) 翌大正四年一月号から三月号にかけて「太陽」に連載された「鏡心燈語」は、まさに晶子にとっての最初の本格的な政治論であった。いうまでもなくその核心は婦人参政権問題であった。

私は政治が最早官僚の政治でも党人の政治でもなくてお互日本人の政治であることをしみじみ感じ、そして此度の総選挙に出会つて端なくも英仏其他文明国の急進派婦人が、「選挙権を与へよ」と衷心から叫んで居る事実に理解と同感とを持つことが出来た。個性の自由と生活とを要望する国民にあつては、婦人もまた選挙権を求めるまで真剣にならなければならない筈である。

衆議院議員の選挙運動に婦人の関係することは従来も全く無いことではなかつたが、今度の選挙に就て遽かに婦人の運動者の激増した観のあるのは、幾分にても日本婦人の生活意志が微温より熱烈に、緩徐より敏捷に、盲目より自覚に、蒙昧より聡明に転化しようとする傾向の一表現であるとして、私は其れを歓迎する者である。

このように日本婦人の政治への関心を喚起し、婦人の選挙運動への参加を奨励しようとする晶子にとって、第二次大隈重信内閣の内務大臣であった大浦兼武が三月の総選挙にあたってその選挙運動に婦人が関係することを禁止するという方針を表明したことは、断じて容認できるものではなかった。「婦人と政治運動」（『太陽』大正4年6月）で、この大浦内相の発言に猛然と反論し、「民主的精神が人間の自由、平等、博愛を主張し、更に此精神に促されて発生した新理想主義が人間の飛躍を唱へて我我を勇気づけて居る時代」に、婦人の政治に参与する権利を奪うことは不法である、と主張した。（ちなみに晶子から「陰険と暴圧とは氏の習性である。」と非難された大浦内相は、選挙法違反と贈賄罪で摘発され、七月に辞職し、政界から引退することになった。）

衆議院議員に立候補した寛の選挙応援に出かける晶子（大正４年）

晶子が「民主的精神」「新理想主義」にもとづいて、婦人の政治運動がもたらす弊害論にたいして具体的に反駁した論旨は、「婦人の政治に没交渉であり得ざるは事実之を認めざるを得ない。」「婦人を強制して全然政治に没交渉たらしめんとするは、甚だ無理な不当な仕打と信ずるものである。」という吉野作造の「婦人の政治運動」（『新女界』大正4年5月）の論述を要約したのではないか、と思わせるほどに近似的である。しかし、この時点では「一九一五年の回顧」（「太陽」大正4年12月）で語るように、自然主義を批判的に超克し、大正という新時代における文明批評を積極的に展開する田中王堂の著作『吾が非哲学』（大正2年12月、敬文館）、『解放の信条』（大正3年1月、栄文館書店）、『改造の試み』（大正4年10月、新潮社）などを吸収しながら、晶子が独自に打ちたてた理念であると考えるべきであろう。ただしその「民主的精神」「新理想主義」という理念を具現化する方途として、晶子が第一としたのは婦人の政治参加よりも教育問題、労働問題であった。

　婦人解放の三つの意義を実行するにはいろいろの自由を得なければならぬ。教育、労働、恋愛、言論、参政、享楽等の自由が其れである。之は男女いづれにも必要な自由であるが、このうちで日本婦人の現状に考へて本末軽重を云へば、教育と労働の自由は第一の必要、恋愛と言論と享楽との自由は第二の必要、参政の自由は最後の必要である。

（「女子と自由」「太陽」大正5年5月）

したがって「私の現状」（「太陽」大正5年1月）でいうように、「今は私の自我が微かながら社会我、民族我、人類我の境まで延びようとして居る」としながら、「併し私はまだ日本の政治と政治家とを混同し、後者に対する反感から前者を侮蔑するやうな凡俗な感情を免れずに居る。従つて政治はまだ直接私の要求とならない。婦人参政権の問題も欧米のそれには自分の問題であるかのやうに興味を持つて居るが、日本の政界と日本婦人の現状を考へて私はまだ急ぐことではないと思つて居る。」という立場にあった。

　こうした時期尚早論を唱えながらも、晶子の政治感覚はすこぶる敏感であった。「政界がまた一つの変動を以て推移しようとして居ります。私が此筆を執らうとする時はまだ新年の議会の開かれない前ですが、私は数日の後に議会の解散は免れないものとして此感想を書きます。」という書きだしではじまる「婦人より観たる日本の政治」（「太陽」大正6年1月）で予知したように、大正五年十二月二十五日に召集された第三十八議会は翌六年一月二十五日に解散することになる。四月二十日に実施される総選挙をまえに、元老、藩閥、官僚による専制政治を痛烈に批判し、「これまでの衆議院は余りに散文的でした。最も粗悪な、最もだらけた散文でした。」とし、「今後の総選挙は衆議院を韻文化する努力」が必要であるという。そしてそのためにこそ「民主主義を徹底しようとする誠意と勇気」「婦人参政の権利」「婦人の政治運動」が求められると主張する。

たしかに「選挙に対する婦人の希望」（「大阪毎日新聞」大正6年2月28日〜3月2日）でのべるように、民意を反映する代議政治にかかわる代議士は「倫理観念の堅固」にして、「鋭敏な直覚と精密な理性を基礎」とした政見をもつことがのぞまれる。ただし、普通選挙制度のない日本の現状では、「婦人が欧米の女権論者の主張のやうに早くも参政の権利を要求することは穏健な行動で無からうと思ひます。」というように、いわば総論的には時期尚早論にとどまるものであった。「婦人と政治運動」（「婦人公論」大正6年4月）においても、「婦人自身の幸福のためにも、また協同生活の伴侶である男子のためにも、また欧米の女権論者が多年唱道して居るやうに、人倫の維持や育児、衛生、労働等の問題のためにも、国政に対して婦人が発言し協力する権利と義務とを持つて居る」としながら、「併し日本の現状では、まだ婦人が屋外に出て政治運動に従事するまでの必要には達して居ないと思ひます。」という立場にあった。

「婦人参政権要求の前提」（「新小説」大正6年4月）では、現今の選挙制度にたいして「法外な選挙費用」を出費する「運動員の絶対禁止を断行」すべきであり、「実際に政治に参与する権利は財力を目安にして規定された百五十四万人の選挙人が独占して」いるにすぎず、「私は早く普通選挙制の実施されることを望みます。」という主張をのべるように、大正六年（一九一七）における晶子は、現実論としては婦人参政権を時期尚早としながらも、その限界の壁を突破するためには、成年以上の男女に平等に保障する「普通選挙制」の実施が最善の方策であるという政治的理念を固めつつあった。とはいえ晶子の「日本の政治問題」にたいする現実認識はきわめて悲観的幻滅的であり、婦人参政権が時期尚早であるという見解を大きく転化するまでにはいたらなかった。

2　普通選挙制度への提言

こうした晶子のいわば限界論が一気に転化したのは、大正七年（一九一八）十二月に吉野作造らによって創設された思想団体「黎明会」に唯一の女性会員として入会したことが大きな動機であったといえよう。晶子の政治にたいする内なる意識改革が、吉野の「憲政の本義を説いて其有終の美を済すの途を論ず」をはじめとするデモクラシー論と歩調をあわせるように高揚した結果であろう。まさに香内信子『与謝野晶子と周辺の人びと―ジャーナリズムとのかかわりを中心に―』（平成10年7月、創樹社）が指摘するように、「思想的共通性が媒介」となって、晶子は「黎明会」および吉野の提唱するデモクラシー論を基盤にした平和論や政治論を展開していった。

軍備拡張路線を推進させる軍国主義に反対し、国際関係の現状を客観的に分析しながらシベリア出兵に反対した「所謂出兵論に何の合理的根拠ありや」（『中央公論』大正7年4月）、第一次世界大戦終結後の世界の主潮は、「内政にあつては民本主義の徹底である。外政にあつては国際的平等主義である。」とし、国の内外に広く正義公平を世界人類の共通の理想として普遍化するという「世界の大主潮と其順応策及び対応策」（『中央公論』大正8年1月）などの吉野論文は、晶子が「何故の出兵か」（『横浜貿易新報』大正7年3月17日）で軍国主義や侵略主義につながる出兵反対を主張し、「平和思想の未来」（「太陽」大正7年5月）で「戦争の必然を断定し、平和思想を空想視するのは、余りに眼界の狭い意見では無いでせうか。」とのべ、さらに「自ら責めよ」（「横浜貿易新報」大正8年4月25日）でアメリカのウィルソン大統領の世界平和主義を空論とする日本の政治家を痛烈に批判する理論的根拠として着実に受容されていった。

ところで第八評論集『激動の中を行く』（大正8年8月、アルス）には、婦人参政権ひいては政治問題に関して注目すべき論文が多く収録されているが、ここにも晶子と吉野との「思想的共通性」がいかに濃密なものであったかを知ることができる。評論集所載の順にしたがいながらその論旨を確認しておこう。

「婦人改造の基礎的考察」（「改造」大正8年4月）では、「自我発展主義」「文化主義」「男女平等主義」「人類無階級的連帯責任主義」「汎労働主義」という五つの婦人改造の基礎条件を提示し、男女ともに人間として対等であるかぎり女性の政治的権利は認められるべきであり、「参政の自由」は当然の要求であるという。吉野が前出論文「婦人の政治運動」で、「婦人も亦一個の人格として対等の承認を男子に要請するは、正当の事である。不幸にして我国在来の思想は、此点を閑却した傾がある。」と主張する思想的文脈を発展させている。

「デモクラシイに就て私の考察」（「太陽」大正8年4月）では、吉野の「デモクラシーと基督教」（「新人」大正8年3月）が「デモクラシー」の語義や本質論を学理的に論述していることをふまえつつ、二十世紀の「デモクラシイ」という思想が「普通選挙、労働組合、女子参政権、華族廃止、軍備制限、資本主義の絶滅、治安警察法の改廃」などを必然の要求としていると強調し、「階級」「恋愛」「労働」「教育」の民主化を女性の視点から現実の問題としてきわめて具体的に提起している。(3)

「婦人も参政権を要求す」（「婦人公論」大正8年3月）では、デモクラシーという「民主主義」の徹底した実行者として、納税額を基準にした選挙法は不合理であり、「普通選挙の可否は、あらゆる生活の体系が民主主義化して行く今日に於て、もう少しも議論の余地のない問題です。」とし、ついに「「満二十五歳以上の日本人は男女の別なく一斉に選挙権を有すること」私の要求する普通選挙は之です。」と言明するにいたった。

「普通選挙と女子参政権」（「改造」大正8年4月）では、日本における女子の参政権要求を「女子のみの問題」として考えるのではなく、「男女平等主義」「人道主義」の見地から「真の連帯責任の政治を実現」するためであるという。

「似非普通選挙運動」（「太陽」大正8年3月）では、大正八年二月九日に東京で開催された普選期成大会を皮切りに全国的に広がる普通選挙の実行運動が非民主主義的な組織や政治家や学者によって先導されていることを批判し、「人道平和の思想を体現する代表的人格者」「民主主義に徹底した人格者」を指導者とする運動でなければならないと力説している。

このように大正六年での婦人参政権の時期尚早論が八年には男女対等の普通選挙論へと大きく展開していった政治的背景として、大正七年九月の原敬内閣成立以降に急速に盛りあがってきた普通選挙運動や、八年三月の衆議院議員選挙法の政府案の修正可決によって選挙権が拡大した（納税資格十円から三円に引き下げる）ことなども考慮に入れなければならない。しかしそれも大正デモクラシーという民主化の時代思潮に負うところが大きいとすれば、やはり晶子における転化もそうした「日本の政治問題」の現実に激しく突き動かされたと考えられる。

もとより吉野のめざす憲政の根本である「民本主義」が徹底される前提として、大正五年の「憲政の本義を説いて其有終の美を済すの途を論ず」で提起された選挙権拡大という問題があった。その論旨は「かくて世界の文明国は殆んど皆大体普通選挙制を採用してしまつたと見てよい。故に今日東西の文明国中、比較的重き制限を付するものとしては、僅かに露西亜と我日本とを算ふべきである。他の一般文明国に於ては、普通選挙制を採用すべきや否やは、業《すで》に過去の問題にして、今日の政論には上らない。」という文意に凝縮されている。大正八年四月の『普通選挙論』（万朶書房）は吉野にとってそれまでの選挙論を集大成した理論的著作であるが、晶子はその吉野の普通選挙論を明晰な論理的根拠として共感しながらも、あくまでも「男女の性別を踰えて平等に保障された「国民としての正当な権利」」という観点から普通選挙論を提起したところに晶子の独自性があった。

晶子の選挙論の論述方法は、「いわば相手の土俵の中に入り、相手の論理を逆手にとって勝負するという議論のしかたは、吉野独特のものであり、敵を説破するためだけでなく、味方の範囲をひろめるためにもいちじるしい効果を発揮した。」（松尾尊兊の解説、『吉野作造集』昭和51年5月、筑摩書房）という吉野の戦法をたくみに応用したものであり、婦人参政権や普通選挙権を認めない論拠をきわめて論理的にことごとく論破していった。そしてその論破の鉾先は思想的共鳴者同調者にも向けられた。

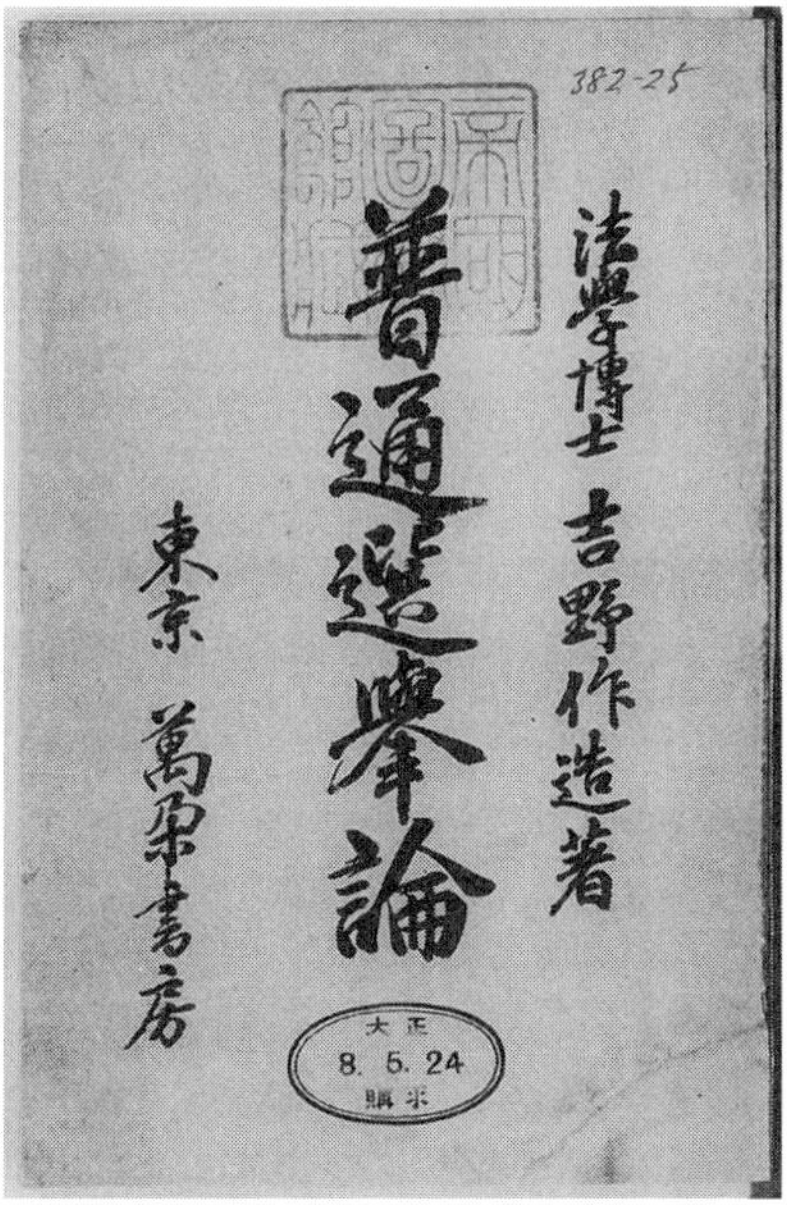

『普通選挙論』扉（国立国会図書館所蔵）

予輩は婦人にも参政権を与ふ可きを主張する者であるけれども、我国当面の実際的政治問題たる普通選挙論は、未だ之までを含めて主張せられて居ないから、此点は今暫く別問題として置く。

この『普通選挙論』における吉野の論決は、晶子をして前出の「普通選挙と女子参政権」で「一切の女子を除外した普通選挙は決して平等正義の思想に裏書せられたものでなく、今日に於ては虚偽の普通選挙と云ふ外はありません。」と反論させることになった。さらに母性保護論者らにたいしては、「似非普通選挙運動」でつぎのように反駁している。(4)

今日は特に母性の保護のみが必要でなく、或程度の父権の保護も必要であり、また民法上の父権と母権との平等も要求せねばならぬ事であり、其他教育、衛生、女子の労働問題等に就て、婦人が政治的に解決の道を要求せねばならぬ問題は無限なのですから、私達は其等のためにも進んで参政権の分配を促すのが至当だと思ひます。

こうした晶子の「男女の性別を鞭えて平等に保障された国民としての正当な権利」としての普通選挙論は、「晶子の「政治論」の特徴として、第一のものは、「大正デモクラシー」を熱心に推進した人に見られる、「普選」への期待、過度なと言っていいほどの期待、過大評価である。」（香内信子の解説、『与謝野晶子評論著作集』第22巻、平成15年9月、龍溪書舎）という見方もあるが、たしかに大正デモクラシーの潮流という追い風にのりながら自己の政治論を展開したことは否定できない。しかし、それよりも晶子にとっての眼目は、明治四十四年の「婦人と思想」をもってジャーナリズムの世界に身を投じた言論人としての思想的核心である「我は人である。男女の性の区別はあつても、人としての価値は対等である。」「男女は協同生活の基点である。」にあった。

そこにこそ晶子独自の「満二十五歳以上の日本人は男女の別なく一斉に選挙権を有すること」という提議の歴史的意味があった。それは「現在の国家は目的が不合理であり、基礎が薄弱である。此に於て普通選挙は国家を先づ政治的に改造する第一歩で無くてはならない。」（「外来思想の研究」「横浜貿易新報」大正9年2月7日）という切実な政治認識によって明白であろう。

注

（1）吉野作造の論文「憲政の本義を説いて其有終の美を済すの途を論ず」が発表された大正五年には、晶子は第三評論集『人及び女として』（大正5年4月、天弦堂書房）を刊行し、その「自序」の冒頭でつぎのように表明している。

日本の公衆と官憲と特に婦人達とに望みます。どうぞ私に之が真実であると思ふ所を語らせて下さい。時は明治から大正へ遷つて居る。日本の女もまた男のやうにあらゆる虚偽と妥協とから脱して、真実に思想し、真実に発言し、真実に行為することを許さるべき時機に達して居ると信じています。

「大正」という時代の思潮を精確に読みとる鋭敏な時代感覚と、言論家時論家としての責務にたいする自覚とを、この決意にみちた文脈から量定することができる。

さらに第六評論集『若き友へ』（大正7年5月、白水社）の「自序」で、「出版界の恐慌時代」にもかかわらず大部の感想集を出版できること、多くの新聞雑誌社の厚意で執筆の機会を与えられたことによって、「私が文筆を職業とする一人の女として経済的に全く独立することが出来」ると感謝の意をあらわし、「文筆」という職業が「私の生命の表現」に最適である、とのべている。また第八評論集『激動の中を行く』（大正8年8月、アルス）の「自序」でも、「私の覚悟と要求」にたいする「社会の反響を聞きたいのは、文筆の労働に従ふ者の持つて居る私情」であるとし、「文筆」家としての責務を強調している。

このように、香内のいう「一般ジャーナリズムの世界に確固たる位置を占めてゆく過程」である大正四年から八年にかけて、いかに晶子が表現者として自覚的であったかということは確認できよう。

（2）「第三十五議会の解散は突如として私の意識を緊張させ、祖国に対する私の熱愛を明らかに自覚させた。」（「鏡心燈語」）と表明する晶子には、きたる三月二十五日の総選挙は〈大正維新の転機〉であるという認識があった。

なお中晧「鉄幹与謝野寛の衆議院議員立候補をめぐって」（「大阪学院大学人文自然論叢」第27号、平成5年7月）は、大正四年三月の第十二回総選挙に立候補した寛の選挙理念と、晶子の応援動向を綿密に論証している。

（3）瀧本和成「大正デモクラシーの中の晶子―第二次「明星」の随筆評論」（「短歌」平成7年2月）は、大正期の「明星」に発表された晶子の随筆評論を分析し、内容的に都市生活、解放運動、教育、科学と芸術、文学というおよそ五つの問題に分類されるとし、「現実生活をbaseにして理論を構築し」、「ある現実に起こった出来事を中心にして、それへの批判と共鳴のなかで、その批判点を指摘するだけではなく、克服しようとする具体的な処方箋が述べられているところが特徴である。」と指摘している。

（4）晶子の普通選挙への理念は、大正七年から八年にかけてのいわゆる母性保護論争によって明確にされた婦人問題の論点との隔たりを解決するためのより現実的な課題でもあった。したがって治安警察法第五条の改廃や婦人参政権に消極的な旧来の婦人運動（団体）はもとより平塚らいてうらの新婦人協会の運動にも「理想なき婦人運動」として批判的であった。ただし、大正十三年に結成された婦人参政権獲得期成同盟会（婦選獲得同盟と改称）には、市川房枝の回想「与謝野晶子氏の思い出」（『定本与謝野晶子全集』第16巻月報、昭和55年7月）によれば、きわめて協力的であった。

［補記］本稿は、大正デモクラシーを「大正維新」と位置づけ、「日本の政治問題」における変革として、晶子がどのように普通選挙論を模索したかを論証するために、書きおろしたものである。

〔コラム3〕寛の立候補と晶子の選挙運動

本書の「晶子における大正デモクラシー」でのべたように、晶子が婦人参政権運動に本格的に取りくむきっかけは、大正三年（一九一四）十二月の衆議院解散にあった。その年末から翌四年の年始にかけて、渡欧後に活躍の場を広げる晶子と落魄の思いを強める寛との関係に深刻な亀裂が生じていた。おそらく寛が第十二回衆議院総選挙に出馬を決意したのも、そうした事態を打開し、心機一転を期すというもくろみがあったにちがいない。四年二月二十日の小林一三あての晶子書簡によれば、「此度慎重な考慮と冷静な判断との上に良人は郷里の京都府郡部から代議士候補者として立つことに決心しました。」「帝国議会へ一人の新思想家を送ることに御賛成下さいまして何卒百円を私にお恵み下さいまし。」「私も来月早々京都へ参つて良人と一所に戸別訪問を致します。」というように、夫の選挙運動に全面的に協力する晶子であった。

選挙戦たけなわの三月六日の沖野岩三郎あての晶子書簡によれば、公認問題や選挙資金の苦境を訴え、後援者の多い和歌山県新宮町まで子供連れで応援の依頼に出かけたことがわかる。立候補者の寛よりも応援者の晶子の言動にメディアの関心が集まった選挙運動は、肝心の選挙民には文士の余技のように見なされた。三月二十五日の総選挙の結果は、京都府郡部で最下位の九十九票という惨敗であった。

選挙資金の出処を公表し、婦人参政権をふくめた普通選挙の実現を公約にかかげた寛の理念は、納税額によって定められた少数の選挙人には、とうてい容認されるものではなかった。しかし、その寛の理念が「民本主義政治実現」の根幹であることを、だれよりも理解していたのは晶子であった。「満二十五歳以上の日本人は男女の別なく一斉に選挙権を有すること」という晶子の普通選挙論は、夫の寛の選挙運動から学んだ「実際問題」であった。

晶子における〈生きかた〉と〈暮らしかた〉の問題

私は私の肉の大部分―家族―を養ふために、私の肉の他の部分―狭い意味の私―を犠牲にして居るのです。母体を仔虫の餌に与へて死んで行く虫とは反対に、母体を仔虫に食はせながら生きて行かうとするのが私の犠牲的生活です。

――晶子「二人の女の対話」

寛と晶子にかぎらず、芸術家の人生も芸術家でない人たちの人生も、ひとりの人間として生きるという〈人生〉の意味においてはかわりがない。もしかわりがあるとすれば、〈生きかた〉と〈暮らしかた〉の違いであろう。とりわけ個性表現ということを生命とする芸術家にとって、〈生きかた〉と〈暮らしかた〉はきわめて大きな問題である。(1)

たとえば前述の「晶子における大正デモクラシー」との関連でいえば、「国際的正義へ」(「太陽」大正8年10月)のなかで、「デモクラシイに人格的価値の魂を吹き込むものは文化主義です。文化主義を目的とするデモクラシイに由つてこそ、人類は初めて一人一人異る個性の特質を基礎として公平に人格的進化を遂げることが期待されます。」とのべるように、デモクラシーが人類にとって真の向上や進化につながるためには、「文化主義」が基盤に据えられていなければならなかった。

この「文化主義」とは、「婦人改造の基礎的考察」(「改造」大正8年4月)で定義しているように、「人間の思想と行為との一切帰趨を文化価値に置くこと」であり、「人類全体の文化価値創造の生活に参加する意味」がある。つまり、人間として文化価値の創造とその実現の生活に参加するという「文化主義」は、晶子にとって「最高唯一の生活理想」であり、〈生きかた〉と〈暮らしかた〉の具体的な指標であったといえよう。

この〈生きかた〉と〈暮らしかた〉という問題について、第一評論集『一隅より』（明治44年7月）の「新婦人の自覚」、第二評論集『雑記帳』（大正4年5月）の「鏡心燈語」、第三評論集『人及び女として』（大正5年4月）の「婦人改造と高等教育」、第六評論集『若き友へ』（大正7年5月）の「三面一体の生活へ」という四つの言語テキストの文脈を分析しながら考えていきたい。

1 自己を新しく教育すること

「一人前の人に自己を教育する」とノラは言ひましたが、ノラの「一人前の人」とは何う言ふ意味ですか不明ですが、私は其語《ことば》に「文明」の二字を補つて、「一人前の文明人に自己を教育する」と申したい。其意味は前に申した様な楽観的態度で世に処して行ける人格を作り上げる事です。然う致すには何より女子の理性を聡明にし、感情を爽快にし、意志を堅実にして、判断力、自制力、敢為力を養ひ、従来の浅薄な感情、小い我欲、愚痴、泣言などの内心の「因襲」から脱し、欲望の対象を大きくして、自己の改造即ち自己の教育に取掛らねば成りません。

（「新婦人の自覚」「家庭」明治44年1月）

女性の自立にとって「教育」は最優先的課題であるということを唱えつづけた晶子の〈生きかた〉と〈暮らしかた〉にたいする基本的な姿勢が、この「新婦人の自覚」の文脈から理解できる。明治四十四年九月の文芸協会研究所の第一回試演で、イプセン原作「人形の家」（島村抱月翻訳）が上演されて以来、女主人公のノラはいわゆる〈新しい女〉の象徴的存在として近代の女性解放運動に貢献することになる。そのノラの〈生きかた〉にたいして、晶子は「人形の家を出て行くノラは軽率であり、卑怯であり、不聡明である」と批判する。「一時の衝動や感情に支配せられて道理に合はない「反抗の態度」を執ると云ふ様な女は、最早旧式な月並の女」であるとし、新婦人として認めることはできないともいう。

ノラは「わたしは、親や妻になる前に、一人前の女に成る積りですわ」というが、「私がノラなら矢張家にゐた儘あらゆる方法を尽して其「自分を一人前の人に教育する」目的を遂げて見せます。」とさえいいきる晶子からすれば、ノラの言動を「新しがる女」ほど愚かしいことはない。したがってノラのような「避けられる家庭との衝突をわざわざ構へたりする消極的態度」では、「自分を一人前の人に教育する」ことは不可能である。「自己の生活を肯定し、楽観し」、「自分の天分と努力と境遇との許す限を尽して、精神的にも物質的にも、自己の生活を豊かに楽しいもの」にするような〈生きかた〉と〈暮らしかた〉によってこそ、自己を新しく教育することができる。

教育者としての一面を示す晶子の著書、『新制女子作文』中巻（昭和13年１月）

「婦人と思想」（「太陽」明治44年1月）で、「自己を理解すれば他人の思想をも理解が出来て、其処に正しい譲歩が双方の非を抛つことに由つて成り立つ。」という自己改造を強調する晶子のバランス感覚は、たえざる判断力、自制力、敢為力の熟練によって、自己をとりまくさまざまな因襲、障碍に打ち克つことができるという楽観的態度をもたらした。晶子が「一人前の人に自己を教育する」ということに、あえて「文明」の二文字をくわえて「一人前の文明人に自己を教育する」という真意は、まさに「楽観的態度で世に処して行ける人格を作り上げる事」にあったが、「一人前の文明人に自己を教育する」という〈生きかた〉が、「世に処して行ける」という〈暮らしかた〉にゆるぎなく連結していることを意味していた。

このように近代文明人として自己を改造するという自己教育は、もとよりひとりの人間として独立して思考し行動しうる「人格」の形成にほかならなかったが、晶子のいうノラ批判の「一人前の人」もそのことを根拠にしている。明治四十年代の「女子の自覚」という新しい婦人解放の時流のなかで、「一人前の文明人に自己を教育する」ことが「世に処して行ける人格」を築きあげることであるという晶子の主張は、ただに「真実徹底した文明の新婦人」として自覚することにとどまらず、晶子の生涯を貫く〈生きかた〉と〈暮らしかた〉の指針でもあった。

2　自由な個人となること

私は二十歳過ぎまで旧い家庭の陰鬱と窮屈とを極めた空気の中にいぢけながら育つた。私は昼の間は店頭と奥とを一人で掛け持つて家事を見て居た。夜間の僅かな時間を偸《ぬす》んで父母の目を避けながら私の読んだ書物は、いろんな空想の世界のあることを教へて私を慰め且つ励ましてくれた。私は次第に書物の中にある空想の世界に満足して居られなくなつた。私は専ら自由な個人となることを願ふやうになつた。そして不思議な偶然の機会から殆ど命掛けの勇気を出して恋愛の自由を贏《か》ちえたと同時に、久しく私の個性を監禁して居た旧式な家庭の檻《おり》からも脱することが出来た。また同時に私は奇蹟のやうに私の言葉で私の思想を歌ふことが出来た。私は一挙して恋愛と倫理と芸術との三重の自由をえた。それは既に十余年前の事実である。
（「鏡心燈語」「太陽」大正4年1月～3月）

この「鏡心燈語」で提起された「貞操倫理」、「自由」と「聡明」の精神、「女性の位地」、「女子の生活の独立」、「民本主義の精神」、「日本人の生活意志」、「婦人の政治運動、社会運動、選挙運動」、「女子教育」などの問題は、渡欧後の晶子が大正デモクラシーの追い風に乗りながらとりくもうとした「実際生活に繋がつた思想問題と具体的問題」の原点にあたる。晶子の渡欧体験はロダン体験でもあったということは、本書に所収の「晶子における国際性の意味」でのべたとおりであるが、この「鏡心燈語」の冒頭に「私はロダン先生の議論―先生に於ては家常の談話―が常に簡素化され結晶化された無韻詩の体であるのを、私の性癖から敬慕して居る。私の茲《ここ》に書く物も私の端的な直観を順序に頓着しないで記述する外はない。」というように、日常的な「家常の談話」が文学的な「無韻詩の体」である、というような議論の方法（同時に評論の文体でもあった）を理想とした晶子であった。

やはり「婦人と思想」で、すでに「個人としても社会人としても人は有らゆる幸福を享得せねばならぬ。幸福の最上なるものは個性を発揮して我が可能を尽すと共に、互に他の個性を理解し合ひ鑑賞し合ふことである」というように、「幸福の最上なるものは個性を発揮して我が可能を尽す」という〈生きかた〉を表明していた。その〈生きかた〉は、「自由な個人となること」によって可能であった。鉄幹との恋愛によって「私の個性を監禁して居た旧式な家庭の檻《おり》からも脱すること」ができた晶子は、その後の結婚生活のなかで「実際生活の直感と、経験と、反省と、研究と、精錬とから産み出される」新しい生活の律を模索する。ここでいう生活の律とはすなわち人生の律でもある。

この生活の律＝人生の律という晶子の倫理は、自己の倫理が「実際の行進曲」として「実際生活」に役に立つものであるという生活意志に深く根ざしていた。そこに質実な〈暮らしかた〉を基盤に据えた〈生きかた〉への堅固な意志があった。その晶子の生活意志ひいては〈暮らしかた〉の基礎は、意外にも「旧い家庭の陰鬱と窮屈とを極めた空気」のなかで培養された「家事」にたいする意識であった。

『一隅より』に所収の「日常生活の簡潔化」では、「短い人の一生を出来る丈意味の多い、内容の豊富なものにして暮さうとするには、先づ何よりも無駄な事に心と身体と時間と金銭とを遣はぬ様に致す工夫が必要です。」という。人間の生活には精神的生活と物質的生活の二面があり、単純であった部分を複雑に改める場合と、複雑であった部分を簡潔に改める場合との二種類があるという。晶子は物質的生活で無駄な複雑を簡潔化するものとして、「台所の労働」「台所道具」「衣服」について具体的な改善策を提案しているが、これもおそらく少女時代から「店頭と奥とを一人で掛け持つて家事を見て居た」という「実際生活」による学習成果のたまものであった[2]。

さらに「私の文学的生活」（「女子文壇」明治45年1月）では、「筆を執ると云ふ事が自分の職業となり、之が直ちに自分と家族とを養ふ基礎である。」という文筆生活にたいして、「終《つい》に個性発揮の大事を放擲して心ならぬ循俗《じゅんぞく》の記述にあたら精力と一生を徒費せねばならぬ結果に陥るかも知れぬ。」と悲嘆する。その一方で「現代に生きようとする勇者は現代に打勝たねばならぬ。衆俗より逃れ走るな。」とも考える。「衣食」のために「心ならぬ仕事」をしなければならないという「矛盾に人知れず悩んだ。」晶子は、つぎのような結論にいたる。それは、たとえ自働的な仕事であれ、受動的な仕事であれ、自己の力量を最大限に発揮し、あらゆる仕事に「我」という刻印を押すという覚悟をもつことであった。

自分の一切の述作に自分の偽つた物は一つも無いことを期する。述作のみならず、良人と棲むのも、子供を育てるのも、自分と関係を持つ一切の事は皆自分の実際生活の各範疇である。

晶子のいう、「自由な個人となること」という〈生きかた〉の理念は、このような〈暮らしかた〉への誠実な姿勢によって支えられていたといえよう。

3　五尺大の自己を宇宙大の自己にすること

何が為に生きて居るのかを知らずに盲目的な日送りをして居た私達は何よりも先づ自分の生きて行きたいと望む意欲が人生の基礎であり、其意欲を実現することが人生の目的であることを徹底して知るのが第一です。自己の絶対的尊厳の意味もそれで領解されます。何時でも自己が主で、家庭生活も社会生活も自己の幸福の為に人間の作為するものであると云ふことを知るのが同時に必要です。目の開いた人間の意欲は狭い利己主義の自己にのみ停滞して居ません。其等の機関を善用して家庭生活、社会生活、国家生活及び世界的生活までを自己の内容に取り入れ、最初は五尺大であつた自己を宇宙大の自己にまで延長する為に必要な自由を欲し、自己以外の権威に圧制されることを欲しません。

（「婦人改造と高等教育」「大阪毎日新聞」大正5年1月1日）

人間は何のために生きるのか、という問いかけは、これも「婦人と思想」での「我は何の目的にて生れたるかを知らず。」「我には生きたいと云ふ欲がある。」「成るべく完全に豊富に生きたいと云ふ欲がある。」を起点として、大正デモクラシーの民主化の思潮によって、より切実な人生論的課題となった。「自由思想に目の開《あ》きかけた新しい婦人」にとって、いわゆる賢母良妻主義にとらわれない「自由な真人間の生活」を第一義とする〈生きかた〉は、「自己の生」を肯定する「生きようと望む意欲」が人生の基礎に据えられていなければならない。その「生きようと望む意欲」は「愛」そのものである、と晶子はいう。その「自己の生」に執着する「愛」は、「利己主義の愛」から「宇宙を包容する愛」にまで拡大される、ともいう。そのためには「自己以外の権威に圧制されること」のない「自由」が必要である。そしてその「自由」は、読書による知見と実際生活の経験とによって培われた、あらゆる物事にたいする透徹した理解力や判断力を意味する「智力」を必要とする、ともいう。

　このような徹底した「自己の絶対的尊厳の意味」を重視する晶子の〈生きかた〉は、いわゆる母性保護論争期の「婦人改造の基礎的考察」（『改造』大正8年4月）において主張する「自我発展主義」に凝縮される。「五尺大であつた自己を宇宙大の自己にまで延長する」という自己発展の可能性は、「人間の個性に内具する能力は無限」であることにもとづく。したがって「人間の個性を予め決定的に一方へ抑圧すること無く、それを欲するまゝ、堪へるがまゝに、四方八方へ円満自由に発展させる」ことが肝要である。しかしこうした晶子の「自己の絶対的尊厳」に立脚した〈生きかた〉は、ややもすれば〈暮らしかた〉を軽んずる、現実離れした個人主義的な考えとして批判されることもあった(3)。

　たとえば「私は母性ばかりで生きて居ない。」という「母性偏重を排す」（『太陽』大正5年2月）の、「私が自分の子供に乳を呑ませようと注意した時に私の現在は母性を中心として生きて居るが、次の刹那にまだ自分の乳房を子供の口に含ませて居るに関らず、最早私の生活の中心は移動して、私は或一篇の詩の構想に熱中して居ることである。」というような晶子の主張は、母性保護を重んずる女性の理解をえることは容易ではなかった。

山田わか子に実際運動を否定しているとして批判された晶子は、「婦人改造の基礎的考察」のなかで、

文筆を透して実現する私の生活の上には、決して家庭を主としては居ません。例へば私が人類生活に就て思索して居る場合には、私は主として人類生活をして居るのです。家庭も、国家も、その時の重点となつて居る人類生活を取囲んで有機的に繋がつて居るのです。

というように自己の立場を弁明している。「婦人改造と高等教育」でいう、「何時でも自己が主で、家庭生活も社会生活も自己の幸福の為に人間の作為するものであると云ふことを知る」にしても、やはり自己中心的な個人主義として誤解されやすい一面があった。しかし晶子の本意は、あくまでも「自己の生」を中心として「家庭生活」も「社会生活」も、そして「人類生活」も有機的に連動し、無限大に発展するものである、ということにあった。そのことによってひとりの人間として「人類全体の文化価値創造の生活に参加する」ことができる、という晶子の〈生きかた〉にたいするゆるぎのない理念があった。あえて「自我発展主義」とし、「徹底個人主義」としたゆえんもそこにある。

4　世界人類本位の生活のなかに生きること

私達は個人として、国民として、世界人として云ふ三つの面を持ちながら、其れが一体であると云ふ生活を意識的に実現したい。誰も無意識的には、また偶然的にはこの三面一体の生活の中に出つ入りつしているので

すが、それを明らかに意識すると共に、出来るだけ完全にその三面が一体である生活を築いて行きたいと思ふのです。

（「三面一体の生活へ」「太陽」大正7年1月）

「一人前の文明人に自己を教育する」ために「自由な個人となること」が必要である、という晶子における「自己の絶対的尊厳」は、「自我発展主義」「徹底個人主義」として思想的により密度の高いものになるが、私見的にいえば、この「三面一体の生活へ」の冒頭の文脈は、もっとも純度の高い思想的結晶体であるといえよう。

ひとりの人間としての生活が同時に「人類生活」と矛盾なく融合しうるという「徹底個人主義」は、「個人生活」「国民生活」「世界生活」の「三つの生活が自然に融和流動」し、一体化した「三面一体の生活」を希求する。そのために「人類が相互に愛し合ひ扶助し合ふ実行」が必要である、と晶子はいう。そして三面一体化された「人類生活」は、「個人生活」とか「国民生活」という限定された容器に入れるのではなく、「博愛的人道的世界主義」という宇宙的愛によって包容されるべきである、という。そうした世界人類本位に根ざした「徹底個人主義」は、晶子の〈生きかた〉の理念として「純正個人主義」と位置づけられるようになった。

もとよりこの〈生きかた〉の理念は、「三つの生活を貫いて共通の幸福となる性質を持つた生活事実」という〈暮らしかた〉を基礎にしていることはいうまでもない。本稿のエピグラフとしてかかげた「二人の女の対話」（「東京朝日新聞」大正3年11月4日～28日）は、「母体を仔虫に食はせながら生きて行かうとするのが私の犠牲的生活です。」という「第二の女」のことばが示すように、「自分の全肉を挙げて没入することの出来る仕事」をめざしながらも家族を飢えさせないために、「私の芸術は売らねばならない」という「犠牲的生活」も積極的にうけいれる晶子の素顔をリアルに描出している。「第二の女」がくりかえし強調する「生活意志」「生活欲」ということばが意味するところは、〈生きかた〉と〈暮らしかた〉との安直な妥協的物質的生活ではなく、その両者の葛藤や相剋によってもたらされる創造的精神的生活ということであった。

この「三面一体の生活へ」をおさめた評論集『若き友へ』の「自序」で、「兎にも角にも自分の額に汗して自分及び家族の麺麭を得ることの出来る幸ひ」に心から感謝したい、とのべる晶子にとって、〈暮らしかた〉を蔑ろにした〈生きかた〉はありえなかったし、また〈生きかた〉を疎かにした〈暮らしかた〉もありえなかった。

このように四つの言語テキストの文脈に表明された、「自己を新しく教育すること」＝「自由な個人となること」＝「五尺大の自己を宇宙大の自己にすること」＝「世界人類本位の生活のなかに生きること」という理念は、晶子のことばでいえば「私の生命の表現」を具現化するための指標でもあった。それは「実際生活」につながる女性の自立にかかわる具体的問題にたいする覚悟と実行とを意味していた。

晶子の覚悟と実行が微温的であるとして批判されることもあったが、晶子を主唱者として実際運動を推進したいという要請もあった。そうした声にたいして、「堺枯川様に」（「太陽」大正8年2月）で、「私達夫婦は十人の子供達の親です。」「私は今、子供達の教育と衣食との心遣いのために、どうしても側目を振り難い境遇にあります。」とし、実際運動に参加できないという。「家庭の危急を犠牲にしてまで国事を偏重」することはできない。しかし「文筆の上から個人的にするつゝましやかな運動」も「一種の小さな実際運動」であろう。ここにも晶子の〈生きかた〉と〈暮らしかた〉とにたいする基本的な姿勢があらわれているといえよう。

注

(1) 拙稿「啄木という存在」(『啄木短歌論考―抒情の軌跡』所収)で、

はたらけど
はたらけど猶わが生活《くらし》楽にならざり
ぢつと手を見る

という啄木の短歌は、大逆事件発覚後の啄木が〈暮らしかた〉という重荷を放擲できない〈生きかた〉への意志を自己変革から社会変革へという思想的脈略のなかで表明したものである、ということを論及している。

(2) 晶子が母性保護論争のなかでとくに強調した女性の「経済的独立」も、「平塚・山川・山田三女史に答ふ」(「太陽」大正7年11月)で、「十一二歳より家計に関係して、使用人の多い家業の労働に服しながら、二十二三歳までの間に、あらゆる辛苦と焦慮とを経験して、幾度か破綻に瀕した一家を、老年の父母に代り、外に学んで居る兄や妹にも知らせずに、兎にも角にも私一人の微力で、一家を維持し整理して来たのです。」というように、家業や家事などの「実際生活」の経験が裏打ちされていた。

(3) 田口道昭「与謝野晶子の「結婚観」―「女性の経済的自立」との関連で―」(「神戸山手短期大学紀要」第52号、平成21年12月)は、もっとも現実的な問題である「結婚」が男女相互の「愛情生活」と「経済生活」との両立によってなされるべきであるという晶子の経済観念と結婚観との関連性を、母性保護論争期の一九二〇年前後から一九三〇年代にかけての同時代の批判的な対立軸をふまえながらきわめて綿密に論証している。

[補記] 本稿は、「与謝野晶子倶楽部」第十九号(平成19年3月)に掲載された「与謝野晶子から学ぶこと―自己と社会とのかかわりをめぐって―」を基礎稿とし、あらたに書きおろしたものである。

ヨーロッパ体験の意味
――晶子における一九一九年――

思想は統一されるもので無い。兵隊の数に応じて同じ帽を被らせ得るやうに、人類をして均一に同じ思想を持たせ得るもので無い。同じ思想に停滞したり囚へられたりしないで、勝手に優れたものであると自認する新しい思想を提供してこそ、世界人類の創造的進化に参加して各人が実力相応の貢献を為し得るのであると思ひます。――晶子「激動の中を行く」

1　国際性の意味を考える

晶子の思想形成を考えるとき、たえず私の問題意識を喚起させる晶子のことばがある。

私の心は世界から日本へ帰つて来た。私は世界に国《くに》する中で私自身に取つて最も日本の愛すべきことを知つた。私自身を愛する以上は私と私の同民族の住んで居る日本を愛せずに居られないことを知つた。そして日本を愛する心と世界を愛する心との抵触しないことを私の内に経験した。

この「日本を愛する心と世界を愛する心との抵触しないことを私の内に経験した。」ということばは、晶子が夫の寛を追いかけるように渡欧し、帰国後に書いた「鏡心燈語」(「太陽」大正4年1月～3月)の一節であるが、意外にも従来の与謝野研究ではあまり言及されていない。私にはこの「日本を愛する心と世界を愛する心」という晶子の思念には、晶子におけるインターナショナリズムとナショナリズムの問題を考察するうえで見のがすことのできない重要な意味があるように思えてならない。

実際、拙著『日本近代短歌史の構築―晶子・啄木・八一・茂吉・佐美雄』（平成18年4月、八木書店）に所収の「与謝野寛・晶子における渡欧体験の文学史的意味」において、渡欧体験が寛と晶子の文学表現にいかに大きな影響をもたらしたか、ということを検証したことがあるが、「晶子の渡欧体験とナショナリズムの問題については、別稿をもって考察したい」と付記せざるをえなかった。その持ちこした課題について、第一次世界大戦期に書かれた「激動の中を行く」（「大阪毎日新聞」、大正8年4月1日～7日）「非人道的な講和条件」（「横浜貿易新報」大正8年5月25日）というふたつの評論を手がかりにしながら検討をすすめたい。

2　一九一九年の意味を考える

ところで第八評論集『激動の中を行く』に収録の「激動の中を行く」と「非人道的な講和条件」というふたつの評論が書かれた大正八年＝一九一九年は、晶子の文学的人生にとってどのような意味があったのであろうか。結論的にいえば、六十五年の生涯において最も充実し、円熟した文学的営為を発揮した黄金期であったといえよう。

具体的には一月に黎明会の発足に唯一の女性会員として参加、評論集『心頭雑草』、三月に末子の藤子出産、「婦人公論」に「婦人も選挙権を要求す」、四月に「改造」創刊号に「女子改造の基礎的考察」、五月に童話集『行って参ります』、八月に歌集『火の鳥』、評論集『激動の中を行く』、十月に歌論集『晶子歌話』、『晶子短歌全集』というように、じつに多彩な文学ジャンルによって自己表現を展開するとともに、すでに香内信子が指摘するように「晶子が社会、政治の現実に対して最も熱烈に参加、発言した時期にあたる」。とりわけ「私自身の生活を改造しようとすれば、社会全般の改造にまで思ひ及ぶのは当然の事です」という立場から「文筆の労働に従ふ者の持つて居る私情」を真率直截に吐露した『激動の中を行く』は、かつて女性史研究家のもろさわようこが「朝日新聞」の「百年の名著」欄で、「詩人的直感で問題の本質をみごとにとらえているエッセーは、円熟期の晶子における思索の頂点を示し、本書を近代の名著たらしめている。」（昭和45年3月25日）と評定したように、晶子の評論集のなかでも「社会全般の改造」にたいする提言が最も能動的であった。

そうした「社会全般の改造」への意欲的積極的な姿勢を内発的に高揚させることになった外発的状況にも注目しておく必要があろう。『激動の中を行く』の自序でいうところの「世界大戦の後を承けて加速度の動揺変化を示しつつある国状」としては、前年の一九一八年八月のシベリア出兵、米騒動は国民的不安を増長し、翌一九一九年には大正デモクラシーの気運と連動した普通選挙実施を求める民衆運動が激化するという国内的状況をあげておかなければならない。そしてその国内的国民的な動揺や不安は、当然のごとく第一次世界大戦後の国際的な動揺変化と緊密に連動していた。日本が欧米列強とともに世界の「五大国」として位置づけられたことで、アジア覇権の最前線に躍りでたという事実にたいする懸念は、欧米列強のみならず近隣のアジア諸国では一層強いものがあった。朝鮮半島の全土に拡大した三・一運動や北京の学生を中心とした五・四運動がそれであったが、その両者に共通する〈帝国日本〉にたいする根強い民族的抵抗と反発は、一九一九年のアジアにおける激動を象徴するものでもあった。

まさに国内的にも国際的にも激動の一九一九年は、晶子の思想形成にも大きな動揺と変化をもたらすことになった。

3　「激動の中を行く」の思想的意味を考える

一九一九年八月に刊行された評論集『激動の中を行く』の巻頭論文である「激動の中を行く」の主題は、「自由思想的な歩き方」こそが世界大戦後における「加速度の動揺変化」に対応する最善の方法である、ということであった。初出の「大阪毎日新聞」では、一九一九年四月一日から七日にかけて五回にわけて連載された。その副題が「ウヰルソン氏と其の矛盾」とあるように、アメリカ大統領ウィルソンがその前年の一月八日の連邦議会で戦争終結に向けて演説した、いわゆる十四か条の平和原則論の提唱をどのように受けとめるかという思想的課題がこの評論の主題でもあった。

連載の第一回では、戦前の軍国主義や専制主義から戦後の人道主義、民主主義、国際平和主義へと時代思潮が移行するなかで、新しい浪漫主義、理想主義の指導者であるウィルソンの提言は、まさに「正大な思想」である。しかし大多数の人類がまだ完全に人類の平等化を目的とする民主主義の意義を理解しえない現状では、ウィルソンの提議にいう「世界改造」が簡単に実現されるとは考えられない。現にアメリカ国内ではウィルソン大統領の提言に逆行する軍備の拡張論を強硬に主張するという「一大矛盾」が見られると、晶子は疑念を投げかける。

第二回では、真に民主主義を徹底するには、ウィルソンやイギリスのロイド・ジョージ首相だけを偶像視したり英雄崇拝したりという現代の安直な風潮を峻拒しなければならない。とくに「個人の尊貴」や「人格の自由独立」という理念を危険視する日本においては、旧来の専制思想や保守思想との「苦闘を覚悟する必要」がある。「愛」「正義」を人道主義の理念として、「自由」「平等」を民主主義の理念として考える晶子にとって、これらを統括する「新理想主義」を阻止しようとする「保守思想」は最大の難敵であった。そしてその「保守思想」の基盤にある「家族制度」こそが「新理想主義」の進展を妨げるものであることをきびしく言明する。

　ところで第三回から第四回にかけて「家族制度」を執拗なまでに批判する晶子には、徹底的に「家族制度」を攻撃しておかなければならない理由があった。渡欧体験後の晶子が課題とした（しなければならなかった）ことは、日本の「女性の位地を高め」ることであった。大戦後の教育制度全般を審議する内閣直属の諮問機関として「臨時教育会議」が設置されたのが大正六年（一九一七）九月であった。当然ながら晶子はその「臨時教育会議」の審議の動向に注目していた。審議案件の第六号「女子教育に関する件」の答申（大正七年十月二十四日）をふまえて、第二回の結尾に「官僚的教育者の集団である臨時教育会議が、最近に女子教育を以て家族制度の精神に集中せしめたいと云ふ事、及び国民の思想を統一しようと云ふ事を政府に向つて建議した事実」にたいする憤懣を投げかけたことでも理解できよう。(1)

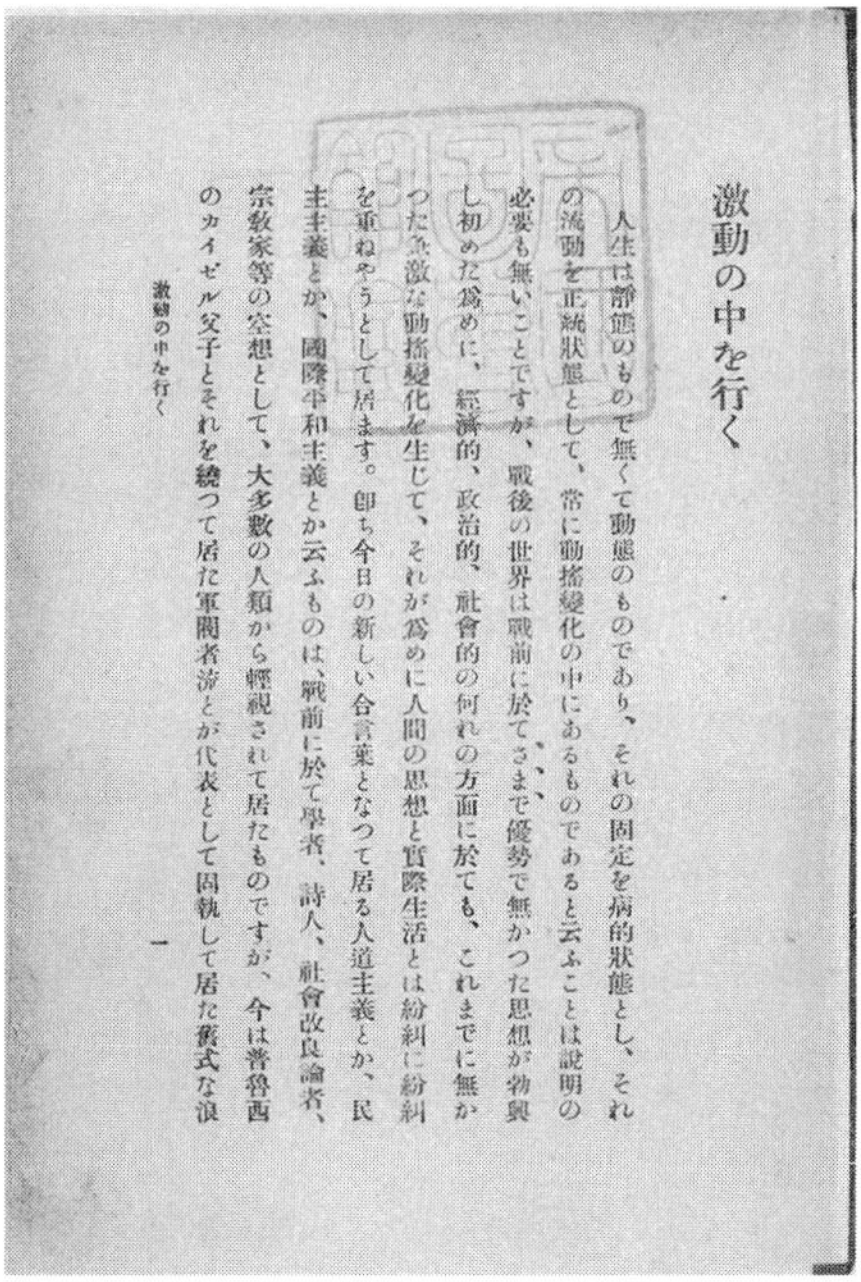
激動の中を行く

人生は靜態のもので無くて動態のものであり、それの固定を病的狀態とし、それの流動を正統狀態として、常に動搖變化の中にあるものであると云ふことは說明の必要も無いことですが、戰後の世界は戰前に於てさまで優勢で無かつた思想が勃興し初めた爲めに、經濟的、政治的、社會的の何れの方面に於ても、これまでに無かつた急激な動搖變化を生じて、それが爲めに人間の思想と實際生活とは紛糾に紛糾を重ねやうとして居ます。卽ち今日の新しい合言葉となつて居る人道主義とか、民主主義とか、國際平和主義とか云ふものは、戰前に於て學者、詩人、社會改良論者、宗敎家等の空想として、大多數の人類から輕視されて居たものですが、今は普魯西のカイゼル父子とそれを繞つて居た軍閥者流とが代表として固執して居た舊式な浪

激動の中を行く　一

「激動の中を行く」（国立国会図書館蔵）

「家族制度を維持せよと強制することは、一般国民の経済状態を考へない官僚教育者の僻説であつて、人と制度との主客関係を顚倒し、制度のために個人の自我発展を阻止し、個人の活力を圧殺して顧みないものだと思ひます」。

「家族制度の精神は一種の小さな党派根性です。

パリでの着物姿の晶子

徳永柳州のパリのアトリエ前にて
洋装姿の晶子

他と自分とを水と油の関係に置いて分離し、新理想主義の極致たる、世界人類を以て連帯責任の共存生活体と見る精神と相容れないものです」。

このように戦後の急激な動揺変化にあって「個人の自我発展を阻止し、個人の活力を圧殺して顧みない」「保守思想」と一体化した「家族制度」にたいする容赦ない晶子の批判は、第四回では臨時教育会議の答申が国体の観念にもとづく国民教育を徹底するために、「国民の思想を統一しよう」という基本方針を表明していることをふまえて、「思想は統一されるもので無い」と明断するにいたる。「勝手に優れたものであると自認する新しい思想を提供してこそ、世界人類の創造的進化に参加して各人が実力相応の貢献を為し得る」。しかしそれよりも大戦後の「雑多な思想の混乱激動」にあって肝要なことは、「必ず自分の批判を経て全く自分の思想となつたものを信頼」することである。

第五回の冒頭にいう、「私もウイルソンを尊敬する一人です。併しウイルソンの唱へたが故に私は人道主義や民主主義に賛成する者では無いのです。貧弱乍ら私の理想は私自身の建てたものです」。この揺るぎのない自己の理想と思想にたいする絶対的信頼は、晶子じしんのことばでいえば、かつてフランスの首都パリの「エトワアルの広場の午後の雑沓」で、「自主自律的に自分の方向を自由に転換して進んで行く」光景にたいして、「自由思想的な歩き方」を発見した異文化体験にもとづくものであった。

「激動の中を行く」の思想的意味を考えるという観点からいえば、「戦後の思想界と実際生活との混乱激動」に対処する指針として、七年まえの一九一二年のヨーロッパ体験で会得した「自由思想的な歩き方」が大きく作用していたことを看過することはできないであろう。

4 「非人道的な講和条件」の思想的意味を考える

「激動の中を行く」がおよそ一万字（四百字詰めで二十五枚）に及ぶ本格的論文であったのにたいして、一九一九年五月二十五日の「横浜貿易新報」に掲載された「非人道的な講和条件」はわずかに二千四百字（六枚）の小論文である。しかしこの小論文は、世界大戦後の世界秩序の構築に向けてはじまったパリ講和会議の終局を、晶子がどのように受けとめようとしたかを知るうえできわめて重要な評論である。

この評論の思想的意味について、大きく三段落にわけて検討してみよう。

「政治家や実業家は便宜主義を重んじる習慣の中に生きて居ます。」ではじまる第一段落では、「正義」と反する「目前の功利」にあけくれて、「利己主義的な欲望さへ満足すれば好い」という政治家や実業家にたいする極度の不信を表明する。そのうえで大戦後の世界人類が「愛、正義、自由、平等を精神とする最高価値の新生に向つて」

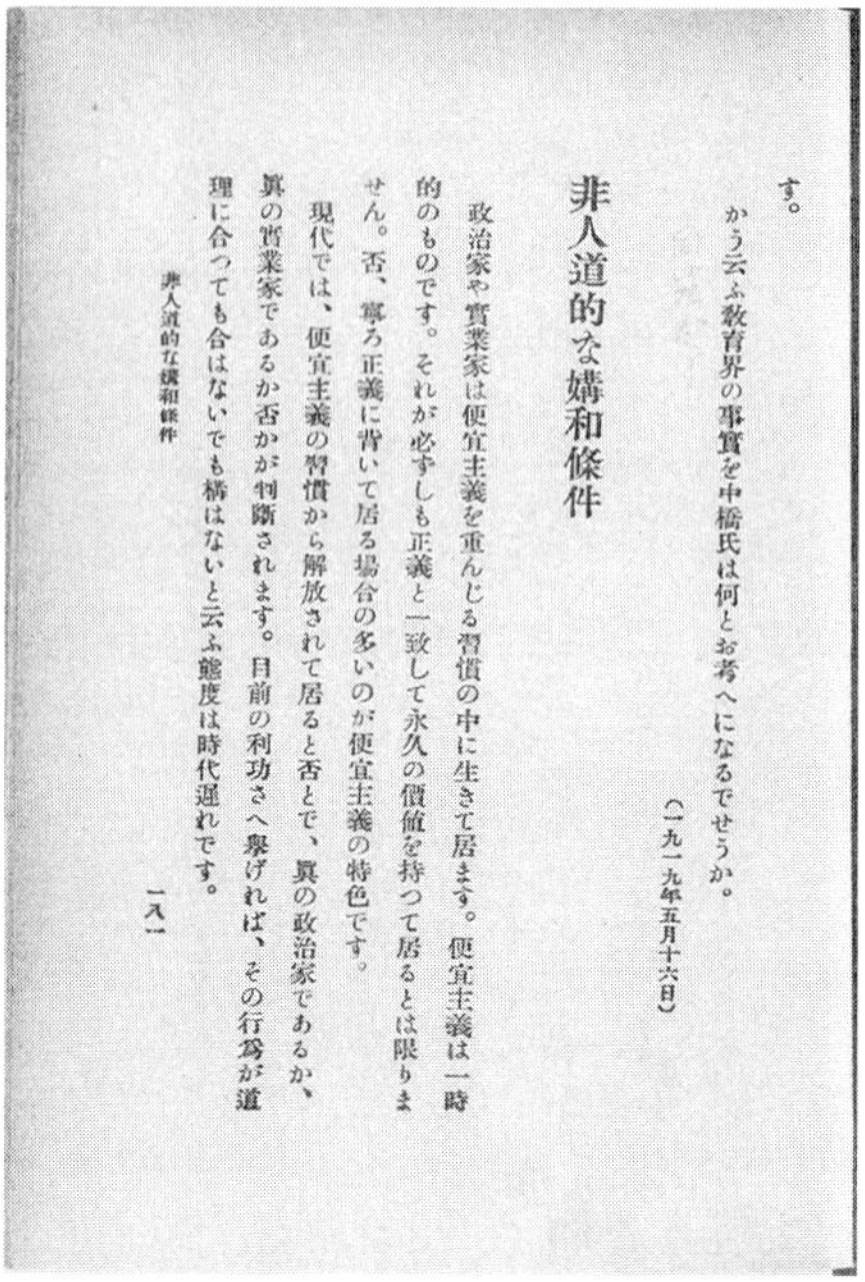
す。
かう云ふ教育界の事實を中橋氏は何とお考へになるでせうか。
（一九一九年五月十六日）

非人道的な媾和條件

政治家や實業家は便宜主義を重んじる習慣の中に生きて居ます。便宜主義は一時的のものです。それが必ずしも正義と一致して永久の價値を持つて居るとは限りません。否、寧ろ正義に背いて居る場合の多いのが便宜主義の特色です。

現代では、便宜主義の習慣から解放されて居ると否とで、眞の政治家であるか、眞の實業家であるか否かが判斷されます。目前の利功さへ擧げれば、その行爲が道理に合つても合はないでも構はないと云ふ態度は時代遲れです。

非人道的な媾和條件　一八一

「非人道的な講和条件」（国立国会図書館蔵）

飛躍することを第一義と考える晶子にとって、学者と芸術家は「正義人道の主張者であり擁護者」であり、思想家や詩人は「人類の指導者」「人文生活の冒険者」として位置づけられる。

そして第二段落では、一九一九年五月七日に「連合国に依つて提示された講和条件」の内容にたいする見解がのべられる。「人道平和の理想を基礎とし且つ国際連盟を前提とする講和会議を期待し」、「ウイルソンの十四箇条を読んだ時から」、「愛と正義と自由と平等との中に、どの国民もねたみ恨みなくのびのびした文化主義的生活を未来に発展し得ることを条件とした講和の成立を望んでいた」。しかし、その期待とはうらはらな「講和条件」に唖然とする晶子であった。

「世界に文字があつて以来どの国の書物にも書かれたことのない、人間の持つて居る極度の復讐心と、極度の貪欲心と、極度の虐殺思想とをさらけ出したものだと思ひます」。

「然るに講和条件は明らかに之を裏切つて、現に独逸人其物を極度に敵視し、あらゆる強暴苛酷な条件を以て七重八重は疎か、十重二十重にその未来の発展を阻害しようとのみ計つて居ます。若しこの条件通りに強制されるならば、独逸国民ばかりで無く、如何なる戦敗国民も現代の文化から落伍して戦勝国民の奴隷となり、次第に死滅する外はなかろうと考えます」。

おそらく一九一九年の晶子にとって、最大の関心事は、普通選挙運動および婦人参政権運動の動向を別にすれば、年頭の一月一八日からはじまったパリ講和会議の進展であった。ところが講和会議は秘密裏におこなわれ、条約案の内容が世界に公表されたのは、連合国から敗戦国のドイツに提示された五月七日以降のことであった。したがって五月二十二日に書かれたこの評論は、晶子の講和会議の結末にたいする思いが一気に噴出したものであるといえよう。またそれだけに一九一九年の晶子における思想の基本的骨格がこの評論に表出されているともいえよう。

「之が果たして正義人道の実現でせうか。」「世界を民主主義化する公平な方法でせうか。」という問いかけではじまる第三段落では、「暴に報いるに暴を以て」という「世界の感情」を危惧し、改めて「世界の勢力者である政治家と実業家の個人的及び国家的利己心の根柢の深いことを今更の如く恐れずに居られません」。

こうした正義人道と民主主義に逆行する個人的にも国家的にも根深い利己心を是正するために、晶子はつぎのように提言する。

……この度の極度に非人道的な講和条件を日本道徳の見地から忌憚なく厳正に批判する事ではないでせうか。

それまでのインターナショナルな論調では見いだすことのできない「日本道徳の見地」という思想的文脈によって、この評論の主題は急転回する。最後に国家主義的な論陣を展開する若宮卯之助を引き合いにだしながら、つぎのように主張する。

私は講和条件に現れたような思想が到底明治天皇の「教育勅語」の道徳と一致するものとは考へられません。世界はすべて濁るとも、日本だけは独り高く浄まりたいと思います。

この結語の意味するところはなにか。

「激動の中を行く」において、「臨時教育会議」の第六号「女子教育に関する件」の答申に関して、「家族制度」を基盤にした日本の女子教育に反対し、「国民の思想を統一する」という基本方針を徹底的に批判した晶子であった。あるべき「国民道徳」にもとづいた「国民教育」の具体像を論議する「臨時教育会議」の諮問と答申が、明治二十三年十月に発布された「教育勅語」に依拠し、「国体」の理念を明確化するものであることは、晶子も十分に承知していたはずであった(2)。むしろ熟知しているからこそ、ことさらに「国民道徳」「国民教育」という旗印を居丈高に振りまわす文部官僚を痛烈に攻撃したのであろう。また立憲政友会の機関紙「中央新聞」を拠点に西洋文明を排撃し、大アジア主義を鼓吹する若宮卯之助を揶揄するような姿勢を示したのかも知れない(3)。

たとえそうであったとしても、「極度に非人道的な講和条件」にたいする厳正な批判軸として、ことさらに「教育勅語」を持ちだした晶子の真意はきわめて読みとりがたい。やや性急にいうならば、本稿の冒頭に引用した「日本を愛する心と世界を愛する心との抵触しないことを私の内に経験した。」という晶子独自の思想的論理が、屈折し矛盾したように見られる思想的文脈として表出されたのではないか、と考えざるをえない。

5 〈世界〉の鏡と〈日本〉の鏡

しかしこの屈折し矛盾したように見られる思想的内実は、じつは晶子じしんの論理としては何ら矛盾なく整合していたともいえよう。たとえば『激動の中を行く』におさめられた「敏感の欠乏」(「横浜貿易新報」大正8年1月19日、2月9日)で、「倫理的、教育的、芸術的、学問的の敏感」に欠ける現代の風潮として、「明治天皇の教育勅語を捧読する場合に、単に「勅語捧読」と云つて居るのは、厳粛であるべき事柄だけに、宜しくない「典礼の破壊」だと思ひます。」とのべ、おなじく「似非普通選挙運動」(「太陽」大正8年3月)で、吉野作造とともに黎明会の発足に参画し、普通選挙運動を推進していた今井嘉幸を「哲学の基礎を欠き、民主主義的に徹底して居ない」とし、「憲法と教育勅語とに依つて」、普選運動から自発的に撤退すべきであると主張するように、晶子の論理にとって「明治天皇の教育勅語」は絶対的規範であった(4)。

ともかく世界大戦後の一九一九年の晶子は、「世界道徳」「世界人類」「世界生活」「世界人」という〈世界〉を見る鏡によって、たぐいまれな国際感覚を形成する一方で、「国民生活」「国民道徳」「日本国民」「国民的義務」という〈日本〉を見る鏡もいわば合わせ鏡のように具有していた。それこそが「日本を愛する心と世界を愛する心との抵触しないことを私の内に経験した。」という晶子独自の思想的論理であった。

ヨーロッパ体験によって帰国後の晶子がインターナショナリズムの立場から、「社会全般の改造」に向けて積極的な提言を展開したことは前述のとおりであるが、晶子における一九一九年の思想的意味を考えたとき、意外にも根深いナショナリズムが渡欧体験によってもたらされたことが検証される。昭和期の晶子における思想的転換については、「アジア体験の意味―晶子における一九二八年」で詳述したが、「世界はすべて濁るとも、日本だけは独り高く浄まりたいと思います。」という強烈なナショナリズムを表明するように、旧満州旅行以後の思想変調のきざしはすでにあらわれていたともいえよう。(5)

注

（1）『心頭雑草』に所収の「女子教育と家族制度」（大正7年9月）でも、つぎのように「家族制度」を根本的に否定する姿勢を表明している。

政府の臨時教育会議の委員達が女子教育に関する答申の一箇条に「女子教育は我が家族制度に適当の素養を与ふるに主力を注ぐの必要ありと認む」と云ふことを述べて居る。個人的には自我実現の欲望から、社会的には生存上の自由競争と近代の産業制度に由来する経済関係とから、既に早く我国の家族制度は滅んで居るし、その社会状態の推移に応じて制定された我国の民法は全く家族制度を超越して居るのに、教育だけが之に逆行しようとするのは意外である。

また「臨時教育会議」の発足についても、「三面一体の生活へ」（「太陽」大正7年1月）で、つぎのように否定的な見解をのべている。

その議題は少数の時代遅れな老政治家、老教育家達に由つて決定される程の閑問題で無いのですから、その討議も今のやうに秘密主義で通すこと無く、一々之を国民の前に公表すべきものであると思ひます。私は一人の婦人教育家をも加へない教育会議と云ふものは全く世界の趨勢を透察せず、日本の女子を蔑視した不親切極る組織だと考へます。

（2）韓国併合から満一年後の明治四十四年八月に「朝鮮教育令」が、大正八年一月に「台湾教育令」がそれぞれ公布されたが、「教育勅語」にもとづく「国民道徳」「国民教育」の徹底は、臨時教育会議の答申をもとに、教育制度の抜本的改革がすすむ日本の国内と歩調をあわせるように、日本統治下の朝鮮半島や台湾でもおこなわれた。

（3）晶子にとって若宮卯之助は、「若宮卯之助氏の議論」（「太陽」大正7年5月）で「私は若宮卯之助さんの評論を読みたい為に「中央新聞」を購読して居ます。」というように、欧米の思潮が日本に移入される傾向を「空想的翻訳論」として辛辣に批判する現実主義者として注目すべき時論家であった。もとよりそれは反面的意味でしかない。
（4）注の（1）で引用した「三面一体の生活へ」において、戦争の終結に尽力したウィルソンの平和主義論を称揚するとともに、「大元帥を兼ねさせられた明治天皇の御製を拝見しても、世界人類を一視同仁の中に包容し給ふ御聖旨を屡々示されて居るに関らず、侵略主義征服主義の覇王的な御精神は少しも窺ふことが出来ません。」という晶子の論理では、ウィルソンの平和主義論と明治天皇の教育勅語とは、同質同等の価値基準でとらえられていた。
（5）昭和期の晶子の思想状況を体系的に論証した与謝野研究は、きわめて少ない。そのなかで、新装版『激動の中を行く』（平成5年10月、ドメス出版）をのぞけば、香内信子『与謝野晶子―昭和期を中心に―』（平成3年7月、新泉社）のもろさわようこの解説は、天皇制にかかわる晶子の思想的問題を真正面から分析し、鋭利な見方を提示している。

近代人晶子が持っていた天皇崇拝のメンタリティは、日本の近代の構造と無縁ではないようです。日本の近代は、半封建的寄生地主制の上に、資本制工業を発展させており、個人生活は、家父長的家族制度の封建的な束縛をうけています。近代天皇制は、これら前近代的な諸制度と深い相関関係のもとに成立しています。ですからこの構造に対するきびしい認識を欠いた場合、その近代精神にもまた、前近代的なものが内包されたのです。

（中略）

なしくずしにころんでいった晶子のあしあとを辿りますと、年令や環境からくる社会的関心のおとろえとともに、天皇制と対決し得なかった晶子の近代精神が、ファナチックな民族主義に触発され、「先祖がえり的退化」をしていったことがみられます。

このもろさわようこの批判には首肯すべき面もあるが、私見ではもともと晶子の思想的論理には、たとえば「君死にたまふことなかれ」において、本来は対極的なトルストイと明治天皇とを平和主義者として一元的にとらえようとしたように、たえず世界的視点と日本的視点のふたつの視点が同時に両立していた。「天皇制と対決し得なかった」ということは事実であるが、一面的な見方だけではとらえきれない多義的要素があったと考えられる。

［補記］本稿は、平成二十四年八月十一日に開催された与謝野晶子倶楽部主催の平成二十四年度第一回晶子講座における講演「晶子における国際性の意味を考える―評論「非人道的な講和条件」の思想的意義―」の草稿をもとに書きおろしたものである。

〔コラム4〕関東大震災と晶子

昔から関西では奈良東大寺のお水取りがおわると春が来るという。平成七年（一九九五）一月十七日の神戸・淡路大震災のときもそうであったが、ちょうど二年まえの平成二十三年（二〇一一）三月十一日に発生した東日本大震災のときも、一日でも早い春の訪れを待ち望んでいた。大震災によって失われたものは多いが、その廃墟から芽生えるものもある。詩や歌もそうした目を被いたくなるような惨状のなかからうまれることがある。たんなる記録にとどまらず、死と生の意味をといなおすことで、死者の霊をとむらい、生きる勇気をもたらすこともある。

そういう意味で、小田切進『昭和文学の成立』や木俣修『大正短歌史』は、大正十二年（一九二三）九月一日の関東大震災が文学にどのような影響を与え、文学者における震災体験がどのようなものであったか、を検証した労作であろう。

じつは晶子も震災体験者であった。

身の弱きわれより早く学院は真白き灰となりぞはてなる

死の用意いかにすべきと五歳《いつつ》の子しづかに聞けば地震《なゐ》しばし止む

失ひし一万枚の草稿の女となりて来りなげく夜

いずれも晶子の震災詠である。「真白き灰」と化した学院とは、大正十年四月、西村伊作によって設立された文化学院のことである。晶子は夫の寛とともに文化学院の教師として、芸術的な自由教育の実践にかかわっていた。震災当時「五歳の子」であった末娘の森藤子さんの回想「地震のあとさき」（『彷書月刊』昭和63年4月）によれば、寛と晶子は、その日は川崎の短歌会にでかける予定であった。たまたま晶子の身支度がおそかったために一家は難をのがれえたという。しかも「幸い火はこの界隈まで拡がらず、家もあちこちの壁にひびが入っていたが思いのほか頑丈だったので、あくる夜には帰ることができたようだ」。

ところが、『新訳源氏物語』全四冊（明治45年～大正2年）の刊行後に書きためていた『新々訳源氏物語』の草稿が灰燼に帰してしまった。十年の歳月をかけて書きあらためていた新稿は、苦心の訳業であった。大事をとって文化学院に預けてあったが、震災によって学院もろともに「真白き灰」となった。

十余年わが書きためし草稿の跡あるべしや学院の灰

おそらく晶子のなげきは想像を絶するものであったにちがいない。震災の衝撃から立ちなおることは容易ではなかった。しかし、震災からおよそ十年後の昭和七年の秋、なんとか改稿の責めを果そうと思い立った晶子は、文字通り一から『新々訳源氏物語』の筆を執りはじめた。

源氏をば一人となりて後に書く紫女年若くわれば然らず

昭和十年三月の夫寛の急逝は、晶子に深い悲しみをもたらし、訳業も挫折せざるをえなかった。晶子にとって、紫式部は生涯敬慕してやまぬ文学上の師であり、寛は最良の理解者であり最愛の伴侶であった。

『源氏物語』の現代語訳を完成させることこそ亡夫への供養になると考えて、昭和十二年ごろから最後の気力をふりしぼるようにふたたび執筆に励んだ。そして十三年十月から翌十四年九月にかけて、『新々訳源氏物語』全六巻を完成するにいたった。「失ひし一万枚の草稿の女」となった関東大震災から十六年の歳月がすぎていた。『新訳源氏物語』刊行から二十七年の時が流れていた。

劫初より作りいとなむ殿堂にわれも黄金《こがね》の釘一つ打つ

「黄金の釘一つ打つ」とうたいあげた晶子における震災体験を思うとき、文化的創造とは持続する意志力によるものであるといえよう。この持続する意志力によって、晶子は芸術の殿堂に「黄金の釘」を打ちえたが、このたびの東日本大震災後の復興に寄与する文学の展開に大いに期待したい。

アジア体験の意味
──晶子における一九二八年──

しら玉の名は美くしき此の搭も見よ踏みたるは万人《ばんにん》の骨《ほね》
しら玉と名づくる搭に齋《いつ》けるもしら玉ならず尖《とが》る砲弾
──寛「満蒙の歌」

晶子の評論活動が世論や言論メディアの動向に自覚的意識的になるのは、「横浜貿易新報」(明治二十三年に「横浜貿易新聞」として創刊、現在の「神奈川新聞」)に毎週一回の文章を連載するようになった大正五年からであろうか。その「横浜貿易新報」に掲載された、つぎの晶子のふたつの文章によって、渡欧体験によるインターナショナリズムから中国(旧満州蒙古)体験によるナショナリズムへの傾斜の道程を解明することをめざす本稿をはじめたい。

先づ私の戦争観を述べます。「兵は凶器なり」と云ふ支那の古諺にも、戦争を以て「正義人道を亡ぼす暴力なり」とするトルストイの抗議にも私は無条件に同意する者です。(中略)西比利亞出兵は恐らく独軍と接戦することは無いでせうから、殺人行為を繁くするには到らないでせうが、無意義な出兵のために、露人を初め米国から(後には英仏からも)日本の領土的野心を猜疑され、嫉視され、其上数年に亘つて撤兵することが出来ずに、戦費のために再び莫大の外債を負ひ、戦後に亘つて今に幾倍する国内の生活難を激成するならば、積極的自衛どころか、却て国民を自滅の危殆に陥らしめる結果となるでせう。

(「何故の出兵か」「横浜貿易新報」大正7年3月17日)

さて昭和九年は層一層有為有望な年である。対内対外ともに日本人の自力更生がますます進展し具体化されねばならない。自力更生は農村に限つたことでなく、国を挙げて此の自覚と勇気とを持つて奮ひ立つべき時である。之は経済生活に偏した問題でなく、父祖から継承した日本精神の復興である。

（中略）日本精神を実現することは厳粛な実践道徳である。国家、社会、個人の何れの生活理想も生活行為も、この日本精神を分母として割出されねばならない。惰弱、放漫、依頼主義の如きは日本精神に反するものとして排斥される。私は新年の初頭に当つて一層明確に此日本精神を再認識し、乏しい自分の生活を此の精神に由つて統制したい。

（「日本精神の意識」「横浜貿易新報」昭和9年1月1日）

1 世界平和思想による非戦論的立場

渡欧後の晶子は、第一次世界大戦における戦時体験をふまえて、「暴に報いるに暴を以てすることは暴を倍加することの外に何の意義もありません。」（「戦争に関する雑感」「太陽」大正7年3月）という非戦論的立場を明確にする。そうした晶子の立場を現実離れした空理空論として非難する一部の言論メディアにたいして、戦争の必然を断定し、「平和思想」を空想視するのではなく、「世界人道の理想の偉大」と「人間の創造力の不可思議」とによって、現実を進化させたいという「世界平和思想」の実現を提言する（「平和思想の未来」「太陽」大正7年4月）。

大正四年（一九一五）一月の中国にたいする「対華二十一カ条要求」以来、外交と軍事の一体化は強まるばかりであった。山東省やシベリア地域への進出を計画していた日本の「シベリア出兵」にたいしては、ロシア革命の余波による国際的な緊張関係がその背景にあるものの、言論メディアや国内世論の反発は大きかった。当然ながら晶子も真正面から「シベリア出兵」という「積極的自衛策」がいかに国際的信義を失墜するものであるかを主張し、第七評論集『心頭雑草』に収録の「出兵と婦人の考察」（大正7年7月）でも、「非戦論の合理的である事を承認し、戦争を野蛮時代の遺物と見、軍備の撤廃を以て遠からぬ未来の理想とする一人」として、参謀本部を中心とする陸軍の「シベリア出兵」を、「軍事的理想の極めて狭い範囲をのみ見て驀進しようとする馬車馬」であると激しく批判している。

こうした晶子の論説の核心は、非暴力主義、人道主義、世界平和主義にもとづく非戦論にあるが、第一次世界大戦という戦争がもたらした現実の諸相を世界史という大きな視点からとらえ、軍備の拡張がもたらす国内外の将来的弊害をみごとに予見していることにある。実際に晶子の予見した閉塞的状況が第一次世界大戦後の日本社会に到来することになるが、「シベリア出兵」反対から十数年後の晶子の論説は、軍部の中国大陸への進出を是認し、外国からの武力の圧迫に勝利しなければならない、という〈暴力〉を肯定する戦争観へと大きく転換している。

大正デモクラシーの思潮は、晶子のインターナショナリズムを「世界平和思想」として加速させる追い風になったが、国家の問題を家庭や国民の視点からとらえ、あるいは個人の尊厳を尊重し、人道主義や人類主義を基礎にした国家像は、もはや「日本精神の意識」を書く一九三〇年代の晶子の思考軸には見られない。ではどうしてこのような大きな思想的転換が生じたのであろうか。その思想的転換の契機となった旧満州蒙古への旅行の意味について考察をすすめることにしたい。

2　旧満州蒙古への旅行と晶子の中国観

〔1〕『満蒙遊記』の意味

昭和三年（一九二八）五月五日から六月十七日にかけて、晶子は寛とともに南満州鉄道株式会社（満鉄）の招待で、当時の満州、内蒙古を旅行する。この旅程や見聞した内容、そして旅行詠は、帰国後に紀行歌文集『満蒙遊記』（昭和5年5月、大阪屋号書店）として出版されるが、寛の書いた「満蒙遊記の初めに」によれば、有史以来「交渉の最も深い隣国の現状」について、軍事的経済的外交的な対応ではなく、「個人と個人、民族と民族の心からの親善融和」をめざし、「日本人は隣国の気分感情を読まねばならない」という旅の目的と意義をあきらかにしている。(1)

五月九日の朝に大連に到着した二人は、満鉄本社の歓待をうけることになるが、とりわけ前年に満鉄理事に就任（昭和十八年に総裁となる）し、満蒙権益擁護のために結成された満州青年連盟の理事長として奔走していた小日山直登との出会いは、その後の晶子の満州問題ひいては中国観を決定したのではないかと推測される。(2)

ともあれ、五月十二日に投宿先の大和ホテルに小日山理事の表敬訪問をうけ、十五日には小日山夫妻の主催による短歌会が開催された。永岡健右「寛・晶子の大連での足跡―『くさねむ』のことなど―」（「与謝野晶子の世界」第2号、平成23年3月）によれば、「明星」同人であった西田猪之輔らの満州短歌会に出席し、大連で創刊された歌誌「くさねむ」にも貢献していることがわかる。(3)これ以後の吟詠の詳しい旅程については割愛するにしても、この

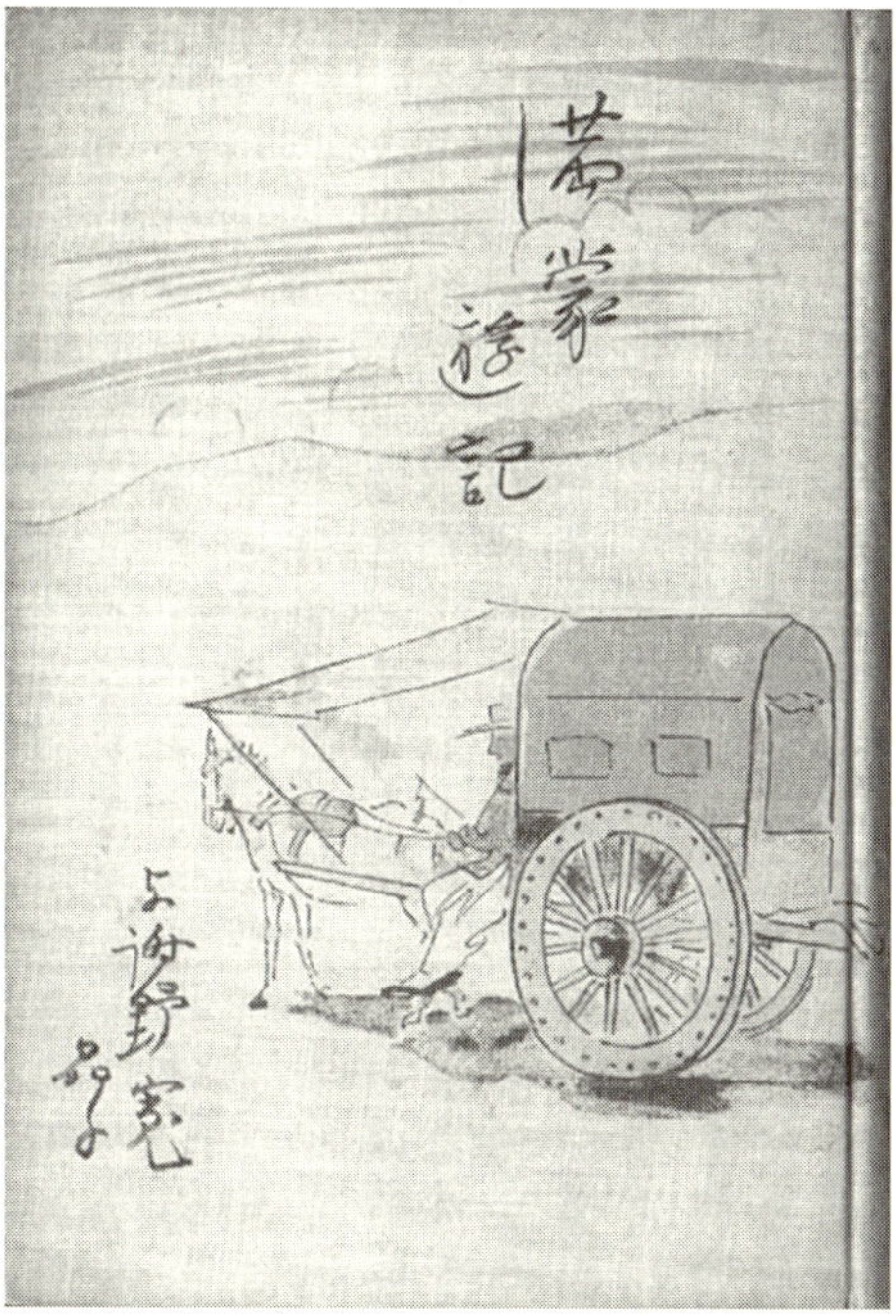

『満蒙遊記』表紙と掲載写真

下の写真は、旅順東鶏冠山砲台の廃墟における晶子と寛。

満蒙旅行が晶子の思想的転回の契機となることを緻密に論証した香内信子『与謝野晶子―昭和期を中心に―』（平成5年10月、ドメス出版）の的確な指摘にしたがえば、かつての日露戦争の激戦地であった旅順の風景をはじめて目にしたことは特筆しておくべきであろう。(4)

旅の目的は中国と日本の「親善融和」をいわば文化人の立場から寄与することにあったが、その真意は日露戦争の舞台、現場をこの目で確かめたいということではなかったか。旅の最後にも大連、旅順を再度訪れているが、「戦時に砲煙のたなびく悲壮の状を連想せしめた」という晶子は、香内信子が言及するように「日露戦争から二五年、当時の関東軍、その他の動勢をみて、非連続ならざる連続を感じとったのではなかろうか」。二十数年前の日露戦争と現在の中国情勢との関係を世界史の連続としてとらえる視点が晶子に喚起された。まさにそのとき、寛と晶子は、第二の特筆すべき事件に遭遇することになる。

中国東北部の政治的軍事的経済的な主要都市であるチチハル、ハルビンから奉天（現在の瀋陽）に戻った六月三日の夜、二人は奉天駅構内の大和ホテルに投宿した。六月四日の早朝にただならぬ異変が発生する。

ホテルは深夜にも汽車の出入する汽笛や響きのために殆ど眠られなかつた。翌朝私は早く起きて東京の子供に送る手紙を書いてゐると、へんな音が幽かに聞こえた。

私達は初めて今先のへんな爆音の正体を知つたと共に、厭な或る直覚が私達の心を曇らせたので思わず共に眉を顰めた。

満州を基盤とする軍閥の張作霖が、北伐を進める蒋介石の国民革命軍に敗退し、北京から奉天へ帰還する途上に、関東軍によって列車ごと爆殺された。「厭な或る直覚」とは、日本軍と国民革命軍が山東省済南で武力衝突をした昭和三年五月三日の済南事件を旅立ちの直前に知っていたうえに、中国東北部に浸透しつつある排日運動の緊張した現実も見聞した晶子たちにとって、「支那復興の機運」を消滅させる戦局の到来を察知したことを意味していたにちがいない。

〔2〕「愛と人間性」の意味

紀行歌文集『満蒙遊記』にしたがえば、満州蒙古の情勢を見聞し、「日本を世界から孤立させる結果になりはしないか」という危惧を抱いた晶子の不安が、昭和三年六月四日の張作霖爆殺事件として的中したことになる。晶子たちが中国東北部に出立する前年の四月に成立した政友会の田中義一内閣は、対中国強硬策によって五月に第一次山東出兵、六月に外務省、陸軍省、関東軍の首脳らによる「東方会議」を開催し、中国本土から独立した「満蒙政権を自立させるためには軍事的圧力の行使も是認されるという「満蒙分離政策」の基本方針を決定した。(5) そして三年四月の第二次山東出兵、五月の山東省済南での武力衝突を鎮圧するための第三次出兵という田中内閣の積極的強硬的な対中国政策が展開するさなかに張作霖爆殺事件は発生した。

事件発生後の翌四年一月の衆議院で「満州某重大事件」(張作霖爆死事件)について、田中義一首相の責任が追及され、内閣不信任決議案が提出された。田中首相は責任追及を回避しようとしたが、いわば歴史的現場の渦中にいた晶子は、まさに歴史の証言者であるという使命感に燃え立つように、「愛と人間性」(「横浜貿易新報」昭和4年3月3日)のなかで、つぎのように田中内閣を痛烈に批判した。

愛を小部分に偏在させてはならない。一地方、一帝国に仕切らず、人種と国境とを越えて、共存共栄の生活を眼中に置くべき時代が到来したのに気付かない国民は、外交的にも経済的にも孤立し、民族としての自己生存を危うくするであらう。田中内閣の対支外交は南方においても満蒙においても、この意味から現に最も露骨な実物教授を受けてゐる。これは田中内閣のみの問題ではない。平生隣邦の人間の生存に対する国民の愛の不足が、特に田中氏等の帝国主義的妄動を透して彼の国の人心に反映したのではないか。

この「人種と国境とを越えて、共存共栄の生活を眼中に置くべき時代」への認識は、国家的な枠組みを超越した世界観を基盤としたものであった。晶子のいう「共存共栄」は「帝国主義的妄動」とは正反対の多様性や多元性を認める中国観でありアジア主義であった。大正六年十一月に日米両国が中国に関する協約を締結したことを、「日米協約に現れた我国の態度」（「太陽」大正6年12月）で、「支那の領土に対する侵略主義を否定した宣言」として評価したように、中国と日本の「親善融和」の可能性を信頼し、期待する晶子であった。田中内閣が「満州某重大事件」の責任をとって総辞職し、浜口雄幸内閣が成立した四年七月の直後に書かれた「傍観者の言葉」（「横浜貿易新報」昭和4年7月12日）でも、「国家の浪費である軍事費の大削減を断行」し、「世界の平和思想」によって軍備と武力が国家の実力であるという旧思想を打破すべきであるとのべている。さらに「支那の和平統一」のために「日支親善」を積極的に推進すべきであるが、「決して武力の脅威を以て支那全土にも満蒙にも臨むべきでない」と強調し、国際協調主義、対中国不干渉方針の幣原喜重郎外務大臣の外交手腕に期待していた。

このように「愛と人間性」にしても「傍観者の言葉」にしても、中国本土から満州を切り離した共存共栄ではなく、あくまでも「支那人の自主権の回復」を尊重した論点に位置していた。しかし同時に満蒙問題の解決には「関東庁、関東軍司令部、満鉄の意志行動を統一する」ことが最優先課題であることを満蒙旅行の見聞をとおして理解していた晶子でもあった。昭和五年十月、浜口内閣は中国の正式呼称を従来の「支那」から「中華民国」に変更することを決定し、田中義一らの「満蒙分離」政策の強硬派を遠ざけようとしたが、実際には中国分離論を再浮上させる結果となり、翌六年六月には陸軍省参謀本部によって、「満蒙問題解決方策の大綱」が決定され、軍事行動が既定の方針となった。

寛、晶子が満鉄に招待されたときの山本条太郎総裁は、前政友会の幹事長でいわば対中国積極論者でもあった。晶子が期待していた中国観ひいてはアジア観と逆行する時代の潮流が押し寄せていたといえよう。

3　ナショナリズムへの傾斜

ところで内山秀夫、香内信子の編集解説による『与謝野晶子評論著作集』は、晶子の散文の全容を知るうえで貴重な文献である。その『与謝野晶子評論著作集』第二十二巻（平成15年9月、龍渓書舎）に所載の「与謝野晶子の方法と思惟」で、内山は前掲の香内『与謝野晶子―昭和期を中心に―』を援用しながら、昭和七年（一九三二）の元旦に書いた「日本国民たることの幸ひ」が「晶子の回心の文章」であり、翌八年十月の「時局雑感」が「晶子の転回」であるという有益な指摘をしている。

本稿ではその内山論文の有益な指摘をふまえながら、つぎの五つの論点から晶子におけるナショナリズムへの傾斜の内実をあきらかにしたい。

①昭和六年（一九三一）九月十八日の満州事変をどのように受けとめたか。
②昭和七年（一九三二）一月二十八日の上海事変をどのように受けとめたか。
③昭和七年（一九三二）三月の満州国建国をどのように受けとめたか。
④昭和七年（一九三二）十月二日に公表された国際連盟のリットン調査団の報告書をどのように受けとめたか。
⑤昭和八年（一九三三）三月の国際連盟脱退をどのように受けとめたか。

①昭和六年（一九三一）九月十八日の満州事変をどのように受けとめたか。

近代日中関係史における大きな局面として、関東軍参謀らが奉天郊外の柳条湖の南満州鉄道の線路を爆破し、中国軍との戦闘に突入した満州事変を位置づけることができよう。昭和五年の年頭に書いた「国民の自発的緊張」（「横浜貿易新報」昭和5年1月1日）では、「日本と世界とを常に視野に入れながらも」、日本の風土と歴史を重視する「純粋日本人」として、「世界の栄養素を採つて、更に堅剛な新日本人」として生きたい、とその抱負を語っている。浜口内閣の軍縮促進や財政緊縮などの政策を支持し、「日支の感情を緩和して梗塞してゐる彼我の貿易を回復せねばならない」と訴える晶子であった。

しかし満州事変勃発の直後に書かれた「最近の感想」（「横浜貿易新報」昭和6年9月27日）では、すでに香内信子が指摘しているように、「満州に対する晶子の基本的考え」として、今回の事変は中国の軍閥政府の過激な排日運動に耐えきれずに「出先の陸軍が非常手段の自衛策を断行した」とし、「蔣介石も張学良も快速に善後策を講じないと云ふなら、東四省の支那国民自身が独立して初めて国民の実力に本づく平和な新政府を建設し、日本と交渉して真実に鞏固な共存共栄の道を開くがよいではないか」とさえ提言している。

とはいえ、「時局を観る」(「横浜貿易新報」昭和6年10月19日)で、不拡大方針、協調路線を主張する幣原外交への信頼と支持を表明、「日支満蒙諸国民の共栄」を願う「人道的平和主義の国民」という認識を強調する晶子でもあった。しかしその幣原外交の末期に書かれた「日本人の潔癖」(「横浜貿易新報」昭和6年12月6日)では、「満蒙の出兵にしても、深沈な国民精神の本流を背景としてこそ、旧式な軍国主義などの発現でなくて、日支両国の生活を合理的に浄めるための非常手段」であるとし、十一月十八日の満州への軍隊増派を決定した政府の方針を肯定している。

このように満州事変前後の晶子には、日中戦争への暴走を回避しなければならないという幣原外交への期待があったものの、昭和三年六月四日の張作霖爆殺事件に遭遇した体験をふまえた「愛と人間性」で主張した世界平和主義的な「共存共栄」は、帝国主義的侵略主義的な「共存共栄」に変化しつつあった。さらにこの時期から「国民精神の本流」あるいは「国民精神の伝統」という発言が目立つようになったことも注目される。

後述するように、「満州新国家の建設」(「横浜貿易新報」昭和7年1月31日)で、「国民は他日関東軍に於ける参謀石原中佐等の明敏な頭脳と果断な実行力を称讃することであろう」といい、また「日本精神に還れ」(「横浜貿易新報」昭和8年12月3日)では、「満州事変を機会として層一層日本精神の雄健な現代的復興に自ら策励してゐる」と断言する。それまでは軍部の拡大路線に批判的であった新聞ジャーナリズムが満州事変を契機に次第に軍部の満州進出を支持したように、晶子もまたナショナリズムに傾斜していったことだけはたしかであろう。

②昭和七年(一九三二)一月二十八日の上海事変をどのように受けとめたか。

昭和七年一月二十八日に上海で日本の海軍陸戦隊が中国第十九路軍と交戦するが、この上海事変も一九二八年の張作霖爆殺事件、一九三一年の満州事変とおなじく満州への進出をはかる関東軍が欧米列強の注意をそらすための謀略であった。内山論文が「晶子の回心の文章」と位置づける「日本国民たることの幸ひ」（「横浜貿易新報」昭和7年1月1日）で、「日本に生れて皇室の統制の下に生活してゐることの幸福」に感謝したいという晶子は、「謹んで皇室の万万歳を祝はせて頂くと共に、国民として聖代の恩寵に生きることの幸福を感謝し奉る」と、年頭の所感をのべている。晶子が満州事変以後に強調するようになった「国民精神」とは、皇室と国民の感情が一つに融合し、絶対不離の存在であることを意味していた。したがって「我国の軍隊が陛下の大権に由り、極東の平和を確保する正健な目的のため、陛下の将卒として戦ふ」という論理が正当化された。

さらに上海事変を題材にした寛の「爆弾三勇士の歌」や晶子の「紅顔の死」は、戦意昂揚を意図した当時の言論メディアの動勢に敏感に反応したともいえるが、香内がいうように「戦争を許容する範囲を越え」た「積極的行動」であり、「当時の晶子は、むしろ国民感情の先導者」であった。事実、「優勝者となれ」（「横浜貿易新報」昭和7年3月20日）で、「日本の軍人の強さは今日に於て世界一である。それと同じく、国民全体も、各自の分担する職業や学問に於て、軍人同様の勇敢を以て奮発しなければならない。殊に国民中の精鋭である青年男女は、その各自の内心に父祖より伝へて潜在する旺盛な生活意力を、爆弾三勇士の突撃のやうに大胆に実現して頂きたい」とのべ、「幸ひ満蒙の新国家が若い勇敢な日本農民の大量的移植を望んでいる」として、満州国の建国にたいする積極的な期待を表明している。

このように昭和六年九月の満州事変から七年一月の上海事変にかけて、晶子におけるナショナリズムへの傾斜は、皇室と一体化した「国民精神」を発揚するという方向を明確にし、八年の「時局雑感」の思想的転回をもたらすことになった。

③昭和七年（一九三二）三月の満州国建国をどのように受けとめたか。

六年九月十八日の満州事変は中国国民党にとっては最大の国辱として抗日運動をより徹底させることになったが、首謀者である関東軍にとっては満州国独立への布石であった。上海事変以後の総攻撃や国際連盟のリットン調査団による現地調査がはじまった七年二月に、関東軍の主導によって新国家の独立が国内外に通達され、三月一日に満州国の建国宣言がなされた。注の（5）で紹介した服部龍二『日中歴史認識』が考証するように、日本政府は「リットン報告書が連盟に提出されることを予期し、リットン報告書が公表される前に既成事実となるように」、九月十五日に日満議定書を締結、実質的に「満州国」を承認した。こうした微妙な日中関係（満州問題）に晶子がいかに強い関心を寄せていたかが、「満州新国家の建設」（「横浜貿易新報」昭和7年1月31日）で理解できる。

リットン報告書（国立国会図書館所蔵）

来る二月十一日に満蒙新政府独立の紀元が開かれる事は確定の事実である。これは極東の歴史に突然と出現する新独立国であり、言語や習慣を異にする各種の民族が混交して、経済生活の上に利害を異にしてゐる上、元来国家観念に淡泊な漢民族を多く包容してゐるので、独立国としての基礎が堅固でなく、如何なる国民精神の下に団結するのであるか、甚だ不安定なものとして感ぜられる。

たしかに昭和七年一月の時点では陸軍中央部における満州独立の方針は、いわば既成の事実であり、当時の国内世論も言論メディアも「満蒙の権益は日本の権益である」という動向にあったが、「来る二月十一日に満蒙新政府独立の紀元が開かれる事は確定の事実である。」という確信にみちた発言には、満州国建国への晶子の並々ならぬ思い入れが読みとれる。のみならず「二月十一日」という紀元節（現在の建国記念の日）に「満蒙新政府独立」が確定するという晶子の歴史観は、「元来国家観念に淡泊な漢民族」という認識とともにナショナリズムの重要な因子とみなすことができよう。

満州国の建国宣言の直後に発表された「日支国民の親和」（「横浜貿易新報」昭和7年年3月4日）においても、「平和を愛し人類の共存共栄を理想とする日本」が「支那の国民に取つて何よりの害禍」である軍閥政府を消滅させるために建国した満州国は、「日支両国民の徹底した親善融和」「平和事業」の象徴であるとのべている。また「支那の近き将来」（「横浜貿易新報」昭和7年5月5日）では、「満州国が独立したと云ふ画期的な現象は、茲にいよいよ支那分割の端が開かれたものと私は直感する」とし、「支那のあの厖大な地域が幾つかに分割されるのは、現代的民情と経済的及び地理的事情とから当然の事のやうに思はれる」という中国分割論を展開する。晶子にすれば、満州事変も上海事変も群雄割拠する軍閥の脅威から「支那の国民を救済する」ための非常手段であったという認識があった。したがって満州国という新政府の「助産婦」「産婆役」を果たした日本は、建国後は「保姆」としての細心の努力が必要であるという。

このように満州国建国は晶子にとって「満蒙の平和維持」「日支両国の平和と親善」に大きく貢献するものであっ

た。しかしすでにあきらかなように非戦論の立場からシベリア出兵や山東出兵に反対し、武力を行使しない国際協調主義にもとづく中国観やアジア観は、満蒙新政府を擁護するために「国内の三四個師団を移駐せしめることが必要」であるという侵略主義的帝国主義的なナショナリズムへと変容していったといえよう。

④昭和七年（一九三二）十月二日に公表された国際連盟のリットン調査団の報告書をどのように受けとめたか。

満州事変を調査するために国際連盟は、昭和六年十二月にリットン調査団の派遣を決定した。七年二月に訪日したリットン調査団は、上海、南京、北京、満州での実地調査と関係者の聞き取りをおこない、十月一日付けで報告書を日本、中国そして連盟に交付した。満州国建国が宣言された当時、満鉄総裁であった内田康哉は、七年五月の斎藤実内閣の成立によって外相に迎えられ、日本本土が焦土と化しても満州の利権は断じて譲らないというい わゆる〈焦土外交〉の決意を表明した。さらに外交官、満鉄副総裁から衆議院議員になった松岡洋右が満州事変を予知するように昭和六年一月の議会で発した「満州は日本の生命線である」という語録は、満州事変以後の政府の外交理念（同時に軍部の基本方針）を象徴し、その方針に沿うように各地の在郷軍人会でリットン報告排撃の決起集会が開催され、言論メディアも十二月十九日に全国百三十二の新聞社が「満州国の独立」を支持する共同宣言を発表した。

そうした国内世論や言論メディアと歩調を合わせるかのように、「満州国の現状」（「横浜貿易新報」昭和7年11月6日）で、おそらく朝日新聞社から刊行されたばかりの『リツトン報告書』（外務省訳、昭和7年10月）を入手し、その二百五十五頁におよぶ全文を読了した晶子は、「単なる報告として、若くは後の歴史家の参考としては或る程度の価値を持つであらうが、これを準拠として日支満の現在と未来をジユネブで討議するのは、赤ん坊の時の寸法を標準に大人の衣服を裁つ類である」と報告書の内容を批判し、「ジユネブでリツトン報告書の点検せられるのは徒労である。それよりも国際連盟は刻刻に動きつつある実際の満州国を静観するがよい。」と、国際連盟の機能そのものに否定的な意見をのべている。

さらに「満州国は事実上、日本の保護国である。」という主張によって、日本が国益を優先させる欧米列強の帝国主義とおなじスタンスであることを証明した晶子は、昭和七年の年頭の「日本国民たることの幸ひ」における皇室崇拝と一体化した国民精神の発揚をより強化する発言を展開していくことになる。

「国民と兇変」（「横浜貿易新報」昭和7年5月22日）では、浜口首相の狙撃事件や犬養首相射殺事件をはじめとする政財界の要人を暗殺する暴力行為は、「明治天皇の教育勅語に要約せられた国民の生活理想と全く相反」し、「御歴代の聖勅聖訓に太陽の明るさを以て示されてゐる広大無辺な仁慈と正義の伝統精神に反する」ものとして、断じて容認できないという。もともと「無産者は暴力を否定す」（「横浜貿易新報」昭和4年3月8日）でも、山本宣治代議士が右翼に刺殺されたテロリズムにたいし、「教育勅語は暴力を許容せず、国法の重んずべきことが示されてゐる。教育勅語に背馳する暴力行為を敢てすることほど皇室の思召に背く悪業はない。」と、きびしい批判を投げかけていたが、しかしかつての「戦争は人類の正義を破滅する最大の暴力である」という晶子の認識とは無縁であった。また「皇道は展開す」（「横浜貿易新報」昭和7年10月2日）では、「明治大帝の教育勅語は世界唯一の聖書であり、未来永劫に亘つて世界人類の師表となるべきものである。」とし、「日本人が皇道に生きる覚悟は決まつてゐる」とのべている。

このようにリットン調査団の報告書にたいする晶子の姿勢は、満州事変が日本の生命線である満州を防衛するための自衛手段であったという日本側の主張を認めず、満州の新政府を容認しない報告書を無意味なものであると位置づけ、国際的機関である国際連盟の使命を軽視する傾向があった。その晶子におけるナショナリズムは、皇室崇拝と一体化した国民精神として肥大化していった。

⑤昭和八年（一九三三）三月の国際連盟脱退をどのように受けとめたか。

すでに晶子には日本の将来を見据えて期するところがあった。「国民振粛の時」（「横浜貿易新報」昭和7年7月13日）において、つぎのように明言している。

満州国の承認は既に国民の要求する所であり、それは直ぐにも実現されるに違ひないが、若しも世界が其れを容認しないやうな場合、日本は国際連盟を脱し、引いて世界を敵とし孤立せねばならぬとも限らない。望ましいことではないが或は二十年来太平洋の上に描かれた不愉快な幻影までが事実となつて現れるやうな事も計算に入れて置かねばならぬ。

この四百字詰め原稿五枚程度の簡潔な文章には、晶子の悲壮なまでの覚悟が読みとれる。「非常時」「一大転機」「国民総動員」「最悪の場合」という言辞のくりかえしによって、「陛下の赤子」として「死線に立つ」決意を奮い立たせようとする緊張感がある。したがって晶子にとっては、日本が国際連盟を脱退し、国際的世論から孤立し対峙するだけではなく、遠からぬ将来に日米対決も避けられないことを想定していたといえよう。

晶子が予期したように、日本政府は昭和八年三月二十七日に脱退通告を国際連盟に提示、連盟からの脱退を決定したが、内山論文が「晶子の転回」であると指摘する十月の「時局雑感」では、「少なくとも文化国の間には永久に古風な戦争行為は生じない」という「一つの馬鹿げた錯覚をして居た」とし、「私の戦争終熄論が空想的であるのに気が付いて、私の思想を調節し、もとの流動的な見方を取り返す」とのべている。

晶子のいう「流動的な見方」は、「一時の平和論と平和現象」が固定的なものであるという見方を是正することであった。国際平和主義にもとづく非戦論者であった晶子が自己の思想を固定的なものから流動的なものへ「調節」するという変容、転回は、「非常時」「一大転機」「国民総動員」「最悪の場合」という時代認識によってもたらされたが、もはや一歩たりとも後退を許さない（許されない）思想的状況に追い込まれていたともいえよう。

「日本精神に還れ」（「横浜貿易新報」昭和8年12月3日）では、「日本には国家と個人とが融和して居て、分裂し対立することを許さない。この特異な国民生活の基礎となつてゐる伝統精神に名称が必要なら『日本精神』と呼ぶべく、之は絶対の名称であつて、相対的な『何々主義』を以て呼ぶべきでない。日本民族が地上に生活する限り、永久に唯一の日本精神を押通して行くのである。」とし、「国情に適しない異邦の思想を受用するものでなく、反発すべきは反発し、撃滅すべきは撃滅して、日本精神の歴史性を反省すると共に、近くは満州事変を機会として層一層日本精神の雄健な現代的復興に自ら策励してゐる。」とのべている。

さらに本稿の冒頭に引用した昭和九年の年頭の「日本精神の意識」（「横浜貿易新報」昭和9年1月1日）においても、「日本精神を実現することは厳粛な実践道徳である。国家、社会、個人の何れの生活理想も生活行為も、この日本精神を分母として割出されねばならない。惰弱、放漫、依頼主義の如きは日本精神に反するものとして排斥される。私は新年の初頭に当つて一層明確に此日本精神を再認識し、乏しい自分の生活を此の精神に由つて統制したい。」と、日本精神こそが国難を打破する道であることを鼓吹している。

昭和六年の満州事変以後に皇室崇拝と一体化した「国民精神」の発揚を主張した晶子のナショナリズムは、七年の満州国建国、八年の国際連盟脱退を契機に、欧米や中華の外来思想を排斥するために、「君民一体の国家生活」と「国民同治の国体」とを基礎にした「日本精神」を「純粋の日本思想」として強化しなければならないという方向に突き進んでいった。

以上のように五項目の論点から昭和三年（一九二八）年の満州蒙古旅行以後の晶子の評論活動をとおして、晶子におけるナショナリズムへの傾斜の内実を検証したが、昭和六年九月十八日の満州事変をきっかけに世界平和思想にもとづく非戦論は影をひそめ、昭和七年三月の満州国建国以降は関東軍の拡大強硬策を支持し、昭和八年三月の国際連盟脱退は、「戦争終熄論が空想的」であることを自覚させるにいたった。

しかしすでに香内信子が指摘しているように、「自由の復活―女の立場から」（「読売新聞」昭和11年5月5日）には、満州事変当時の「勇ましい国策主義とは微妙な変化がみられ、一九三四年～三六年の晶子の心の動きが読みとれる」。その「晶子の心の動き」とは、「国民精神」「日本精神」の発揚をうながす心だけでは満たされない、ヨーロッパ体験で発見した「自由と聡明とを備えた実行の律」への愛着ではなかったか。言論統制が強化された「不自由」さは、ひとりのジャーナリストとしてだれよりもよく知る晶子であった。それだけに「自由の復活」への希求もだれよりも強かったにちがいない。だが、「書物と実際生活―女の立場から」（「読売新聞」昭和11年6月2日）における、「私は出来るだけ自由な心を持った女になりたい」という真率な発言は、「自由」が枯渇する「最悪の場合」「非常時」の現実を意味していたといえよう。

渡欧体験によるインターナショナリズムから中国（旧満州蒙古）体験によるナショナリズムへの傾斜の道程を解明することをめざす本稿の最後に、ふたたび内山論文の「明治から大正にかけて晶子がヨーロッパ体験をした、その重さを、昭和三年という日露戦争の「戦果」としての満州の侵略的地がために帝国日本が完全に走りだした時点での晶子の感受力に重ね合わせられないか」という問題提起にたちかえることで、結語としたい。

一九二八年すなわち昭和三年の満蒙旅行は、日露戦争から現在にいたる中国情勢との関係を世界史の連続としてとらえるというグローバルな視点を晶子にもたらした。それはヨーロッパ体験によって獲得されたインターナショナルな視点でもあった。と同時に「個人と個人、民族と民族の心からの親善融和」のためにひとりの文化人としてどのように貢献できるかを確認することのできた満蒙旅行は、中国問題とりわけ満州問題にたいする関心をいわば自国史（日本史）の視点でとらえなおすきっかけともなった。

「日本精神に還れ」で表明したように満州事変を契機に「日本精神」への傾斜が加速され、「日本は大いに伸びる」（「横浜貿易新報」昭和9年6月24日）では、「満州問題に就いて敢然と国際連盟を脱退した」ことが「日本精神の健康を回復」することになったと断言するにいたった。

しかしその一方で、「欧州の旅の思ひ出の中に」（「現代」昭和9年5月）において、ロダンに出会った二十二年前の欧州旅行の思い出に鬱屈した精神を和らげる晶子であった。ここに晶子におけるインターナショナリズムとナショナリズムの基本的な関係性をみることができる。つまり「日本を愛する心と世界を愛する心」をひとつに融合させたバランス感覚、あるいは日本民族のひとりと世界人類のひとりがたがいに共存する意識が晶子の思想の基底にあった。したがってインターナショナリズムとナショナリズムを相反し、背離する関係としてとらえるのではなく、プラス（陽極）とマイナス（陰極）の二つの電極によって電流が通るように、また時計の振り子が左右にゆれることで時間を刻むように、それらはまさに合わせ鏡のような関係にあると考えるべきであろう。インターナショナリズムとナショナリズムの両極がたがいに刺激しあい、衝突しながら、そして時には融合しながらその思考軸をよりゆるぎのない状態にすることもありえる。

晶子におけるインターナショナリズムとナショナリズムをそうした関係性でとらえれば、昭和九年＝一九三四年の時点で、「日本は大いに伸びる」を書く晶子も「欧州の旅の思ひ出の中に」を書く晶子もともに素顔の晶子であった。かつての反戦非戦の詩人が皇国的国体を称揚し、侵略戦争賛美の言論人に転向したと批判することも可能であろう。しかし、日露戦争以来「戦争」という現実と真正面から立ち向かい、それを自己の思想的人生的課題として問いかけつづけた晶子のような表現者は少ない。その思想的変節をあげつらうよりも、思想の幅を広げ奥行きを深めようとしていた苦闘や挑戦の軌跡をみれば、たとえその晩年が国策に追随する道を邁進したとしても、晶子の内なる思想はたえず能動的創造的であったと、現在の私は考えている。

注

（1）寛晶子から二年後の昭和五年十月に満鉄の招待で満州を旅行した斎藤茂吉は、その見聞記を昭和十五年八月に「満州遊記」として書きのこしている。それによれば、「これ程大規模な世界的な事業を遂行しつつあることを知らなかつた」と大連の印象をのべているが、全体的には茂吉の観察は科学的であり学究的な特性がある。寛晶子と共通するのはかつての欧州体験からアジアを見るという視点である。昭和三年の寛晶子の満州旅行では「親善融和」が第一の目的とされていたが、茂吉は「一言にしていへば、今日の支那の対日政策はただ『排日』の一語を以て蔽ふことが出来る」とし、「日支親善」に強い不信感を抱いていたことがわかる。

（2）太田登「小日山直登資料にみる与謝野晶子」（一）～（六）（「与謝野晶子倶楽部」第1号～9号、平成10年3月～平成14年4月）は、昭和十年前後の与謝野夫妻と満鉄重役である小日山直登との「書簡研究」（香内信子）であるが、小日山の『日満統制経済論』（昭和7年10月、創建社）の「満蒙問題の解決とは、満蒙に於ける我が国の国際的地位の確立である、満蒙に於ける我が国の国際的地位の確立は東洋平和の保持である。」といい、「人道主義を高調し、自由、平等、公正の国是」によって樹立した満州新国家は民族自決の大業であり、理想的な平和国家であるという主張は、寛と晶子における満蒙問題にたいする理解や認識がより〈国策〉的にとらえられることになる大きな補助線であったと考えられる。

たとえば晶子が熱心に提言する日本農民の満州への移植も、小日山の「満州国の移民問題」の議論に導かれたものであろう。

（3）香内信子『与謝野晶子―さまざまな道程』（平成17年8月、一穂社）は、満鉄社員で歌人でもあった西田猪之輔の満州短歌会における事績を綿密に論証している。

（4）『満蒙遊記』によれば、五月十二日、寛と晶子は大連から旅順に入り、日露戦役の戦跡を見学している。悲惨極まりない戦役に永久の「平和」を祈念し、「爾霊山」の二百三高地の頂きに立って、「猶当年の惨状を想像することが出来た」。と同時に、内蒙古の旅は晶子にとって「私は大正元年の五月に浦塩斯徳から汽車に乗つて、二日目の夜明に此駅を通過して外蒙の満州里に向かつた事を思ひ出すのであつた」というように、十六年まえの渡欧への旅を回想させることになった。

（5）服部龍二『日中歴史認識―「田中上奏文」をめぐる相剋　一九二七―二〇一〇』（平成22年2月、東京大学出版会）は、一九二七年七月に田中義一首相が東方会議の成果を昭和天皇に上奏したとされる「田中上奏文」（怪文書）の近代日中関係における歴史的意義を実証的包括的に研究している。

［付記］本稿は、台湾の行政院国家科学委員会の民国九十九年度一〇〇年度研究計画「与謝野晶子研究」の研究助成にもとづくものである。

なお「満州」の表記について、「洲」と「州」を使い分けるべきであるという歴史的問題をふまえたうえで、本稿ではあえて日本の常用漢字表の「州」に統一した。

［補記］本稿は、范淑文編『日本近現代文学に内在する他者としての「中国」』（二〇一二年四月、国立台湾大学出版中心）に所収の拙論「与謝野晶子における中国体験の意味」を若干修正したものである。

なお本稿を書きおえたのちに、平岡敏夫「近代戦記文学と東アジアの問題―子規・鷗外・忠温・広徳から昇平まで―」（群馬県立女子大学「国文学研究」第32号、平成24年3月）から多くの示唆をえることができた。

〔コラム5〕大連の地に建つ晶子詩碑

いまから十四年まえの平成十一年（一九九九）に開催された第五回与謝野晶子短歌文学賞のレセプションで、実行委員会の野崎啓一さんから求められて、中国の大連に晶子の「君死にたまふことなかれ」の詩碑が建つことになった、という話題を披露したことがあった。

そのときは、「中日両国の歴史的な問題があるので、マスコミ関係への報道は一切遠慮してほしい」、という中国の関係者からの強い懇請もあったので、どことなく歯切れのわるい紹介になった。ところが、その翌日の「朝日新聞」（5月24日）の夕刊をみるなりわが目を疑った。その第一面に、「海越え刻む不戦の願い」という大見出しのもとに、「君死にたまふことなかれ」の詩碑が六月下旬に中国・大連の大学に建つことが決定した、ということがじつに詳しく報道されている。

もっともその日の国会で日米防衛協力のための新ガイドラインが最終的に成立する見通しがあったので、「朝日新聞」の記事は大きな反響があった。しかし、今回の詩碑建立にあたって、文字通りの統括責任者である遼寧師範大学の曲維学長補佐（現在は副学長）の立場からすれば、マスコミによって中国側の慎重な配慮がそこなわれることが何よりも憂慮にたえないことであったこともたしかである。

そうした中国と日本のそれぞれの微妙な思惑をそのまま背負いながら、私たち「晶子平和への旅」ツアーの三十三名は、六月二十四日、中国の大連に向けて関西国際空港を飛び立った。

大連空港では曲維教授の出迎えをうけたが、初対面の挨拶もそこそこに、「今回の文学碑は建つまでも大変でしたが、建ってからの方がもっと大変です」と、訴えるように話された。この建碑に職務をかけておられる曲維教授の言葉は重く胸にせまり、あらためて同行講師としての責任を痛感させられた。

六月二十五日の「日本文学碑落成儀式」は、焼けつくような炎天のもと、遼寧師範大学の国際交流センターの中庭でおごそかに行われた。賀大連副市長、何学長、富村俊造団長による文学碑の除幕もとどこおりなくおわり、日本語学科の学生六十人による「君死にたまふことなかれ」の麗しい歌声がひびきわたったとき、交流の輪が一つになった感動をおぼえた。なごやかな昼食会のあと開催された記念セミナーで、講演する機会を与えられた私は、「与謝野晶子の平和思想について」と題して、「君死にたまふことなかれ」が世界平和思想の原点としていまこそ若い人たちに読みなおされるべきであることをのべた。

翌二十六日は、「君死にたまふことなかれ」の舞台となった旅順へと出発した。かつての日露戦争の激戦地「二百三高地」もいまや観光地と化していたが、私たち一行は旅順港をのぞむその高地に立って「君死にたまふことなかれ」を声高らかにうたった。

思えば、およそ七十年まえの昭和三年（一九二八）五月、晶子もまた夫寛とともにこの高地に立ち、

われも立ち士の列伝を説くも立つ旅順の山の二
百三尺

と歌にのこしている。幾万の流血に染められた戦地に立ち、「君死にたまふことなかれ」をうたいながら、大連の遼寧師範大学に建つ詩碑が中日両国の悠久なる友好平和の記念碑として愛されるとともに、世界に向けて平和の歌声がこだましつづけることを願わずにはいられなかった。

晶子における国際性の意味

世界的正義は一切の人間が洩れなく同一の道徳、同一の知識同一の労働、同一の享楽の中に公平に生きることを理想とし、萬事に階級的差別の無いことを要求して居ます。——晶子「国際的正義へ」

1　晶子における国際性とは

与謝野晶子の魅力や偉大さを問われたら、私は「時代を見とおす先見性と国際性である」と答えたい。国際性ということでいえば、今年（平成二十年）も北京オリンピックが閉幕したばかりであるが、オリンピックは世界平和のためのスポーツの祭典といわれる。しかし現実問題として民族主義、国家主義、地域主義などの壁によるトラブルがたえない。たとえば北京オリンピックの聖火リレーにおける中国国内外での多くのボイコットも中国の人権問題が背景にあることは無視できない。いずれにしてもオリンピックは、国家や民族や地域がかかえているさまざまな問題をグローバルな視野で考えることのできる絶好の機会であろう。

そこであらためて〈国際性〉ということを考えてみるならば、たとえば〈国際平和人権都市〉〈国際性豊かなマチづくり〉という行政的発想では説明しきれないきわめて多層的な概念を背負いこんでいることがわかる。近代の女性解放運動にかかわりの深い国際女性デーである三月八日は、一九〇四年＝明治三十七年にニューヨークの女性労働者が参政権を要求してデモを起こしたことを記念するという歴史的意味を背負っている。まさに長い闘争の時間のなかで、国境をこえて女性のたがいに連帯するという意志が国際的な広がりを可能にしたといえよう。その意味では、国家、国民、民族、部族、地域あるいは文化、習俗などという概念そのものが簡単に割り切ることのできないものであるがゆえに、〈国際性〉ということばだけがグローバルにすべてを包括できるという安直な発想によって一人歩きしている傾向もあるが、しかし本来的には〈国際性〉という概念は、時間という歴史的な重みとともにインターナショナリズムとナショナリズムとの相剋や葛藤をとおして、自己の立つ位置と役割を地球規模で意識する異文化理解を基底に据えているといえよう。

晶子は、いわば異文化の力を同時代的に吸収し、自己発展につなげる意欲をもって、愛・自由・平和の尊さを社会的に積極的に提言し、実践することで、のりこえがたい〈国際性〉の壁に真正面から向きあった希有な女性表現者であった。生誕百三十年（平成二十年）のいま、〈国際性〉という観点からその現代的意味を考えてみることも意義があろう。

2　トルストイとの思想的連帯

晶子の先見性や国際性は彼女の旺盛な読書によって培われた。それは独学にひとしいものであるが、「自己の無明闇夜を照す智慧の光明」は晶子にとって読書であった。その読書をとおして源氏物語の王朝的美意識を知り、オイッケン、ハウプトマン、ベルグソンも知ることになった。そうした読書体験によって晶子の知識の目測は世界の同時代人にあてられた。それが晶子の思想形成（同時にその国際性）に決定的な影響を与えたトルストイとロダンであった。

晶子の評論でトルストイの言説が最初に引用されたのは、トルストイ死去の直後に書かれた「婦人と思想」(「太陽」明治44年1月)であった。後年の晶子は、「婦人改造の基礎的考察」(「改造」大正8年4月)で、トルストイが「学問的基礎を与えてくれた第一の恩人」であることを明言している。渡欧前夜の「婦人と思想」から大正デモクラシー期の「婦人改造の基礎的考察」にいたるほぼ十年間の思想的軌跡にたえずトルストイが大きくかかわっていた。岩崎紀美子「内なるトルストイ―与謝野晶子の初期評論を支えたもの―」(奈良女子大学国語国文学会「叙説」第36号、平成21年3月)が緻密に論証しているように、自己の精神的支柱としてトルストイという存在は晶子の生きかたを支配していたといえよう。

その意味で、本書の「晶子における平和思想」で論述したように、「君死にたまふことなかれ」の詩は、すでに堺の駿河屋時代に内在化していたトルストイという存在が、きわめて鮮明に晶子の視界に浮上したことによって、「私の言葉で私の思想を歌ふことが出来た」。

いまあえて細かい傍証をぬきに結論的にいえば、この詩の主題である第三連で、「かたみに人の血を流し／獣の道に死ねよとは」とうたう晶子には、敵味方のへだてをこえて戦争で〈殺し合う〉ことの愚かさを忌避し、平和を希求する人類愛へのまなざしがあった。その晶子のまなざしにゆるぎのない力を与えてくれたのは、ほかならぬ「日露戦争論」を世界に向けて発信していたトルストイとの同時代的共感であったことはたしかである。

3　渡欧体験は近代彫刻の巨匠ロダン体験でもあった

晶子じしんの人格形成のうえでトルストイは大きな影響を与えた思想家であった。そしてもうひとりロダンという芸術家の存在を忘れることはできない。

フランスでロダンに師事した彫刻家の荻原守衛が帰国したのが明治四十一年二月であった。おなじくロダンに傾倒していた高村光太郎が欧米の旅から帰国したのが翌四十二年六月であった。イタリア、フランスで欧州の新しい芸術運動を摂取した有島生馬がパリから帰国したのが翌々年の四十三年二月であった。このように若い芸術家たちによって日露戦争後の日本社会に移入されたロダン熱は、新世代の武者小路実篤、志賀直哉などが明治四十三年十一月「白樺」で「ロダン特集号」を編集し、さらに四十五年二月にはロダン展を開催するにいたるロダン旋風へと発展した。そうした新芸術の熱気や刺激に煽られるように四十四年十一月に夫の寛は渡欧したが、当然のように偉大な芸術家であるロダンが生きている欧州へのあこがれは晶子の感受性をはげしく揺さぶっていた。

晶子における〈国際性〉という主題からいえば、その思想的文学的生涯において重大な転機となったヨーロッパへの旅を見のがすわけにはいかない。逆にいえば、渡欧前夜の晶子は、つぎの第九歌集『春泥集』（明治44年1月）の作品世界でうたうように、ひとりの女性としてのありかたに苦悩していた。

相よりてものの哀れを語りつとほのかに覚ゆそのかみのこと
わが頼む男の心うごくより寂しきはなし目には見えねど
三十路などそらはづかしき年かぞへ君がかたへにあらじと思ひぬ
三十路をば越していよいよ自らの愛づべきを知りくろ髪を梳く
五人ははぐくみ難しかく云ひて肩のしこりの泣く夜となりぬ

たしかに「君死にたまふことなかれ」以後の晶子にたいする文壇的評価は年ごとに高まり、太田水穂が明治四十三年の短歌滅亡論議に関連し、「今は晶子氏の書いた地図をそのままで置くか、置かぬかの際疾い一期である」(「疑問の解決と個性の質量―形式保存と新しき内容―」「創作」明治43年10月)と言明したように、歌人晶子は時代の頂点を極める位置にいた。さらに『春泥集』の巻頭に添えられた上田敏の「日本歌壇における与謝野夫人は、古の紫式部、清少納言、赤染衛門等はものかは、新古今集中の女詩人、かの俊成が女に比して優るとも劣ることがない。日本女詩人の第一人、後世は必ず晶子夫人を以て明治の光栄の一とするだろう。」という讃辞にあふれた序文もそのことを証明している。そうした評価と期待に呼応するように渡欧前夜の晶子は、第一評論集『一隅より』(明治44年7月)と第十歌集『青海波』(明治45年1月)などを刊行し、女性表現者として多彩な発展性を発揮していた。

たとえば『一隅より』に所収の「婦人と思想」(「太陽」明治44年1月)は評論家晶子の出発を記念する画期的な評論である。日露戦争をふりかえり、「戦争の名は如何様に美くしかつたにせよ、真実をいへば世界の文明の中心思想に縁遠い野蛮性の発揮ではなかつたか、というやうな細心の反省と批判とを徐ろに考へる人は少ないのである」とのべる晶子の〈思想〉の根本は、女性じしんの人間としての覚醒、自立をめざすことにあった。しかしその方向性と対峙するかのように存在したのが寛という「夫」「男」の論理や言動であった。ひとりの女性としてのありかたに苦悩していた、というゆえんがそこにあった。

4　ロダンとの出会いが晶子の芸術観を決定した

晶子が夫の寛を追いかけるようにしてシベリア鉄道を経由してフランスの首都パリに到着したのは、明治四十五年五月十九日であった。そしてほぼ一月後の六月十八日には寛とともにロダンの家を訪問している。それはまさに運命的な出会いであった。

その運命的な出会いについて、晶子は帰国後につぎのように回想している。

「私がロダン翁にお目にかかつたのは、一九一二年（大正元年）六月十八日の午後でした。」

「翁は立つて手づから椅子を配置されました。席は中央の大きな卓を前にして、斜めに半円形を描き、私、翁、公爵夫人、良人、松岡といふ順に並びました。銀髪の翁は、鼠色のアルパカの上衣に黒いヅボンを着け、鼻眼鏡を掛けて、大きなフオトイユに凭れ、七十余歳とは見えないまで、赤味を帯びた血色の好い豊かな両方の頬に、たえず太洋のうねりのやうな大きい微笑を浮かべて語られるのでした。」

「何物も包容した偉大な愛です。（略）国境と種族とを超過した世界の真人だといふ気がします。（略）翁は厳粛も、雄大も、優雅も、高潔も、繊細も、情欲も、苦悶も、その他の何物も寛容してあまさない絶対の愛そのものの実現です。」

「こんなに大きく強い、汚《けが》されない、自由な、生地のままのやうな巨人が地上にある。私はその巨人と時を同じくして生きている。その上、私はその巨人と面接することができた。私はまたそれを思ふと、まつたく自分の無知無力の恥を忘れて、自分の幸福の大きさに感激しないでいられません。」

「ロダン夫人から頂いた花束の枯れたのが近頃反古にまじつて出てきました。私はその枯れた花を庭に棄てて日本の土がそれだけ豊富になりかつ浄まつたという意味の詩を作りました。」

（「ロダン翁に逢つた日」「新潮」大正5年6月）

そして晶子が「私はその枯れた花を庭に棄てて日本の土がそれだけ豊富になりかつ浄まつたという意味の詩を作りました。」という、記念すべき詩を紹介しておこう。

「ロダン夫人の賜へる花束」
とある一つの抽斗《ひきだし》を開きて、
旅の記念の絵葉書をまさぐれば、
その下より巴里の新聞に包みたる、
色褪《あ》せし花束は現れぬ。
おお、ロダン先生の庭の薔薇のいろいろ……
我等二人はその日をいかで忘れん、
白髪まじれる金髪の老貴女、
闊き梔花色の上衣を被りたる、
けだかくも優しきロダン夫人は、
みづから庭に下りて、
露おく中に摘みたまひ、
我をかき抱きつつ之を取らせ給ひき。

花束よ、尊く、なつかしき花束よ、
其日の幸ひは猶我等が心に新しきを、
纔《わずか》に三年の時は
無残にも、汝を
埃及のミイラに巻ける
五千年前の朽ちし布の
すさまじき茶褐色に等しからしむ。

われは良人を呼びて、
曽て其日の帰路
夫人が我等を載せて送らせ給ひし
ロダン先生の馬車の上にて、
今一人の友と三人
感激の中に嗅ぎ合ひし如く、
額を寄せて嗅がんとすれば、
花は臨終の人の歎く如く、
つと仄《ほの》かなる香を立てながら、

二人の手の上に
さながら焦げたる紙の如く、
あはれ、悲し、
めらめらと砕け散りぬ。

おお、われは斯かる時、
必ず冷やかにあり難し、
我等が歓楽も今は
此花と共に空しくやなるらむ。
許したまへ、
涙を拭ふを。

良人は云ひぬ、
「わが庭の薔薇の下に
この花の灰を撒けよ、
日本の土が
之に由りて浄まるは
印度の古き仏の牙を

教徒の齎《もた》らせるに勝らん」と

この「ロダン夫人の賜へる花束」（「文章世界」大正5年7月）という詩にしても、「ロダン翁に逢つた日」という回想記にしても、いずれも晶子の真実の声であった。晶子にとってロダンという存在は偉大な芸術作品そのものであった。「私はロダンの芸術の偉大なのは、フランス人の心強い生活が背景となつて、ロダンの天才を生んだからだと思つています。」（「二人の女の対話」「東京朝日新聞」大正3年11月4日～11月28日）というように、あるいは「私はロダン先生の議論―先生においては家常の談話―が常に簡素化され結晶化された無韻詩の体であるのを、私の性癖から敬慕している。」（「鏡心燈語」「太陽」大正4年1月、2月）とのべるように、さらに「ロダンは芸術を透して真実の全体をしつかりと抱いて居ます。それよりも真実とロダンとは同じものであるらしく見えます。ロダンの歓喜は禅家で云ふ言亡慮絶の絶対玄妙の境にあるらしく思はれます。」（「真実へ」「女学世界」大正6年4月）と語るように、渡欧体験によってもたらされたロダン体験は、晶子における芸術観ひいては〈国際性〉の基盤をゆるぎのないものにしたといえよう。

5　日本を愛する心と世界を愛する心

晶子じしんがいうように「欧州の旅行から帰つて以来、私の注意と興味とは芸術の方面よりも実際生活に繋がつた思想問題と具体的問題とに向かうことが多くなつた。」（「鏡心燈語」）ことは事実である。そのまえがきで「さきに公にした『一隅より』の姉妹篇としてお読み下さい。もつとも『一隅より』の時に比べて自分の思想に多大の変化のあつたことはこの書が語つております」としるした第二評論集『雑記帳』（大正4年5月）の巻頭に、「序に代へて、自分の近頃の思想を適切に表現した」という詩「エトワアルの広場」が掲載されている。その一節を紹介しておこう。

この時、わたしに、突然、
何とも言ひやうのない
叡智《えいち》と威力とが内から湧いて、
わたしの全身を生きた鋼鉄の人にした。
そして日傘《パラソル》と嚢《サツク》とを提げたわたしは
決然として、馬車、自動車、
乗合馬車、乗合自動車の渦の中を真直に横ぎり、
あわてず、走らず、
逡巡せずに進んだ。
それは仏蘭西の男女の歩くが如くに歩いたのであつた。

この詩にいう「叡智と威力とが内から湧いて、／わたしの全身を生きた鋼鉄の人にした。」は、異文化体験の衝撃の激しさを物語っている。そして「自由に歩む者は聡明な律を各自に案出して歩んで行くものである」ことを発見した晶子は、寛という「夫」「男」の論理や言動によってひとりの女性として苦悩していた渡欧前の晶子とはあ

きらかに変化していた。さらに先に引用した「二人の女の対話」では、晶子の分身とおぼしき第二の女が、「私は日本を憎んだり蔑んだりする感情が先に立つて、日本に生まれたといふことを寧ろ運命に咀《のろ》はれたのだと思つています。」と発言する若い独身女性である第一の女にたいして、つぎのように反論する。

「私が国民性を悲観しないと云つたのは、日本人の肉に強烈な生活意志が潜在して居ることを信じるからです。」

「新しい刺激に逢つて新しい変わり花が突発する植物の様に、世界の刺激を受けることが劇しい丈、日本人の創造力も激変するに違ひないのですから、私はあなたのやうに日本人の体質を基礎に将来の生活を悲観しようとは思ひません。」

「自分の肉から日本を切り離して考へることの出来ない私は、自分の生活が不満だらけである以上、日本の現在に対して沢山の不満があります。（略）曽て支那印度の文明に接触してすら日本人は可なり自己を肥やすことが出来たのですもの、此の表面の流行が段々と広く深く内部へ沁み通つて行つたら、何かの機勢で現在の妥協生活を根本から改めることが出来はしないでせうか。」

この「二人の女の対話」における第二の女が主張する日本論、日本人論が、「私は世界に国する中で私自身に取つて最も日本の愛すべきことを知つた。私自身を愛する以上は私と私の同民族の住んでいる日本を愛せずにはいられないことを知つた。そして日本を愛する心と世界を愛する心との抵触しないことを私の内に経験した。（略）痴鈍な私は幾多の迷路を迂回して今頃やうやく祖国の上に熱愛を捧げる一人の日本人となつた。」という「鏡心燈語」

の思想的文脈に密接にかさなるものであることはいうまでもない。

つまり〈国際性〉という多層的な壁に激突した渡欧後の晶子の真実の声が聞こえてくるようだ。晶子は「私の心は世界から日本へ帰つて来た。」ともいうが、あきらかに「日本」の「国民性」とかかわるナショナリズムの地平に立脚していることが理解できる。

6　世界平和思想の確立をめざして

もとよりナショナリズムの地平に立脚しているというのは偏狭な国家主義、日本主義、愛国主義ではなく、「日本を愛する心と世界を愛する心」を融合し統率する相対的な視座がその根幹にあった。というものの「日本民族の一人」であり、「世界人類の一人」であるという自覚をもって、実際生活の全般を観察し判断することは容易ではない。その容易ならざる難問にたいして、大正期の晶子は全力で立ち向かった。

その大正期における晶子の言動について、「晶子における〈生きかた〉と〈暮らしかた〉の問題」とかさなるが、〈晶子における国際性〉の核心にふれるために、つぎの三点について言及しておきたい。

（1）宇宙を包容する愛

何がために生きているのかを知らずに盲目的な日送りをしていた私達は何よりも先づ自分の生きて行きたいと望む意欲が人生の基礎であり、その意欲を実現することが人生の目的であることを徹底して知るのが第一です。自己の絶対的尊厳の意味もそれで了解されます。何時でも自己が主で、家庭生活も社会生活も自己の幸福のために人間の作為するものであるといふことを知るのが同時に必要です。目の開いた人間の意欲は狭い利己主義の自己にのみ停滞していません。それらの機関を善用して家庭生活、社会生活、国家生活および世界的生活までを自己の内容に取り入れ、最初は五尺大であつた自己を宇宙大の自己にまで延長するために必要な自由を欲し、自己以外の権威に圧制されることを欲しません。

（「婦人改造と高等教育」「大阪毎日新聞」大正5年1月1日）

（2） **博愛的人道的世界主義**

私達は個人として、国民として、世界人としてといふ三つの面を持ちながら、それが一体であるといふ生活を意識的に実現したい。誰も無意識的には、また偶然的にはこの三面一体の生活の中に出つ入りつしているのですが、それを明らかに意識するとともに、できるだけ完全にその三面が一体である生活を築いて行きたいと思ふのです。

（「三面一体の生活へ」「太陽」大正7年1月）

（3） **シベリア出兵への異議**

先づ私の戦争観を述べます。「兵は凶器なり」といふ支那の古諺にも、戦争を以て「正義人道を亡ぼす暴力なり」とするトルストイの抗議にも私は無条件に同意する者です。

（「何故の出兵か」「横浜貿易新報」大正7年3月17日）

（1）の「宇宙を包容する愛」とは、人生の基礎は「生きて行きたいという意欲」にあり、それは狭小な利己主義的なものではなく「世界的生活」を視野に入れたものであり、同時にそれは「愛」そのものであり、「宇宙を包容する愛」でなければならないという晶子の人間観であった。（2）の「博愛的人道的世界主義」とは、第一次世界大戦という戦時体験によって獲得された晶子の〈世界平和〉への理念であった。個人としての「個人生活」、国民としての「国民生活」、世界人としての「世界生活」の三面が協同、連関、融和することによって、世界人類の幸福が実現する。〈平和思想〉の対極にある〈戦争〉〈国民皆兵主義〉〈侵略主義〉〈征服主義〉が「世界人類の幸福を破壊する動力」となることを警告する晶子であった。

しかしそうした晶子の警告と逆行するように、大正四年一月の中国にたいする二十一か条の要求以来、大陸の利権をめぐる日本政府の強硬な姿勢は、七年八月のシベリア出兵の宣言を導くことになった。軍国主義、侵略主義のための〈戦争〉につながるシベリア出兵にたいして「あくまでも反対しようと思つております。」という晶子の思想的基盤は、当時の吉野作造らによって牽引された大正デモクラシーの思潮と合流しながらより強化されていった。

7 『満蒙遊記』と『街頭に送る』とが意味するもの

昭和という時代は〈戦争〉の時代でもあった。晶子の〈世界平和思想〉の理念を後方に追いやるように、日本帝国は軍国主義、侵略主義の嵐に巻きこまれていく。昭和三年五月五日から六月十七日にかけて南満州鉄道（満鉄）の招聘で晶子と夫の寛は、当時の満州（中国東北部）と蒙古（モンゴル）への旅にでかけた。このいわゆる満蒙旅行の思想的意味については、本書の「アジア体験の意味―晶子における一九二八年」のなかで論述したので、昭和七年三月の満州国の建国以後の国策に同調する思想的立場へと転回する転機になったことだけを強調しておきたい。

『街頭に送る』扉

紀行文集『満蒙遊記』（昭和5年5月）にしたがえば、満州の緊迫した空気を鋭敏に感じとった晶子は、日本人として中国人として世界人としての立場から「日本を世界から孤立させる結果になりはしないか」という危惧を抱いていた。その晶子の危惧が昭和三年（一九二八）六月四日の張作霖爆殺事件として現実化された。

「六月四日になつた。（略）突発した張作霖の爆死事件は、私達の心象を兎角新聞記者的旅行の観察に偏せしめようとするに至つた。」と書き、

その半焦《なかば》げたる汽車に将軍のもて遊びたる紙牌《しはい》の白し

とうたう晶子は、帰国後に、「愛と人間性」（「横浜貿易新報」昭和4年3月3日）のなかで、昭和二年五月の第一次山東出兵、三年四月の第二次山東出兵を決定した田中義一内閣の対中国政策を痛烈に批判している。

愛を小部分に偏在させてはならない。一地方、一帝国に仕切らず、人種と国境とを越えて、共存共栄の生活を眼中に置くべき時代が到来したのに気づかない国民は、外交的にも経済的にも孤立し、民族としての自己生存

を危うくするであらう。田中内閣の対支外交は南方においても満蒙においても、この意味から現に最も露骨な実物教授を受けてゐる。これは田中内閣のみの問題ではない。平生隣邦の人間の生存に対する国民の愛の不足が、特に田中氏等の帝国主義的妄動を透して彼の国の人心に反映したのではないか。

この「愛と人間性」という文章は、第十四評論集『街頭に送る』（昭和6年2月）に収録されるが、しかし「人が互いに愛するには、人間性の全部を包容しなければならない。」「愛に和らげられた心があれば、世情が粗暴に傾かない。」という純粋な人間愛の発露によって、「日本を世界から孤立させ」ないで「民族としての自己生存」をはかろうとした晶子のインターナショナルな視座は、この時期から後退していかざるをえなくなる。昭和六年九月の満州事変、翌七年三月の満州国の建国宣言を境に、民族愛祖国愛に根ざした発言が多くなる。渡欧後に「祖国の上に熱愛を捧げる一人の日本人となつた」というナショナリズムの地平におり立ったように、満州への旅はふたたびナショナルな視角を晶子にもたらす契機となったことは否定できない。

〈戦争〉の必然を断定し〈平和思想〉を空想視することは眼前の狭い考えである、あるいは〈戦争〉の惨禍が逆に〈平和思想〉の実現を促進するものである、という大正期の晶子の理念とはかけはなれた昭和期の晶子の変貌じたいに、冒頭にのべた〈国際性〉を論ずることの困難さがある。ただこれだけは明言できる。明治、大正、昭和という〈戦争〉の時代を生きた晶子は、インターナショナリズムとナショナリズムとの相剋や葛藤をとおして、みずからの〈国際性〉を螺旋状に発展させようとする意志だけは最期まで持続していたといえよう。

［付記］本稿の「6　世界平和思想の確立をめざして」以降の文脈は、論文集『二〇一〇年度「国際日本語教育研究」国際シンポジウム―台湾・日本・韓国における日本語教育の現状と発展』（静宜大学日本語文学系、台湾日語教育学会）所収の「与謝野晶子の平和思想について」の一部分を取りこんでいることを断っておきたい。

［補記］本稿は、堺女性大学一般教養講座（堺市立女性センター事業第29回堺女性大学主催、平成20年9月3日、堺市立女性センター）における講演「与謝野晶子の国際性に学ぶ」の草稿をもとに、書きおろしたものである。

初出一覧

与謝野研究のための道標　「与謝野晶子の世界」創刊号（二〇一〇年十二月）

Ⅰ　編集者鉄幹と表現者晶子　――才気と天分の恩寵――

和歌革新の旗手鉄幹　「与謝野晶子倶楽部」第九号（二〇〇二年四月）

「明星」の女性歌人たちと鉄幹　「与謝野晶子倶楽部」第十三号（二〇〇四年三月）

編集者鉄幹の才気　――『東西南北』から『紫』へ――　「与謝野晶子倶楽部」第十七号（二〇〇六年三月）

窪田空穂の文学的出発と鉄幹　書き下ろし

啄木誕生と鉄幹の存在　「台大日本語文研究」第十八期（二〇〇九年十二月）

歌集『相聞』の短歌史的意味　書き下ろし

近代女性表現者としての自立　――〈かひなき女〉から〈われは女ぞ〉への飛躍――　書き下ろし

〈産む性〉の自覚と飛躍

社団法人奈良県看護協会主催の講演会における講演原稿を修正（二〇〇四年五月十七日）

Ⅱ　異文化体験の反響　――ナショナリズムとインターナショナリズムの衝撃――

晶子における平和思想　――「君死にたまふことなかれ」をめぐって――
論文集『二〇一〇年度「台湾日語教育研究」国際学術研討会』（二〇一〇年十二月、台湾日語教育学会、静宜大学日本語文学系）

晶子における大正デモクラシー
書き下ろし

晶子における〈生きかた〉と〈暮らしかた〉の問題
「与謝野晶子倶楽部」第十九号（二〇〇七年三月）

ヨーロッパ体験の意味　――晶子における一九一九年――
書き下ろし

アジア体験の意味　――晶子における一九二八年――
范淑文編『日本近現代文学に内在する他者としての「中国」』（二〇一二年四月、国立台湾大学出版中心）所収の「与謝野晶子における中国体験の意味」

晶子における国際性の意味
書き下ろし

あとがき

――さらなる研究と顕彰に向けて――

与謝野研究を本格的にこころざしたのは、平成九年五月に設立した与謝野晶子倶楽部の運営と活動にかかわるようになってからのことです。もともと研究じたいは個にして孤なる知的作業ですが、とりわけ文学研究はその傾向が強いように思われます。しかし「文学はだれのためにあるのか」という問いかけをみずからにすれば、おのずからあきらかなようにあらゆる研究は現実社会に生きている人びととの対話を大切にしなければなりません。その意味では、私の与謝野研究の生みの親であり育ての親は与謝野晶子倶楽部という存在でした。そしてそのことをはっきりと意識したのは、富村俊造さんを団長とした「晶子と平和の旅」に参加したときのことです。平成十一年（一九九九）六月二十五日、中国の遼寧師範大学における「日本文学碑落成儀式」で、富村団長は「大連に「君死にたまふことなかれ」詩碑建立を実現して」と題して、つぎのような挨拶をされました。

この度、与謝野晶子詩碑「君死にたまふことなかれ」が念願の中国大連市の遼寧師範大学国際センターに建立されたことについては、幾多の困難と数多の人びとの並々ならぬご尽力、ご支援の賜で、至上の喜びであります。思い起こせば、五年前の一九九四年に、晶子が反戦の思いを歌った詩「君死にたまふことなかれ」が発表されて九十年になったのを記念して、遼寧師範大学を訪問、この詩を刻んだ銅板を寄贈しました。私としては、人類不戦の誓いを子々孫々に伝えるとともに、聖戦の名の下に中国人民に多大の苦難と損害を与えたことへの謝罪の気持を表したかったからにほかなりません。そうした私の申し出にたいし、過去の不幸は忘れず、それを教訓にして今後は良き友人になろうと、実に優しく心に響く対応を受け、あらためてその心の広さに一同大いに感動いたしました。

九十六歳とは思えない気迫にみちた「ことば」のおもみに「こころ」をうたれた私は、与謝野研究はいわば社会的対話ともいうべき顕彰運動と一体化することによって、その研究に広がりと深まりがもたらされると考えました。

さらにいえばその対話と交流の広場は、国内にとどまらず広く海外にまで発展させる必要があります。いま晶子の顕彰事業に積極的にとりくんでいる堺市では、文化観光拠点の一環として「与謝野晶子顕彰施設」の建設を構想中である、ときいています。その顕彰施設が実現すれば、国際的なネットワークの形成によって与謝野研究も大いに飛躍することが期待されます。そのときこそ私の持論でもある「堺の晶子から世界の晶子へ」という研究と顕彰の指針がゆるぎないものになることでしょう。

ところで二〇〇九年二月から台湾大学日本語文学系教授として、台湾の学生に日本文学や日本文化を教えていますが、異文化体験や異文化理解ということを現実の問題として学生とともに考え学ぶことのできる教室は、慣れ親しんだ日本語が外国語であり日本文学が外国文学であるという発見とともに、多くの貴重な知見を私の与謝野研究にもたらしてくれました。さらに台湾の行政院国家科学委員会からの「与謝野晶子研究1」（二〇一〇・八・一～二〇一一・七・三一）、「与謝野晶子研究2」（二〇一一・八・一～二〇一二・

七・三二）にたいする研究助成も、台湾における私の与謝野研究にとって大きな弾みになりました。

本書の「はじめに」にのべたように、先行の学恩に導かれながら編集者としての寛の才気と表現者としての晶子の天分との相関性を論証しましたが、論及不足の問題点も多くのこりました。昭和期の寛と晶子におけるナショナリズムへの傾斜については、さらなる検討が必要であると考えています。皆さまのご批正ご教示をお願い申し上げます。

最後になりましたが、本書をまとめるにあたって多くの方々にお世話になりました。ご推薦の辞をいただいた与謝野晶子倶楽部の難波利三会長、たえずあたたかい激励をいただいた与謝野晶子倶楽部の運営委員の皆さまに心から感謝を申し上げます。また主任の陳明姿教授と前主任の徐興慶教授をはじめとする台湾大学日本語文学系の諸先生、事務室の皆さま、学生諸君には、ことばには尽くせない力添えをいただきました。ありがとうございました。カバーの装画・デザインは、mograg garage の沖中祥威さんと太田素子さんに協力いただきました。さらに八木書店古書出版部の八木壮一会長、同出版部企画編集課の金子道男氏には格別のご配慮をいただきました。厚くお礼を申し上げます。

二〇一三年四月十九日

太田　登

【著者略歴】
太 田 登（おおた のぼる）
1947年 奈良市に生まれる
1971年 天理大学文学部国文学国語学科卒業
1977年 立教大学大学院博士課程修了
2005年 文学博士（立命館大学）
現 在 天理大学名誉教授・台湾大学教授
著 書 『啄木短歌論考 抒情の軌跡』（1991年 八木書店）
『日本近代短歌史の構築―晶子・啄木・八一・茂吉・佐美雄―』
（2006年 八木書店）
共編著 『奈良近代文学事典』（1989年 和泉書院）
『漱石作品論集成』（1990-91年 おうふう）
『一握の砂―啄木短歌の世界』（1994年 世界思想社）

与謝野寛晶子論考《よさのひろしあきころんこう》 **―寛**《ひろし》**の才気**《さいき》**・晶子**《あきこ》**の天分**《てんぶん》**―**

2013年5月29日 初版第一刷発行 定価（本体3,800円＋税）

著者 太 田 登

発行所 株式会社 八木書店 古書出版部
代表 八 木 乾 二
〒101-0052 東京都千代田区神田小川町3-8
電話 03-3291-2969（編集） -6300（FAX）
発売元 株式会社 八 木 書 店
〒101-0052 東京都千代田区神田小川町3-8
電話 03-3291-2961（営業） -6300（FAX）
http://www.books-yagi.co.jp/pub/
E-mail pub@books-yagi.co.jp

印 刷 上毛印刷
製 本 博勝堂
用 紙 中性紙使用

ISBN978-4-8406-9688-3

索　　引

＊この索引は、本文、章題、エピグラフ、引用文、注記、付記、補記のうち、主要な「人名」、全集・単行本・新聞・雑誌などの「書名」、小説・評論などの「作品名」、結社・論争・事件などの「事項」を50音順に配列した。
＊ただし、「与謝野鉄幹」「与謝野寛」「与謝野晶子」の項目は省略した。
＊本名・筆名・別号などが重複する場合は、「小中村義象」（池辺義象）とした。
＊新聞・雑誌、作品名、論文名は「　　」、単行本・全集・叢書などは『　　』で示した。
＊書名の見出し語は、原則として副題を省略した。
＊同一書名の場合は、『石川啄木』〔金田一京助〕、『石川啄木』〔今井泰子〕とし、独立項目にした。
＊事項のうち、見出し語がいくつかある場合は、「子規鉄幹不可並称（子規鉄幹不可並称の論議、不可並称）」とした。
＊見出し語のうち、関連する項目については、「関西文学」（「よしあし草」も参照）とし、「欧州体験　→ヨーロッパ体験」とした。

【あ】

【い】

【う】

【く】

【け】

【こ】

【さ】

【ね】

【の】

【は】

【ひ】

与謝野寛・晶子年譜

年号	年齢	寛	年齢	晶子
明治６ 1873	1	２月26日、山城国愛宕郡岡崎村（現在の京都市左京区）の西本願寺派願成寺に、父与謝野礼厳（浄土真宗の僧侶）、母ハツヱ（京都の商家の娘）の四男として生まれる。本名寛。		
明治11 1878	6	願成寺、廃寺となる。	1	12月７日、堺県堺区（現在の大阪府堺市）甲斐町の菓子商駿河屋二代目父鳳宗七と母つねの三女として生まれる。本名志よう。
明治13 1880	8	父が西本願寺より鹿児島へ布教監督を命じられ赴任。それに伴い鹿児島市名山小学校に転校し、同市の漢学塾に通う。	3	
明治15 1882	10		5	早教育を欲する宗七の希望で、堺市宿院尋常小学校に入学するが、続かず休学。
明治17 1884	12	６月、大阪府住吉郡（現在の大阪市住吉区）遠里小野村の安藤秀乗（安養寺）の養子になり、安藤姓を名乗る。 この頃から澄軒逸史、鉄雷道人などの雅号で漢詩を発表する。	7	堺の宿院尋常小学校に再入学。
明治19 1886	14		9	堺市にある樋口朱陽の漢学塾に通い、論語などを受講。
明治20 1887	15	９月ごろ、養家を出奔し、岡山市外の国富村の安住院の住職であった長兄和田大円の許に身を寄せるか。	10	

与謝野寛・晶子年譜

年号	年齢	寛	年齢	晶子
明治21 1888	16	10月末から11月初めに、京都にいる父の許に帰るか。	11	３月、宿院小学校卒業。 ４月、高等小学校に入り。その後、新設の堺女学校（現在の大阪府立泉陽高等学校）に入学。
明治22 1889	17	夏ごろ、山口県徳山市の徳応寺住職の二兄赤松照幢の許に赴き、照幢が経営する「白蓮女学校」（徳山女学校）の国語、漢文の教師となる。二兄が関係する「山口県積善会雑誌」の編集にも携わる。 森鷗外の雑誌「柵草紙」に親しみ、落合直文の著作を読む。	12	この頃、家業を手伝いながら、古典籍を愛読。
明治23 1890	18	５月29日、得度、法号「礼譲」。 ９月、徳応寺の機関誌「善のみちびき」第１号に、初めて「鉄幹生」の署名で和歌を発表（第２号では「鉄幹居士」と署名）。	13	
明治24 1891	19	６月、安藤秀乗との養子縁組みを解消。	14	
明治25 1892	20	２月、山口県積善会から『みなし児』刊行。 ８月、父の意に背くが、母は東京に出て「苦学」することを勧める。 ９月、上京。落合直文に師事し、直文の紹介で森鷗外を知る。 12月、文学雑誌「鳳雛」創刊（１号のみ）	15	堺女学校卒業。同校補習科へ進学。
明治26 1893	21	２月、落合直文宅に寄食、「浅香社」の創立に参画。	16	

年号	年齢	寛	年齢	晶子
明治26 1893	21	７月から８月、鮎貝槐園とともに仙台松島に遊び、「松風島月」を新聞「日本」に連載。 10月頃から「鉄幹」の号を再び用い、「二六新報」に入社、大陸経営に志を寄せる国粋志士と共感する。	16	
明治27 1894	22	５月10日から18日、歌論「亡国の音」を「二六新報」に連載。 ８月、翌年にかけて「二六新報」に勇壮な詩歌を盛んに発表。	17	堺女学校補習科卒業。 『源氏物語』などの古典や島崎藤村、北村透谷、樋口一葉らの近代文学に親しむ。
	８月、日清戦争勃発。			
明治28 1895	23	４月、「二六新報」を辞め、朝鮮半島に渡る。京城（ソウル）にいる鮎貝槐園に招かれ乙未義塾の教師となる。その途次に大阪に立ち寄り、河井酔茗、河野鉄南に会う。 10月、閔妃殺害事件が起こり、広島へ護送されるが釈放。 11月、再び京城（ソウル）に赴く。	18	９月、「文芸倶楽部」に投稿した歌が載る。
明治29 1896	24	３月、朝鮮から帰国し、明治書院の『中等国文読本』の編集に従事。 ７月、詩歌集『東西南北』を刊行。落合直文編の国語辞典『ことばの泉』の編集主任となる。 ９月、母ハツヱ死去。正岡子規、佐佐木信綱らと「新体詩会」発足。	19	「堺敷島会」に入会。短歌を発表しはじめる。 翌年３月までに18首が採用される。
明治30 1897	25	１月、詩歌集『天地玄黄』を刊行。夏に三度目の朝鮮行き。	20	

<table>
<tr><th>年号</th><th>年齢</th><th>寛</th><th>年齢</th><th>晶子</th></tr>
<tr><td>明治30
1897</td><td colspan="4">1月、正岡子規が「ホトトギス」創刊。7月、関西青年文学会の機関誌「よしあし草」創刊（後に「関西文学」と改題、明治34年2月に終刊）。</td></tr>
<tr><td>明治31
1898</td><td>26</td><td>8月17日、父礼厳死去。与謝野家を継ぐ。
この頃に徳山女学校の教え子浅田サタと結ばれるか。</td><td>21</td><td>4月10日、「読売新聞」に掲載された鉄幹の歌に刺激を受ける。</td></tr>
<tr><td>明治32
1899</td><td>27</td><td>3月、高師の浜にて河井酔茗らと交歓した後、徳山に赴く。「よしあし草」に作品を発表する。
8月6日、浅田サタとの間にフキコ誕生（9月にフキコが死亡し、間もなくサタと別れる）。
10月、徳山女学校の教え子林タキノと東京で同棲。
11月、東京新詩社を創立。</td><td>22</td><td>2月、「関西青年文学会堺支部」に入会し、「よしあし草」11号に、鳳小舟の名で新体詩「春月」を発表。</td></tr>
<tr><td rowspan="2">明治33
1900</td><td>28</td><td>4月、新詩社機関誌「明星」創刊（明治41年100号で終刊）
9月23日、タキノとの間に萃が誕生。
10月末、徳山の林家に赴き、タキノと萃の入籍問題について話し合うが不調。
11月、「明星」第8号発禁処分受ける。</td><td>23</td><td>1月、「よしあし草」の新年会で覚応寺の河野鉄南と知り合う。
5月、「明星」第2号に短歌「花がたみ」六首が掲載される。</td></tr>
<tr><td colspan="4">8月、寛が文学講演会のために大阪に向かい、はじめて晶子と出会う。
9月、子規鉄幹不可並称の論議おこる。
11月、鉄幹、晶子、山川登美子の三人は、京都永観堂の紅葉を観賞し、粟田山に一泊。
この年、パリ万国博覧会開催。</td></tr>
<tr><td>明治34
1901</td><td>29</td><td>1月、神戸で開催された「関西文学」同人の新年大会に出席。
3月、詩歌文集『鉄幹子』を</td><td>24</td><td>6月10日、晶子単身で上京し、鉄幹宅に身を寄せる。
8月、鳳晶子の名で、第一歌集『みだれ髪』を刊行。</td></tr>
</table>

<table>
<tr><th>年号</th><th>年齢</th><th>寛</th><th>年齢</th><th>晶子</th></tr>
<tr><td rowspan="2">明治34
1901</td><td>29</td><td>刊行。この頃『文壇照魔鏡第一与謝野鉄幹』が刊行され打撃を受ける。
４月、詩歌集『紫』を刊行。
９月、林タキノと離婚。</td><td>24</td><td></td></tr>
<tr><td colspan="4">１月、鉄幹と晶子は京都で再遊。
９月、木村鷹太郎を仲人に立てて、与謝野寛、鳳晶子は結婚。
この年、ニイチェ主義の論議が盛んになる。</td></tr>
<tr><td rowspan="2">明治35
1902</td><td>30</td><td>６月、歌論書『新派和歌大要』を刊行。12月、詩歌文集『うもれ木』を刊行。</td><td>25</td><td>１月、与謝野姓へ入籍。</td></tr>
<tr><td colspan="4">１月、大阪における「文学同好者大会」に出席するため、鉄幹、晶子は西下し、晶子は堺の実家に帰省。
９月、正岡子規死去。
11月、長男光誕生。</td></tr>
<tr><td rowspan="2">明治36
1903</td><td>31</td><td>12月、落合直文死去。門生を代表して弔詞を読む。</td><td>26</td><td>９月、父鳳宗七死去。</td></tr>
<tr><td colspan="4">11月、幸徳秋水、堺利彦ら平民社を結成、週刊「平民新聞」創刊。</td></tr>
<tr><td rowspan="2">明治37
1904</td><td>32</td><td>５月、落合直文遺稿歌集『萩之家遺稿』を刊行。</td><td>27</td><td>１月、第二歌集『小扇』を刊行。
９月、出征中の弟を気遣って、「明星」に詩「君死にたまふこと勿れ」を発表。</td></tr>
<tr><td colspan="4">２月、日露戦争勃発。
５月、共著の詩歌集『毒草』刊行。
７月、二男秀誕生。
「君死にたまふこと勿れ」をめぐって、大町桂月と論争。</td></tr>
<tr><td>明治38
1905</td><td>33</td><td>５月ごろより鉄幹の雅号を廃し、本名の寛を名乗る。</td><td>28</td><td>１月、山川登美子、増田雅子と合同詩歌集『恋衣』を刊行。</td></tr>
<tr><td rowspan="2">明治39
1906</td><td>34</td><td>３月、腸チフスで入院。
11月、茅野蕭々、北原白秋、吉井勇らと伊勢、熊野に旅行。</td><td>29</td><td>１月、第四歌集『舞姫』を刊行。
７月、第五歌集『夢の草』を刊行。</td></tr>
<tr><td colspan="4">11月、南満州鉄道株式会社（満鉄）設立。</td></tr>
<tr><td>明治40
1907</td><td>35</td><td>３月30日、鷗外邸における第一回観潮楼歌会に出席。</td><td>30</td><td>２月、母つねが死去。
６月、はじめての童話「金魚</td></tr>
</table>

<table>
<tr><th>年号</th><th>年齢</th><th>寛</th><th>年齢</th><th>晶子</th></tr>
<tr><td rowspan="2">明治40
1907</td><td>35</td><td>７月から８月、北原白秋、吉井勇、平野万里、木下杢太郎らと九州遊歴。その紀行文「五足の靴」を「二六新聞」に連載。</td><td>30</td><td>のお使」を発表。この頃から、童話の創作を始める。
同月、「閨秀文学会」の講師として『源氏物語』などを講じる。</td></tr>
<tr><td colspan="4">３月、長女八峰、二女七瀬の双子誕生。</td></tr>
<tr><td rowspan="2">明治41
1908</td><td>36</td><td></td><td>31</td><td>１月、童話集『絵本お伽噺』、
７月、第六歌集『常夏』刊行。</td></tr>
<tr><td colspan="4">１月、北原白秋、吉井勇ら、東京新詩社を脱退。
10月、「戊申詔書」発布。伊藤左千夫ら「アララギ」創刊。
11月、「明星」100号で終刊。</td></tr>
<tr><td rowspan="2">明治42
1909</td><td>37</td><td>５月、新詩社月報「常磐樹（トキハギ）」創刊（７号まで）。
この頃から語源学を研究しはじめる。</td><td>32</td><td>５月、第七歌集『佐保姫』刊行。
９月、後援者の小林政治（天眠）の依頼により、源氏物語の現代語訳を執筆しはじめる。</td></tr>
<tr><td colspan="4">１月、「スバル」創刊。与謝野家は東京府神田区駿河台東紅梅町へ転居。
３月、三男麟誕生
４月、山川登美子死去。
10月、伊藤博文暗殺される。
この年、自宅で寛が『万葉集』、晶子が『源氏物語』の講義をはじめる。</td></tr>
<tr><td rowspan="2">明治43
1910</td><td>38</td><td>３月、歌集『相聞』を刊行。
７月、詩歌集『檞之葉』を刊行。
８月、父礼厳の十三回忌を京都錦小路順照寺にて営み、『礼厳法師歌集』を刊行。</td><td>33</td><td>４月、観潮楼歌会に出席。
９月、『おとぎばなし少年少女』を刊行。</td></tr>
<tr><td colspan="4">２月、三女佐保子誕生。
３月、若山牧水が「創作」創刊。
４月、武者小路実篤ら「白樺」創刊。
５月、大逆事件。
８月、麹町区中六番町三（現千代田区）へ転居。</td></tr>
<tr><td>明治44
1911</td><td>39</td><td>11月、上野の精養軒で渡欧送別会。
12月28日、マルセイユに到着し、鉄道でパリに向かう。</td><td>34</td><td>１月、第九歌集『春泥集』を刊行。
７月、第一評論感想集『一隅より』を刊行。これ以後評論</td></tr>
</table>

<table>
<tr><th>年号</th><th>年齢</th><th>寛</th><th>年齢</th><th>晶子</th></tr>
<tr><td rowspan="2">明治44
1911</td><td>39</td><td></td><td>34</td><td>活動が盛んになる。
９月、「青鞜」の創刊号に詩「そぞろごと」（後に「山の動く日」に改題）を発表。</td></tr>
<tr><td colspan="4">２月、四女宇智子誕生（双子で一人死産）
７月、晶子は歌の百首屏風・半切幅物の頒布で寛の渡欧費用を捻出。
10月、辛亥革命おこる。
11月８日、寛が熱田丸で渡欧。晶子は神戸港まで同乗して見送る。
同月、麹町区中六番町七へ転居。</td></tr>
<tr><td rowspan="2">明治45
1912
大正１</td><td>40</td><td>５月、晶子を迎え、ともに欧州旅行。</td><td>35</td><td>１月、第十歌集『青海波』を刊行。
２月、『新訳源氏物語』刊行開始（全四巻）
５月、小説集『雲のいろいろ』を刊行。
同月、シベリヤ鉄道経由で単身渡欧。10月に単身帰国。</td></tr>
<tr><td colspan="4">２月、清朝滅亡。
４月、石川啄木死去。
５月から、イギリス、ベルギー、ドイツ、オーストリア、オランダを歴訪し、ロダン、ヴェルハーレン、レニエなどの芸術家に会う。
７月、明治天皇崩御。</td></tr>
<tr><td rowspan="2">大正２
1913</td><td>41</td><td>１月、帰国。京都にて帰朝歓迎会が開催され出席。
２月、上野の精養軒で帰朝歓迎会。</td><td>36</td><td>６月から９月、「東京朝日新聞」に長編小説「明るみへ」を連載。</td></tr>
<tr><td colspan="4">１月、「スバル」廃刊。
４月、四男アウギュスト（後に昱と改名）誕生</td></tr>
<tr><td>大正３
1914</td><td>42</td><td>11月、訳詩集『リラの花』を刊行。
12月、家を出る。</td><td>37</td><td>１月、詩歌集『夏より秋へ』、
６月、童話集『八つの夜』、
７月から翌年３月、『新訳栄華物語』三巻刊行。
年末から年始にかけて、寛との不和で苦悩。</td></tr>
</table>

<table>
<tr><th>年号</th><th>年齢</th><th>寛</th><th>年齢</th><th>晶子</th></tr>
<tr><td>大正３
1914</td><td colspan="4">３月、平出修死去。
５月、共著の紀行文集『巴里より』を刊行。
８月、第一次世界大戦勃発。</td></tr>
<tr><td rowspan="2">大正４
1915</td><td>43</td><td>３月、京都府より第12回衆議院選挙に立候補し、最下位の99票で落選。
６月、自選歌集『灰の音』を刊行。
８月、詩歌集『鴉と雨』を刊行。</td><td>38</td><td>３月、詩歌集『さくら草』、自選歌集『与謝野晶子集』を刊行。
５月、評論感想集『雑記帳』、
９月、童話集『うねうね川』
12月、歌論書『歌の作りやう』をそれぞれ刊行。</td></tr>
<tr><td colspan="4">１月、共著の評釈『和泉式部歌集』を刊行。
３月、五女エレンヌ誕生。
夏ごろ、夫婦間の危機。
10月、東京府麹町富士見町へ転居。</td></tr>
<tr><td rowspan="2">大正５
1916</td><td>44</td><td></td><td>39</td><td>１月、小説『明るみへ』、第十三歌集『朱葉集』を刊行。
２月、歌論書『短歌三百講』、
４月、評論集『人及び女として』、
５月、第十四歌集『舞ごろも』、
７月、『新訳紫式部日記・新訳和泉式部日記』、
11月、『新訳徒然草』をそれぞれ刊行。
この年、平塚らいてうとの母性論争はじまる。</td></tr>
<tr><td colspan="4">３月、五男健誕生。
９月、河上肇の「貧乏物語」が「大阪朝日新聞」に連載。
大正デモクラシー運動が隆盛。</td></tr>
<tr><td rowspan="2">大正６
1917</td><td>45</td><td>１月、『平出修遺稿』を編集。</td><td>40</td><td>１月、評論集『我等何を求むるか』、
２月、第十五歌集『晶子新集』、
10月、随想集『愛、理性及び勇気』をそれぞれ刊行。</td></tr>
<tr><td colspan="4">２月、ロシア２月革命。
９月、六男寸誕生（生後二日で死亡）</td></tr>
</table>

<table>
<tr><th>年号</th><th>年齢</th><th>寛</th><th>年齢</th><th>晶子</th></tr>
<tr><td rowspan="2">大正７
1918</td><td>46</td><td>父礼厳、従五位を追贈。</td><td>41</td><td>３月、自選歌集『明星抄』、５月、評論集『若き友へ』をそれぞれ刊行。
周作人が「新青年」に晶子の「貞操論」を中国語で訳して発表。</td></tr>
<tr><td colspan="4">小林天眠（政治）が理想の出版社をめざした天佑社を設立、寛、晶子ともに顧問になる。
晶子は吉野作造の民本主義に多大の影響を受ける。</td></tr>
<tr><td rowspan="2">大正８
1919</td><td>47</td><td>４月、慶応義塾大学文学部教授に就任。</td><td>42</td><td>１月、評論感想集『心頭雑草』、５月、童話集『行つて参ります』、８月、第十六歌集『火の鳥』、評論感想集『激動の中を行く』、10月、歌論集『晶子歌話』、自選歌集『晶子短歌全集』全三巻をそれぞれ刊行。</td></tr>
<tr><td colspan="4">１月、パリ講和会議。
３月、六女藤子誕生。
普通選挙運動の勃興。</td></tr>
<tr><td>大正９
1920</td><td>48</td><td>林タキノとの子、萃が死去。</td><td>43</td><td>５月、評論感想集『女人創造』を刊行。
夏、ナポリにてイタリア語版『青海波』刊行。</td></tr>
<tr><td rowspan="2">大正10
1921</td><td>49</td><td>11月、森鷗外を中心に、第二次「明星」創刊（昭和２年まで）</td><td>44</td><td>１月、第十七歌集『太陽と薔薇』、３月、評論感想集『人間礼拝』をそれぞれ刊行。</td></tr>
<tr><td colspan="4">４月、芸術重視、自由教育をめざす西村伊作の文化学院設立。寛、晶子は学監に就任。
11月、原敬首相が暗殺される。</td></tr>
<tr><td>大正11
1922</td><td>50</td><td>「日本語源考」を「明星」に連載。
10月、「鷗外全集刊行会」の編集主任となる。</td><td>45</td><td>１月、「源氏物語礼讃」五十四首を「明星」に発表。
９月、第十八歌集『草の夢』を刊行。</td></tr>
</table>

<table>
<tr><th>年号</th><th>年齢</th><th>寛</th><th>年齢</th><th>晶子</th></tr>
<tr><td>大正11
1922</td><td colspan="4">７月、森鷗外死去。
この年、童話童謡ブーム。</td></tr>
<tr><td rowspan="2">大正12
1923</td><td>51</td><td>２月、帝国ホテルにて満50歳の誕生祝賀会が開催され出席。</td><td>46</td><td>１月、自選歌集『晶子恋歌抄』、４月、評論感想集『愛の創作』をそれぞれ刊行。</td></tr>
<tr><td colspan="4">９月、関東大震災が発生し、晶子の『源氏物語』評釈原稿数千枚が焼失。</td></tr>
<tr><td>大正13
1924</td><td>52</td><td>６月、「明星」が関東大震災の休刊から復刊し、随筆「沙上の言葉」を連載。</td><td>47</td><td>５月、歌集『流星の道』を刊行。
12月、婦人参政権獲得期成同盟会の創立委員の一人になる。</td></tr>
<tr><td rowspan="2">大正14
1925</td><td>53</td><td>文化学院本科長に就任。</td><td>48</td><td>１月、第二十歌集『瑠璃光』、７月、評論集『砂に書く』、９月、自選歌集『人間往来』をそれぞれ刊行。</td></tr>
<tr><td colspan="4">４月、治安維持法の公布。
５月、普通選挙法の公布。
11月、正宗敦夫、寛、晶子の共編『日本古典全集』の刊行はじまる。
12月、プロレタリア文芸連盟の結成。</td></tr>
<tr><td rowspan="2">大正15
1926
昭和元</td><td>54</td><td></td><td>49</td><td>２月、『新訳源氏物語』上下二冊を刊行。
６月、上海で中国語版『与謝野晶子論文集』が刊行。</td></tr>
<tr><td colspan="4">12月、大正天皇崩御。</td></tr>
<tr><td rowspan="2">昭和２
1927</td><td>55</td><td></td><td>50</td><td>２月、『和泉式部歌集』（日本古典全集に伝記、解題を発表）を刊行。</td></tr>
<tr><td colspan="4">４月、第二次「明星」終刊。
９月、東京府豊多摩郡井萩村（東京都杉並区萩窪）に家を新築。遥青書屋・采花荘と命名。
金融恐慌はじまる。</td></tr>
<tr><td>昭和３
1928</td><td>56</td><td></td><td>51</td><td>６月、第二十一歌集『心の遠景』、
７月、随想集『光る雲』をそれぞれ刊行。</td></tr>
</table>

<table>
<tr><th>年号</th><th>年齢</th><th>寛</th><th>年齢</th><th>晶子</th></tr>
<tr><td>昭和３
1928</td><td colspan="4">２月、第一回普通選挙。
４月、長男光、小林政治（天眠）の三女迪子と結婚。
５月５日～６月17日、寛と晶子は満鉄本社の招きで旧満蒙を旅行。大連、金州、営口、遼陽、安東、奉天、チチハルなどの中国東北部を遍歴し、この時期から、旅行詠が多くなる。</td></tr>
<tr><td rowspan="2">昭和４
1929</td><td>57</td><td></td><td>52</td><td>１月、『晶子詩篇全集』、
２月、『女子作文新講』全三巻をそれぞれ刊行。
12月、満五十歳の誕生祝賀会。社友より『椿に寄する賀歌』を贈られる。また門弟より書斎「冬柏亭」を贈られる。</td></tr>
<tr><td colspan="4">９月、改造社版『現代日本文学全集』第三十八巻に礼厳、鉄幹、晶子の歌が収録。
10月、『与謝野寛集・与謝野晶子集』（改造社『現代短歌全集』第五巻）刊行。
12月、共著の歌集『霧島の歌』刊行。</td></tr>
<tr><td rowspan="2">昭和５
1930</td><td>58</td><td>３月、「明星」の後継誌「冬柏」を創刊。
文化学院の教職を辞す。</td><td>53</td><td>４月、文化学院女学部長に就任。</td></tr>
<tr><td colspan="4">５月、共著の歌文集『満蒙遊記』刊行。</td></tr>
<tr><td rowspan="2">昭和６
1931</td><td>59</td><td>２月、「日本語源考」の続稿を、「冬柏」に発表。
11月、父礼厳の追念碑除幕式に出席。</td><td>54</td><td>２月、評論感想集『街頭に送る』を刊行。</td></tr>
<tr><td colspan="4">９月、満州事変勃発。</td></tr>
<tr><td>昭和７
1932</td><td>60</td><td>３月、慶応義塾大学の教職を辞す。
４月、「爆弾三勇士の歌」が「東京日日新聞」、「大阪毎日新聞」の懸賞募集に入選。</td><td>55</td><td>４月、「和泉式部の歌」が『短歌講座』第八巻に収録。
７月、評論「与謝蕪村」を『俳句講座』第五巻に収録。</td></tr>
<tr><td>昭和８
1933</td><td>61</td><td>２月、「冬柏」同人らが満60歳祝賀歌集『梅花集』を贈る。
『与謝野寛短歌全集』を刊行。</td><td>56</td><td>９月、改造社版『与謝野晶子全集』を刊行（翌年完結、全十三巻）。</td></tr>
</table>

<table>
<tr><th>年号</th><th>年齢</th><th>寛</th><th>年齢</th><th>晶子</th></tr>
<tr><td rowspan="2">昭和８
1933</td><td>61</td><td>９月、落合直文の追悼例会を萩寺で開催。</td><td>56</td><td></td></tr>
<tr><td colspan="4">１月、ヒトラーが独首相に就任、ナチス政権の独裁。
２月、『蟹工船』の小林多喜二が虐殺される。
３月、日本、国際連盟脱退。
６月、「冬柏」の発行所を平野万里宅から自宅へ移す。</td></tr>
<tr><td rowspan="2">昭和９
1934</td><td>62</td><td></td><td>57</td><td>１月、西那須温泉へ年越し旅行。
元旦の午後、持病の狭心症による発作を起こし帰京。
２月、評論感想集『優勝者となれ』を刊行。</td></tr>
<tr><td colspan="4">２月、日本プロレタリア作家同盟が解散。
10月、中国共産党の紅軍の長征（大西遷）はじまる。</td></tr>
<tr><td rowspan="2">昭和10
1935</td><td>63</td><td>３月13日、肺炎のために慶応義塾大学附属病院に入院。
26日、死去。法名「冬柏院雋雅清節大居士」。
28日、文化学院で告別式が執行され、多摩墓地に埋葬。
５月、与謝野光編の『与謝野寛遺稿歌集』が刊行。
６月、「注釈与謝野寛全集」が「冬柏」に連載。</td><td>58</td><td>１月、新年を鎌倉で寛とともに迎える。
この年、坂西志保による晶子詩歌の英語訳が、ボストンで刊行。</td></tr>
<tr><td colspan="4">芥川賞、直木賞が設立。
この年の日本人の平均寿命は男44.8歳、女46.5歳。</td></tr>
<tr><td>昭和11
1936</td><td></td><td></td><td>59</td><td>３月、寛の一周忌の法要を鎌倉円覚寺と京都鞍馬寺で営む。</td></tr>
<tr><td>昭和12
1937</td><td></td><td></td><td>60</td><td>３月、寛の三回忌の法要を鎌倉円覚寺で営む。
改造社版『新万葉集』選者となり、五十首入集。</td></tr>
<tr><td>昭和13
1938</td><td></td><td></td><td>61</td><td>４月、盲腸手術のため入院。
７月、岩波文庫版『与謝野晶</td></tr>
</table>

年号	年齢	寛	年齢	晶子
昭和13 1938			61	子歌集』が刊行。 10月、『新新訳源氏物語』全六巻刊行はじまる。 12月、肺炎のため入院。
	４月、国家総動員法の公布。			
昭和14 1939			62	10月、９月に完成した『新新訳源氏物語』の完成祝賀会が上野精養軒にて開催。
	９月、第二次世界大戦勃発。			
昭和15 1940			63	４月、藤子と京都の鞍馬山、天橋立などを歴遊、最後の旅となる。 ５月、脳溢血で倒れ、以後半身不随となり、病床生活を送る。 ９月、次女七瀬の奨めでカソリック受洗。洗礼名ヘレナ。
	10月、大政翼賛会が成立。紀元2600年の祝賀行事。			
昭和16 1941		与謝野晶子編による、寛の七回忌記念詩歌集『采花集』刊行。	64	３月、円覚寺での寛の七回忌。 ５月、鞍馬寺での寛の七回忌。いずれにも出席せず。 ７月から９月、山梨県上野原の依水荘で転地療養。
昭和17 1942			65	１月、病状悪化。 ５月、尿毒症を併発。 ５月29日死去。 法名「白桜院鳳翔晶耀大姉」多摩墓地に埋葬。 ９月、平野万里の編集による、遺歌集『白桜集』刊行。

※本年譜は、先行の年譜や資料を参照しながら独自に編集した。年齢は数え年とした。なお、年譜の作成にあたって、台湾大学日本語文学研究所の修士課程二年生の鄒評君の協力を得た。